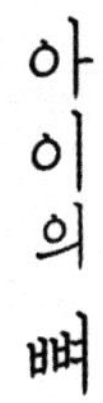
아이의 뼈

아이의 뼈

송시우 소설집

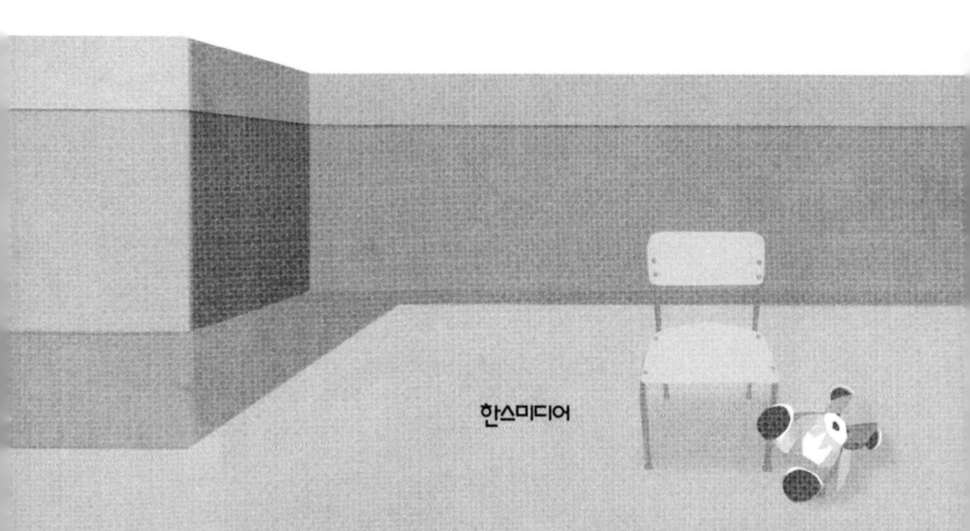

한스미디어

차례

아이의 뼈

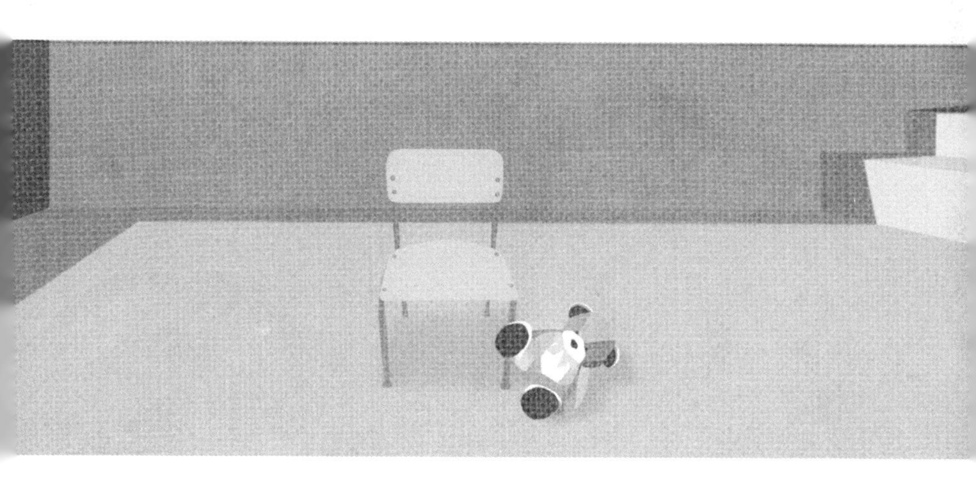

*

범죄 피해자학 강연회에서 노파를 다시 만났다.

강연회는 제법 큰 규모의 행사였다. 나는 강사 중 한 명으로 초빙되었다. 몇 년 전부터 피해자학회에 이름을 올려두었던 것이 계기가 되어 '범죄 피해자의 법적 권리'라는 제목의 강의를 맡았다. 변호사라는 자격 외에는 별다른 직함이 없는 내가 이런 자리에 서는 것은 이례적인 일이었다.

노파는 강의 중간에 뒷문을 열고 들어왔다. 나는 노파의 작고 쪼그라든 몸피와, 머리카락 한 올 남김없이 매끈하게 빗어 넘겨 쪽 찐 백발과, 관절염을 앓는 듯 뒤뚱거리는 걸음걸이를 알아보았다. 노파는 해가 갈수록 조금씩 말라가고 있음이 틀림없었다. 마지막으로 보았을 때보다 더 가늘어진 몸으로 한 손에 큼지막한 비닐 가방을 들고 있었다. 한 걸음 내딛을 때마다 가방을 든 쪽에 무게

중심이 쏠려 위태로워 보였다. 노파가 의자를 드르륵 끌어당겨 힘겹게 앉는 모습을 나는 연단에서 지켜보았다.

강의 프로그램이 모두 끝나고 범죄 피해자들의 수기 발표가 이어졌다. 눈물과 한숨이 강한 파동으로 청중들 사이에 퍼졌다. 청중 대부분이 범죄 피해자 자조모임 회원이었다.

진행요원이 앞으로 나와 마이크를 잡았다.

"다음은 고통에 대한 기억, 극복과 치유를 위한 타임캡슐 행사가 뒷마당에서 진행될 예정이오니 안내요원을 따라 이동해주시기 바랍니다."

차분한 음악이 울려 퍼졌다. 청중들이 제각각 크고 작은 짐을 집어 들고 주섬주섬 일어섰다. 노파도 비닐 가방을 들고 강연장을 나가는 사람들 뒤에 따라붙었다. 건물로 들어올 때 뒷마당에 커다란 구덩이를 파놓은 것을 보았다. 오늘 그곳에 범죄 피해자의 영정이나 가슴 아픈 유품들, 건강하고 행복했던 시절의 추억이 담긴 물건들이 묻힐 예정이었다.

"타임캡슐은 모두가 지켜보는 가운데 봉인되어 묻힐 겁니다." 진행요원이 계속 말했다. "그리고 5년 후 또 모두가 지켜보는 가운데 개봉될 예정입니다. 타임캡슐을 이용하실 분들은 열쇠를 잘 간직해주십시오."

나는 빈 강연장에 남았다. 창가에 서서 행사를 진행하는 확성기 소리를 들었다. 삼십 분 정도 지났을 때였다.

"여기 계셨네요. 감사합니다."

뒤에서 노파의 목소리가 들려 돌아보았다. 노파가 강연장 입구에 서서 허리를 깊숙이 숙여 내게 인사했다. 무엇이 감사하다는 건지 모르겠다고 생각하며 나도 따라 허리를 숙였다.

우리는 건물 1층 로비에 있는 커피숍으로 자리를 옮겨 마주 앉았다.

차 한 잔씩을 앞에 두고 어색한 시간이 흘렀다. 나는 헛기침을 하고 무겁게 내려앉은 침묵을 깼다.

"김남호가 죽었습니다. 알고 계셨습니까?"

노파는 대답 없이 찻잔을 들어올렸다.

"지난여름에 머리가 없는 시체로 발견되었습니다. 옷가지 속에 제 연락처를 적은 쪽지가 있었다는군요. 저도 경찰이 연락을 해서 알았습니다."

나는 간단히 세 문장으로 경위를 설명했다. 아무것도 묻지 않는 노파의 머릿속에 무슨 생각이 들어 있을지 종잡을 수 없었다.

범인은 잡혔을까? 머리 없는 변사체도 요즘 시대에는 그다지 자극적인 뉴스거리가 되지 못하는 모양이었다. 시체 발견 사실만 토막기사로 당일 신문지상에 등장하고는 끝이었다. 틈틈이 후속 기사를 찾아보았지만 없었다.

시체에는 머리도 없었고 신분을 추정할 만한 소지품도 없었다. 경찰은 지문을 조회했다. 몸의 주인은 살인죄로 20년 복역 후 재작년에 출소한 쉰네 살의 전과자 김남호였다. 김남호의 몸은 오래 씻지 않은 듯 매우 더러웠고, 입고 있는 옷은 때에 절어 본래의 색을 알아볼 수 없었다. 노숙자라 행적 조사가 어렵다고 경찰은 고충을 털어놓았다. 시체의 오른쪽 양말을 벗기자 종이 쪽지가 하나 나왔고, 그 쪽지에 내 이름과 사무실 연락처가 적혀 있었다고 했다.

경찰은 당연히 김남호와의 관계를 물었다. 나는 한때 김남호의 국선 변호를 맡은 적이 있다고만 대답했다. 왜 김남호가 죽을 때 내 연락처를 갖고 있었던 거냐고 경찰이 물었지만 나도 모를 일이었다. 왜 범인은 시체의 머리를 잘랐을까요, 라고도 물었지만 그건 더더욱 모를 일이었다.

"천벌을 받았군요."

노파가 말했다. 김남호의 죽음을 알고 있었다는 것인지 아닌지 추측이 불가능한 말이었다. 노파가 덧붙였다.

"저, 오사카에서 오늘 오전에 왔습니다. 지난 2년간 한국 땅을 밟아본 적이 없지요."

노파는 일본인이었다. 내가 노파를 알기 훨씬 전부터 노파는 상처로 얼룩진 이 땅을 떠나 일본에 귀화했다. 후지하라 토모요. 노파의 새로운 이름이라고 했다. 그러나 이국 생활이 망각을 가져오지는 않았다. 노파는 오랫동안 키워온 집착과 집념을 실행하기 위해 잠시 귀국하여 내게 일을 맡겼었다. 그리고 모든 일이 완료된 후 돌아가 내게 전화했다. 변호사님 덕분에 모두 잘 끝났습니다. 감사합니다, 노파와 나는 30년 이상의 나이 차가 났지만 노파는 지나치다 싶을 정도로 내게 깍듯했다. 저와 제 아이를 위하여 변호사님이 해주실 일은 이제 없는 것 같습니다. 최선을 다해주셔서 감사합니다. 전 지금 오사카입니다, 라고 말하는 노파의 목소리에는 다신 돌아가지 않겠다는 의지가 담겨 있었다.

그러므로, 나는 물었다.

"여긴 어쩐 일이십니까?"

"변호사님께 드릴 말씀이 있어서요."

"저를 만나려고 여기까지 일부러 오셨습니까?"

"겸사 겸사요."

"……아직 남은 일이 있나요?"

노파는 당치도 않다는 표정으로 고개를 가로저었다.

"아니요. 일은 모두 끝났어요. 단지…… 제가 말하지 않은 게 있지요."

말끝에 알 수 없는 미소를 짓고 노파는 창밖으로 시선을 돌렸다. 나는 노파를 처음 만났던 날, 그 수상하고 불안했던 일의 의뢰를 떠올리기 시작했다.

"나는 돈이 아주 많아요."

2년 전 겨울 저녁이었다. 홀로 내 사무실을 찾아온 노파가 말했다. 자부심은 느껴지지 않는 말투였다.

"아시겠지만, 돈이 많으면 할 수 있는 일이 많답니다."

말하며 노파는 말아 쥔 손수건으로 코와 입언저리를 닦았다. 나는 예의에 어긋난다는 것도 잊은 채 노파의 앙상한 얼굴을 빤히 바라보았다. 망상에 가까운 노파의 집착. 그 수상한 기운이 나를 불편하게 했다.

모든 것을 말했으니 이제 당신이 결정을 하라고 마주 앉은 노파의 눈빛이 재촉했다. 작은 머리통을 뒤덮은 머리카락이 온통 새하얬다. 전설 속 백발마녀처럼, 천 살 먹은 늙은 요귀처럼 비현실적이었다. 저 노파가 과연 수백억 대의 자산가가 맞긴 맞는 걸까, 의심이 솟았다. 하지만 내 앞에는 노파가 선수금 명목으로 가져온 현금 다발이 수북이 쌓여 있었다. 믿지 않을 이유가 없었다.

사람은 얼마나 많은 피를 흘리면 죽을까요.

노파는 이런 질문으로 이야기를 시작했다. 노파는 20년 전 범죄로 딸을 잃었다고 했다. 당시 아이는 열두 살이었다. 범행 현장은 아이의 피로 낭자되어 있었다. 그러나 시신이 발견되지 않았다. 생존의 자취도 찾을 수 없었다. 따라서 현장에 뿌려진 피의 양이 사망에 이를 정도인지 여부가 문제가 되었다고 노파는 말했다. '시신 없는 유아 살인사건'이라고 불리는 그 유명한 사건의 피해자가 바로 노파의 딸이었던 것이다.

아이의 실종 신고를 받았을 때 경찰은 금품을 노린 유괴사건일 가능성이 크다고 판단했다. 노파의 남편이 도내에서 꽤 큰 과자공장을 운영했기 때문이었다. 부부는 검소하고 평범하게 살았지만 지역에선 부자로 알려져 있었다. 아이는 부부가 마흔 무렵에 겨우 얻은 외동딸이었다.

사건은 노파도 낮부터 과자공장에 나가 일을 돕느라 아이를 집에 혼자 두었던 날 벌어졌다. 노파가 집에 들어갔을 때 평소 명랑하게 떠들던 아이의 모습과 온기는 없고, 어둠이 깔린 방 가운데 책가방만 휼렁 내던져져 있었다.

밤새 동네 방범대원까지 동원한 대대적인 수색이 이루어졌다. 노파는 파랗게 질린 얼굴로 방에 앉아 협박 전화를 기다렸다. 아무 성과 없이 하루가 갔다. 그리고 다음 날 아침, 노파의 딸이 어제 낮 동네 인형 가게에 들어가는 것을 보았다는 제보가 들어왔다. 인형 가게는 노파의 집에서 겨우 300미터 떨어져 있었다. 외지에서 온 젊은 남자 혼자 얼마 전부터 가게를 인수하여 꾸려가고 있었다. 동네 사람들은 남자에 대해 잘 몰랐다.

경찰이 인형 가게 뒤에 붙은 살림집으로 들이닥쳤다. 문은 잠겨 있었고 안에선 기척이 없었다. 경찰들은 현관문 근처에 떨어진 핏자국을 보았고, 강제로 문을 따고 집 안으로 들어갔다. 세 평 정도의 방은 그야말로 피바다였다. 바닥에는 피 웅덩이가 넓게 펴져 있었다. 벽과 천장에 튄 피는 아래로 죽죽 흘러내려 굳어 있었다. 죽은 사람이든 산 사람이든 사람의 몸은 없었다. 피에 젖은 바비인형 하나와 칼날에 피가 엉겨 붙어 굳은 접이식 등산칼이 하나 바닥에 내던져져 있을 뿐이었다.

그로부터 두 시간 만에 인형 가게 주인 김남호는 인근에서 체포되었다. 김남호는 20대 초반에 이미 열 살 된 여자아이를 성폭행한 전과가 있었다. 별건 폭행과 절도 전과까지 합하여 거의 10년을 교도소에 있다가 출소한 지 얼마 되지 않은 자였다.

체포 당시 김남호는 남방셔츠에 운동복 바지 차림이었다. 흙투성이 옷에서는 휘발유 냄새가 났다. 경찰 조사과정에서 김남호는 제대로 된 진술을 하지 않고 정신이상자처럼 행동했다. 두서없이 엉뚱한 말을 내뱉었고 별안간 고함을 지르다 졸도하기도 했다. 아이의 행방을 묻는 질문에는 "아이는 집에 있다"는 말만 반복했다. 추궁이 매서워지자 조사실 벽에 머리를 박아 자해했다.

그러나 모든 증거가 김남호를 범인으로 가리켰다. 방 안에 뿌려진 피는 아이의 피로 밝혀졌다. 김남호의 옷과 신발에서 아이의 피가 발견되었다. 등산칼 손잡이에 김남호의 지문이 찍혀 있었다. 없어진 것은 아이와, 인형 가게 마당에 늘 주차되어 있던 김남호 소유의 중고 승용차였다. 승용차는 체포 이틀 뒤 마을에서 15킬로미터 떨어진 야산 중턱에서 발견되었다. 차는 전소되어 증거를 찾을 수 없었다.

이때쯤 쏟아지는 증거와 추궁에 몰린 김남호는 조금씩 털어놓기 시작했다. 그는 자신의 인형 가게 근처를 배회하던 아이가 외로워 보여 가게에 들어올 것을 권했다. 바비인형을 유독 좋아하기에 하나 쥐여주고 방으로 같이 들어갔다. 한참 놀다가 갑자기 심하게 떼를 쓰고 울기에 당황한 나머지 칼을 들어 딱 한 번 찔렀다. 그는 아이를 방에 둔 채 곧바로 뛰쳐나왔고, 밤새 헤매다가 귀가하던 중 경찰에 잡힌 거라고 했다. 아이가 어디로 갔는지, 왜 자기 차가 야산에서 불탄 채 발견되었는지는 모른다고 했다.

김남호는 대법원에서 형이 확정될 때까지 진술을 바꾸지 않았다. 한편 그는 재판과정에서 자신이 조현병을 앓고 있다고 주장했지만, 정신 감정 결과 반사회적 인격장애라는 진단을 받았다.

노파는 이야기를 시작할 때 던졌던 자신의 질문에 대답했다.

"사람은 전체 혈액의 30퍼센트 이상이 빠져나가면 당장 치료를 받지 않는 한 죽어요. 40퍼센트 이상 빠져나가면 틀림없이 죽지요. 현장에서 발견된 아이의 피는 약 0.6리터. 체중 대비 산출한 전체 혈액량의 20퍼센트 정도라더군요."

유출된 피의 양만으로는 사망을 단정할 수 없었다.

경찰은 김남호의 차가 발견된 야산을 샅샅이 수색했다. 도내 모든 의료기관과 복지시설을, 무허가로 운영하는 곳까지 포함하여 뒤졌으나 사건 당일 아이를 치료했다는 곳은 찾지 못했다.

"칼에 찔린 방에서 이미 엄청난 피를 쏟아낸 아이가…… 구조되지 못했으니…… 치료받지 못했으니…… 아무도 아이를 보지 못했으니…… 어떻게 되었겠어요."

사건 전후 사정을 종합적으로 판단한 끝에 법원은 아이가 사망했다고 판단했다. 김남호는 살인과 사체유기죄로 일심 법원에서 무기징역을 선고받았고, 이후 항소심과 상고심에서 20년형으로 감형되었다.

사건 이후 노파의 가정은 붕괴되었다. 범죄로 아이를 잃은 가정이 맞이하는 안타까운 수순이었다. 상실감을 이기지 못한 노파의 남편은 사건 다음해 만취한 채 밤길을 걷다가 교통사고로 사망했다. 노파는 혼자 남았다.

노파는 과자공장을 처분하고 전자제품 대리점을 차리는 한편,

주식과 부동산에 자금을 투자했다. 손톱에 불이 붙은 듯 일에 매달렸다. 주식과 부동산이 황금알을 낳는 거위였던 시절이었다. 노파는 돈에 대한 감각과 배짱과 운과 무엇에든 몰두해야 할 시간이 있었다. 막대한 재력을 가진 늙은 과부가 되는 동안 노파는 사비를 털어 야산을 파헤쳤다. 진실을 들려달라고 교도소에 있는 김남호에게 편지를 보냈다. 김남호는 답장을 하지 않았고 거듭된 노파의 면회 신청에도 응하지 않았다.

"한 점 사죄의 말은커녕 어떤 설명도 듣지 못했어요. 재판이 끝나고 나서는 얼굴 볼 기회조차 없었죠."

노파가 이야기를 마무리했다.

"왜 하필 저를 찾아오셨죠? 더 훌륭하고 유명한 변호사도 많은데요."

파란만장한 범죄 피해 역사를 보고한 뒤 용건을 털어놓은 노파에게 나는 물었다.

"지금 김남호의 국선 변호를 맡고 계시다면서요."

노파가 대답했다. 나는 놀랐다. 김남호는 만기 출소를 삼 개월 앞두고 동료 수용자를 폭행한 죄로 기소되었다. 법원이 국선 변호인 선정을 허락했고 내가 배정되었다. 그러나 아직 첫 번째 접견도 하지 않은 상태였다.

국선 변호인 선정 사실을 어떻게 알았느냐고 물어보려던 찰나, 노파가 앞질러 말했다.

"교도관 중 아는 사람이 있지요."

노파는 그동안 김남호가 교도소에서 어떻게 살아왔는지에 대해서도 틈틈이 들었다고 했다.

"독재에 저항하다 붙잡혀 온 양심수처럼 공권력에 의분을 표출하며 살고 있다더군요. 무죄를 증명하겠다면서 재심신청 서류를 준비하는 게 낙이었대요. 재심은 번번이 기각되었죠. 가끔 아이의 시체가 있는 장소를 대겠다고 돌발행동을 하기도 했어요. 교도소의 비리를 폭로하겠다고 신문사에 편지를 보내면서 자기 글을 기사로 내주면 시체가 묻힌 장소를 말해주겠다고 하는가 하면, 시체가 있는 장소를 밝히는 대신 시설 좋은 교도소로 이송해달라며 교도소장 면담 시 난동을 부리기도 했답니다. 그런 시도들이 실패하면 재빨리 말을 바꿨죠. 시체 운운한 것은 거짓말이었다고."

나는 김남호의 국선 변호인으로서 교도관의 감시나 감청 없이 김남호를 독대할 수 있었다. 변호인과 피의자 사이에만 통용되는 특권이었다. 노파가 나를 찾아온 이유가 거기에 있었다.

"일을 맡겠습니다."

노파의 치밀함과 그 치밀함을 낳은 오욕의 세월에 두려움을 느끼며 나는 말했다. 나는 돈이 필요했다. 사무실은 몇 달간 적자 운영 중이었고, 내게는 갚아야 할 집안의 빚이 쌓여 있었다. 돈이 많으면 할 수 있는 일이 많다는 노파의 말은 나에게도 옳았다.

노파는 허리를 숙이며 감사하다고 오래오래 인사했다. 그저 중개 역할만 해달라고, 일이 잘못될 경우 책임은 모두 자신이 지겠다고 중얼거렸다. 다시 몸을 일으킨 노파의 눈에 물기가 어려 있었다. 노파는 기도하듯 무릎에 손을 모으고 말했다.

"그래요. 가서 전해주세요, 변호사님. 내가 돈을 주겠다고요."

노파의 주름진 입술이 파르르 떨렸다.

"내 아이의 시신을, 내가 돈을 주고 사겠다고요."

교도소 변호사 접견실. 나는 플라스틱 칸막이로 구분된 접견 부스에 혼자 앉아 김남호를 기다렸다. 다른 부스는 모두 비어 있었다. 일부러 변호사 접견이 뜸한 요일과 시간을 골랐다.

수용사동 쪽 문이 열리고 머리가 약간 벗어진 땅딸막한 체격의 남자가 교도관을 따라 들어왔다. 20년 전 신문 사회면을 도배했던 남자, 어린아이를 향한 잔혹한 범행과 수사당국을 농락하는 뻔뻔한 태도로 온 국민의 지탄을 한 몸에 받았던 인형 가게 총각은 볼품없이 쇠락한 중년의 남자가 되어 있었다. 그는 나를 힐끗 보고는 엉덩이를 의자에 반쯤 걸치고 앉았다. 국선 변호사 따위는 우습다는 투였다. 푸른 수의 속으로 손을 넣어 가슴팍을 북북 긁으면서 안녕하쇼, 하고 인사하는 그에게 나는 내 소개를 했다.

그리고 거두절미하고 거래를 제시했다. 불량스럽게 건들거리던 김남호의 움직임이 멈췄다. 치켜뜬 눈에서 적의가 느껴졌다.

"이봐!"

김남호가 두툼한 손을 휘둘러 책상을 쿵 내리쳤다. 접견 부스에서 몇 발짝 떨어진 곳에 앉아 있던 교도관이 밖에서 기웃거렸다.

"나는 무죄야!"

김남호가 소리쳤다. 나는 손을 들어 교도관에게 괜찮다는 신호를 보냈다. 무슨 수작이지? 김남호가 목소리를 낮추고 이 사이로 말을 내뱉었다. 의심을 가득 담은 눈동자가 좁은 눈꺼풀 사이에서 흔들렸다.

그가 20년간 수없이 되풀이해온 거짓말을 쉽게 뒤집을 거라고는 생각하지 않았다.

"피해자 어머님께서 원하는 것은 단지 아이의 시신을 찾아 수습하는 거예요. 의뢰인은 사건 후 남편을 잃고 일흔이 넘은 지금까지 다른 가정을 꾸리지 않고 혼자 살아왔어요. 아이의 시신을 이제라도 찾아 묻어주는 것이 의뢰인에게는 지금 가장 중요한 일입니다. 그런데 이것밖에는 방법이 없다고 생각하고 계세요."

노파를 의뢰인이라고 칭했지만 사실 이 자리에서는 김남호가 내 의뢰인이 되어야 했다. 나는 공식적으로 김남호가 저지른 폭행사건의 변호를 위해 이곳에 온 것이었다.

형기가 거의 다한 수용자들이 관규를 위반하고 문제를 일으키는 일이 종종 있다고 예전에 한 교도관에게 들은 적이 있다. 말년병장 같은 삐딱한 마음이 그들에게 생기는 것 같았다. 잘못 건드리면 사회에 나가 뭐 대단한 복수라도 할 것처럼 으름장을 놓는 이도 있다고 했다. 그런 풀어진 마음 때문인지 몰라도 김남호는 20년 형기를 다해가는 마당에 조금 큰 사건을 저질렀다. 운동 시간에 다른 수용자와 싸우다가 돌을 집어던져 전치 4주의 상처를 입힌 것이다. 가까운 시일 내 합의와 고소취하가 이루어지지 않으면 징역이 몇 개월 더 추가될 형편이었다. 20년을 복역한 사람이 몇 개월 더 사는 게 뭐가 대수냐고 할지 모르겠으나, 20년 동안 특정한 출소 날짜 하나만 바라보고 산 사람에게 그것은 절실한 문제인 듯했다. 나를 쏘아보는 김남호의 핏발 선 눈에서 들들 끓는 욕망이 느껴졌다. 이 안에서도, 발견되지 않은 아이의 시신을 방패 삼아 권력 있는 자를 흔들어 하찮은 이익을 얻으려고 했던 사람이다. 다시 한 번 살아보고 싶으리라.

"김남호 씨가 제안을 받아들이겠다고 일단 약속만 해주면 의뢰인께서 폭행 피해자에 대한 합의금을 바로 지급하겠다고 했습니다."

나는 김남호에게 명함을 건넸다.

"출소하면 제 사무실로 와주세요. 아이의 시신이 있는 곳을 제게 알려주시고, 준비해놓은 현금을 가지고 가시면 됩니다."

"약속을…… 어떻게 하라는 거지?"

명함의 귀퉁이를 매만지며 김남호가 물었다. 합의금 얘기가 나왔을 때부터 그는 한결 차분해졌다.

"그냥. 지금 이 자리에서 구두로 하시면 됩니다."

문서를 남기지 않는다. 돈은 현금으로 오간다. 노파와 김남호는 직접 만나거나 연락하지 않는다. 노파는 스스로 이런 원칙들을 정했다.

김남호를 믿을 수 있겠느냐는 내 물음에 노파는 당연히 믿지 않는다고 대답했다. 그러나 게임을 시작한 자가 먼저 신뢰를 보여야 하지 않겠느냐고 했다.

노파는 '게임'이란 용어를 사용했다. 눈앞의 욕망을 참지 못하고 폭력적이고 잔인하나 한편 계산적이고 교활한 남자를 다루어야 하는 게임. 그를 무력화시킬 수 있는 것은 그 자신의 욕망이라고 노파는 말했다. 그 욕망에 고리를 채워 당겨야 한다고.

혹시 아이의 시신이 어디 있는지 김남호도 정말 모르는 것은 아닐까요? 거래금을 내게 맡기는 노파에게 나는 조심스럽게 말했다. 불에 태웠거나 물에 흘려보내는 등 시신을 되찾을 수 없게 훼손했을 수도 있다는 말씀인가요? 노파는 담담하게 응수했다. 그동안 김남호는 시신이 있는 장소를 밝히겠다며 무언가를 요구할 때면 꼭 시체가 '묻힌' 장소를 알려주겠다고 말했어요. 알려줄 생각은 추호도 없었겠지만, 최소한 시신이 어딘가 보전되어 있다는 자신감에서 벌인 일이에요. 그는 체포되었을 때 흙투성이였어요. 아이는 어딘가에 묻혀 있어요.

김남호는 제날짜에 출소했다.

출소 며칠 뒤 내 사무실을 찾아온 그는 아무 말 없이 약도가 그려진 쪽지를 건넸다. 약도는 불에 탄 김남호의 차가 발견된 그 야산의 어딘가를 가리키고 있었다. 나는 노파가 맡긴 현금 2천만 원을 주었다. 김남호는 눈이 휘둥그레져 지폐 사이사이를 뒤져보기도 하고 한 뭉텅이씩 집어 들어보기도 했다.

"이번 달 안에 제게 한 번만 전화를 주셨으면 합니다."

황급히 돈을 챙겨 나가려는 김남호의 뒤통수에 대고 내가 말했다. 여전히 의심을 지우지 않은 눈으로 김남호가 돌아보았다.

"왜지?"

"20년 전의 기억이니 약도가 정확하지 않을 수도 있지 않습니까? 그럼 다시 논의를 해봐야지요."

김남호는 그렇게 하겠다고 했다. 전화번호도 집주소도 남기지 않고 그는 사라졌다. 우리 사이에서 약속이란 한번 뱉으면 공중에서 사라져버리는 말뿐이었다.

노파는 약도에 나타난 장소를 파보았으나 아무것도 없었다고 했다. 기대하지 않았으므로 노파는 실망하지 않았다.

"다시 연락을 해올 거예요. 틀림없이."

노파는 확신에 차서 말했다.

"네."

"먼저 얼마를 원하는지 물어보세요. 그리고 이번엔 확실한 증거를 제시하라고 해주세요. 내게 빚이 있으니 응할 거예요."

"증거라고 하면?"

"무엇을 증거로 할지는 그 사람이 정하라고 하세요. 증거를 가져오면 원하는 돈의 두 배를 주겠다고 하세요."

김남호는 한 달이 조금 더 지나 나타났다. 그는 지난번엔 기억에 착오가 있었다며 비굴하게 굴었다. 후줄근한 입성에 입에서는 술 냄새가 진동했다. 출소하자마자 아무런 희생 없이 큰돈을 손에 쥔 그가 어떤 생활을 하고 있을지 짐작이 갔다. 그는 조금 미안하지만 어쩔 수 없다는 표정을 하고 5천만 원을 요구했다. 하지만 증거를 내놓으라는 말에 돌변하여 노파를 직접 만나 거래하겠다며 펄펄 뛰었다.

"이 요구를 받아들이지 않으면 거래는 끝입니다. 대신 증거를 가져오면 의뢰인이 1억 원을 줄 거예요. 역시 현금으로."

김남호가 잠잠해졌다. 나에 대한 증오로 그의 눈이 끓어오르는 듯했다. 그는 몇 마디 욕지거리를 내뱉고 발소리도 크게 사무실을 뛰쳐나갔다.

며칠 후 그는 전화했다.

"좋아. 묻은 곳을 팠어. 사진을 찍고 덮어두었어. 됐어?"

사건 후 경찰과 노파의 대대적 수색에도 불구하고 아이를 찾을 수 없었던 이유가 있었다. 아이는 불에 탄 김남호의 차가 발견된 야산이 아닌, 주변의 다른 산에 묻혀 있었다. 김남호가 가져온 사진 속 파헤쳐진 구덩이에는 백골로 변한 아이와 삭은 옷가지가 놓여 있었다. 20년 만에 아이의 뼈가 실체를 드러내는 순간이었다.

아이의 뼈가 찍혀 있습니다. 묻힌 장소도 특정되어 있습니다. 김남호가 보는 앞에서 나는 노파에게 전화했다. 돈을 주세요. 노파의 짧은 지시가 내려졌다.

나는 현금 1억 원이 든 돈가방을 김남호에게 건넸다. 김남호는 황감한 표정으로 돈 무더기에 손을 찔러 넣고 뒤적였다. 나갈 때는 나를 향해 고맙다고 활짝 웃기까지 했다. 내가 본 그의 마지막 모습이었다.

노파는 아이의 뼈를 무사히 찾아 장례를 치렀다고 했다. 오사카에서 걸려온 마지막 통화에서 노파는 분명히 그렇게 말했다.

"그날 이후 김남호가 변호사님께 또 연락하진 않았나요?"

노파가 식어버린 차를 홀짝이며 물었다. 노파의 말에 상념을 깨고 내 의식은 다시 범죄 피해자학 강연회가 개최된 빌딩의 커피숍으로 돌아왔다. 겨울해가 짧아 어느덧 창밖이 어두워져 있었다. 커피숍 주방 쪽에서 그릇을 정리하는 소리가 들렸다.

"전화가 한 번 왔었죠."

나는 기억을 더듬었다.

"무슨 말을 했나요?"

"제가 먼저…… 일이 잘 끝나 다행이라고 했어요. 어쨌든 감사하다고 했더니 당황하더군요."

악인도 악행에 대해 고맙다는 말을 듣는 것은 불편한 것 같았다. 수화기 너머에서 그는 할 말을 잃고 더듬거렸다.

"다른 말은?"

"아이 어머니 연락처를 물었어요."

"제 연락처를요?"

"모른다고 했죠. 실제로 모르니까요. 일본 연락처는……."

노파는 일본 거주지의 주소와 연락처를 알려주지 않았다. 그때 새삼 나는 노파에 대해 아는 게 별로 없구나, 하고 생각했다. 임무가 끝난 해외 기지를 불태우고 본국으로 떠나는 스파이처럼 노파는 떠났던 것이다.

노파는 무언가 곰곰이 생각하는 듯했다. 나를 바라보는 노파의 얼굴에 어떤 결의가 스치고 지나갔다.

"머리뼈가 없었어요."

"네?"

"우리 아이요. 두개골이 없었다고요."

노파는 이야기했다. 사진과 약도를 받은 날 노파는 비밀스러운 일을 처리해주는 인부를 고용해 산으로 갔다. 노파도 노구를 끌고 인부들을 따라 산을 올랐다. 약도가 가리키는 장소는 최근 흙을 파헤쳤다가 덮어놓은 흔적이 역력했다. 구덩이를 팠다. 아이의 뼈와 썩어서 군데군데 천 조각만 시늉처럼 남은 옷가지가 나왔다.

그런데 아이의 머리가 없었다. 가는 목뼈 위에 아무것도 놓여 있지 않았다. 사진 속에 똑똑히 보이는 아이의 작은 두개골이 그곳에 없었다.

"왜! 진작 말씀하시지 않았죠?"

나는 소리쳤다. 20년 만에 만난 머리가 없는 아이의 뼈. 그 끔찍한 발견의 현장이 머릿속에 스냅 사진처럼 찰칵찰칵 찍혀 펼쳐졌다. 머리가 없는 팔과 다리. 머리가 없는 가슴과 등.

"아이가 일을 당했을 때, 더할 나위 없이 슬프고 말할 수 없을 만큼 고통스러운 와중에도…… 난감했어요."

노파는 딴소리를 했다.

"남겨진 것은 현장에 뿌려진 피밖에…… 텅 비어 있는 관 위에 아이가 매고 다녔던 책가방과, 안고 자던 인형과, 가장 좋아했던 옷을 올려놓고 장례를 치렀죠. 아이의 빗에 끼여 있던 머리카락 몇 가닥을 골분함에 넣고 납골당을 마련했어요. 상상이 가나요?"

노파의 말에 울음이 섞였다. 심상치 않은 말의 공백에 긴장하여 노파를 보았다. 노파의 가늘고 긴 목 위에 핏줄이 양각으로 돋아나 있었다. 얼굴이 터질 듯 붉게 달아올랐다. 노파는 손수건을 입에 대고 온몸을 부들부들 떨며 기침을 하기 시작했다. 손수건을 받치고 있는 손가락이 끊어질 듯 파리했다. 기침이 점점 격해졌다. 주위에 앉은 사람들이 걱정스러운 얼굴로 노파를 바라보았다. 나는 일어나 노파에게 손을 뻗었다. 노파가 가까스로 물잔을 손에 쥐고 내 어깨를 밀어 앉혔다. 잔에서 물이 넘쳐흘러 노파의 소매를 적셨다.

"내가 견딜 수 없었던 것은……."

기침을 다스리며 노파는 숨을 몰아쉬었다.

"정말 견딜 수 없었던 게 무엇인지 아세요, 변호사님?"

"괜찮으신가요?"

"내 아이가 혹시 살아 있으면 어떡하나 하는 것이었어요, 변호사님."

"……."

"내 아이가! 내 아이가요, 변호사님! 내가 모르는 곳에서…… 모르는 사람과 함께…… 몸에 있는 피가 거의 빠져나가 창백해진 얼굴로…… 살아가고 있을지도 모른다는 망상에서 벗어날 수가 없었어요. 핏줄이 비칠 듯이 창백한 얼굴로요…… 한 해 한 해 갈수록 조금씩 자라서…… 이제 만나도 알아볼 수 없는 모습으로 어딘가에 있다면…… 나는 어떻게 해야 하나……."

노파는 얼굴을 감싸고 소리 없이 절규했다. 체념과 억제의 힘으로 꼿꼿하고 담담했던 노파가 고통에 무너지고 있었다.

노파가 돈을 주고 산 것은 아이의 죽음이었다.

김남호는 노파의 의도를 잘못 알았다. 두개골이 없어도 죽음은 확인되었다. 거래를 더 이어갈 필요는 없어졌다. 두개골이 없어진 아이의 뼈는 다른 효과를 낳았다. 자신은 결코 김남호를 용서한 적이 없었다는 것을 노파는 알게 되었다.

"요행 삼아 얻은 돈으로 방탕한 생활을 하면서…… 죽는 날까지 양말 속에 변호사님 연락처를 넣어두고…… 행여 거래가 또 이어질 수도 있을 거라는 희망을 품고 있었겠죠?"

말하며 노파는 몸을 떨었다.

"아이가 살아 있을 때 놈이 아이에게 무슨 짓을 했을지 상상하고 싶지도 않아요. 그래도…… 그래도…… 살았으면 좋았을 거예요. 나아졌을 거예요…… 죽이다니요…… 아무 죄도 없는 열두 살짜리를…… 칼로 난자하고 내다 버리는 사람은…… 그런 사람은 도대체 어떤 사람인가요? 변호사님, 정말 나와 같은 사람일까요?"

내가 대답할 수 있는 질문은 하나도 없었다. 노기를 표출한 노파는 한순간 바람 빠진 풍선처럼 푹 꺼져 말이 없었다. 처음 봤을 때는 보이지 않았던 짙은 병색이 앙상한 얼굴에 드러나 있었다.

"이만 가지요. 늦었네요……."

노파가 몸을 일으켰다.

나는 노파의 느린 걸음에 맞춰 걸으며 건물 밖으로 나갔다. 주차장으로 향하려는데 한 발짝 앞서 가던 노파가 돌아보았다. 노파는 멈춰 서서 코트 주머니를 뒤적이더니 내게 손을 내밀었다.

"죄송합니다만, 변호사님이 이걸 맡아주셨으면 좋겠어요."

플라스틱 꼬리표가 달린 열쇠가 노파의 손끝에서 대롱대롱 흔들리고 있었다.

"뭔가요?"

"타임캡슐이 5년 뒤에나 개봉된다고 하더군요."

나는 강연장에 들어올 때 노파가 들고 있었던 커다란 비닐 가방을 떠올렸다.

"아이는 인형을 참 좋아했어요. 아이가 죽고 한동안은 인형으로 가득 찬 아이의 빈방에서 우두커니 앉아 있곤 했었죠. 아이가 아꼈던 곰인형을 타임캡슐에 넣어놨어요. 솜으로 빽빽하게 속을 가득 채운 봉제 인형이지요."

나는 얼떨결에 열쇠를 받았다. 노파는 가랑잎같이 마른 손으로 내 손가락을 굽혀 열쇠를 쥐여주었다. 그렇게 내 손을 감싸고 선 채 노파는 말했다.

"제가 5년 후까지 살아 있기는 힘들 것 같아요. 변호사님이 곰인형을 찾아주셨으면 해요."

열쇠는 묵직하고, 또 차가웠다.

참 이상한 사건이에요. 지난여름 시체로 발견된 김남호의 사건을 맡아 내게 전화했던 형사가 말했다. 형사는 나에게서 사건의 실마리를 잡을 수 있을 거라고 많이 기대했던 모양인지 내 대답이 신통치 않자 실망감을 숨기지 못하고 푸념했다. 도대체 머리는 왜 자른 건지 원. 피해자 신분을 숨기려고 그런 거면 상식적으로 손목부터 끊어야 하는 거 아닙니까? 열 손가락 지문은 그대로 두고 머리만 잘라가고, 그건 또 어디에 버렸는지 찾을 수도 없어요. 무슨 의도인진 모르겠지만 해놓은 거 보면 전문가의 솜씬데. 변호사님, 뭐 떠오르는 거 정말 없으십니까?

노파는 강연장에서 몹시 힘겹게 비닐 가방을 옮겼다. 노파의 쇠약한 힘을 감안하더라도 그것은 그만한 크기의 봉제 인형보다는 무거워 보였다. 뭔가 다른 걸 넣고 꿰맸기 때문이었다. 아이가 좋아했던 곰인형 속에 딱 들어갈 만한, 아이를 죽인 살인자의 머리.

"저를 찾아오신 진짜 이유가 뭐죠?"

나는 물었다. 노파는 금방 대답하지 못하고 약간 놀란 눈으로 나를 보았다. 나는 채근했다.

"뭐죠?"

"아이의 두개골이 없었다는 얘기, 들려드리고 싶었어요."

"김남호가 양말 속에 제 연락처를 넣어둔 것을 어떻게 아셨나요? 그 사실은 신문에도 나오지 않았고, 저도 말씀드리지 않았는데요."

주름진 얼굴 가운데 박힌 노파의 두 눈이 검은 유리알처럼 빛났다. 노파는 쓸쓸하게 웃었다. 비밀을 나눠 가진 자들 사이에 통하는 신뢰가 담긴 웃음이었다.

"죄송합니다, 변호사님…… 누군가 단 한 명이라도 알아주었으면 했어요."

노파는 허리를 숙이고 머리를 조아렸다. 혼자만 아는 진실은 힘이 없어요. 죄송합니다. 모두 내 아이가 죽었다고 했지만 나는 아이의 죽은 육체를 보지 못해서 과연 그게 진실일까, 오랜 기간 너무도 괴로웠어요. 진실을 아예 묻어버리는 건 안 될 일 같아요. 죄송합니다, 변호사님. 아이의 머리는 찾았어요. 심부름꾼이, 변호사님과는 전혀 다른 사람들이지만요, 잘 수습해서 제게 주었습니다. 그러니 걱정 마세요.

2년 전 나는 노파에게서 많은 돈을 받았다. 노파는 약속한 금액보다 더 많은 돈을 내게 주었다. 한 일에 비해 지나치게 많이 받았다고 생각하고 있었다. 그러나 빚진 기분을 가질 필요가 없다는 것을 이제 알았다. 일은 아직 끝나지 않았다.

노파가 주차장에 대기시켜놓은 차에 올라타는 모습을 바라보며 나는 속으로 노파에게 물었다. 당신이 김남호를 결코 용서한 적이 없었다는 사실을, 머리가 없는 아이의 뼈를 봤을 때 비로소 깨달았던 것이 맞는지요. 결국 이렇게 될 거라는 걸 당신께서는 알고 있었던 것 아닌가요.

나는 노파가 준 열쇠를 손바닥이 아프도록 세게 쥐었다. 후지하라 토모요 님, 당신께선 내게 무엇을 주신 겁니까.

사랑합니다, 고객님

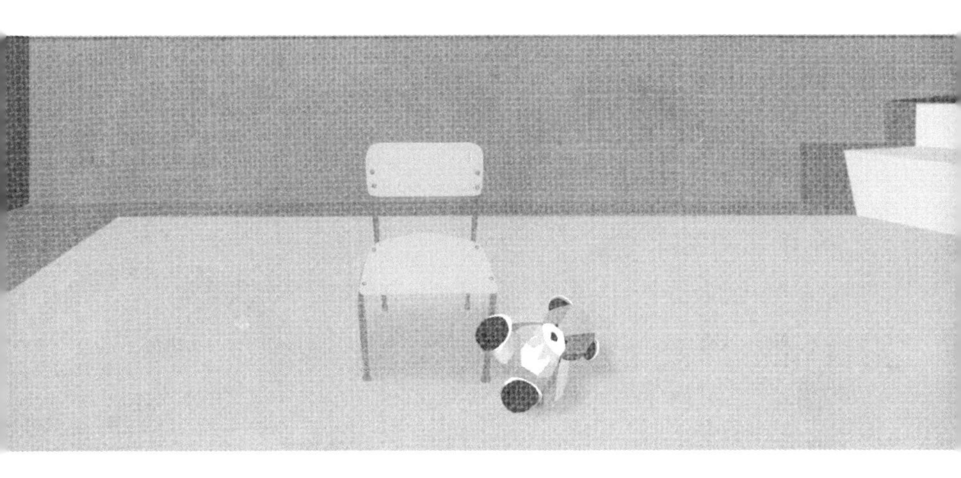

1

부모님은 재래시장에서 생선을 팔았다. 황학동 중앙시장 한켠 한 평 남짓한 공간에 부모님의 가게가 있었다. 아빠는 매일 새벽 트럭에서 생선 상자를 내려 받아 나무로 짠 매대에 진열해놓았다. 고등어, 꽁치, 갈치, 명태, 삼치가 나란히 드러누운 생선 상자 아래에는 고무 다라이에 찬물을 채워 미더덕과 바지락, 모시조개 등을 담가놓았다. 오징어와 낙지, 새우가 한쪽 구석을 차지했고, 봄가을에는 꽃게가 매대 중앙에 진열되었다.

손님들이 가격을 묻고 사고자 하는 생선을 가리키면, 엄마는 얼음이 반쯤 녹은 스티로폼 상자에서 생선을 집어 바로 옆 통나무 도마 위에 척 올려놓았다. 그 즉시 아빠는 도마에 꽂힌 무쇠 칼을 뽑아 들어 재빨리 생선의 비늘을 긁어내고, 배를 갈라 내장을 들어낸 후 칼끝으로 지느러미를 쩍 그어내었다. 탁. 탁. 내리치는 아빠의 칼질에 하나씩 토막 난 생선이 검은 비닐봉지에 담겨 손님 손에 건네지기까지는 오랜 시간이 걸리지 않았다. 엄마는 손님에게 받은 돈을 비닐 앞치마에 찬 전대에 쑤셔 넣었다. 엄마가 받아 넣은 돈은 늘 젖어 있어 꾸깃꾸깃했고, 생선 비린내가 났다.

우리 집은 시장 뒷골목에 있었다. 열한 평이 좀 안 되는 공간에 방은 두 개였다. 재래식 화장실이 현관 밖에 외따로 있었는데, 장사꾼들이 너나없이 종일 드나들었다. 나는 동사무소 옆 어린이공원에 있는 공중화장실을 이용했다. 여섯 살 어린 남동생도 중학생이 되면서부터 휴지와 담배를 들고 어린이공원을 찾게 되었다. 우리는 공중화장실 앞에서 마주쳐도 알은체하지 않았다.

부모님은 하루에도 수십 번 집과 가게를 왔다 갔다 했다. 틈틈이 밥과 빨래를 해야 했고, 무엇보다 떨어지지 않게 얼음을 날라야 했다. 냉장고는 하루 종일 웅, 하는 소리를 내며 물을 얼렸다. 아빠가 냉동실에서 얼음을 꺼낸 후 다시 물을 채워 넣고 급히 나간 자리 부엌 바닥에는 물이 흥건했다. 장판은 새로 깐 지 얼마 되지 않아 꾸들꾸들 사이가 떴고, 생선 비린내가 났다.

나는 부모님이 생선 말고 다른 걸 팔았으면 좋겠다고 생각하면서도, 한편으로는 옆집 정씨 아저씨처럼 시뻘건 개고기 토막을 좌판에 올려놓고 파는 것보다는 낫다고 생각했다. 하지만 얼마나 나은 건지는 알 수 없었다. 감자를 팔거나, 수세미나 '뚫어뻥' 따위를 판다면 더 나을 것 같기도 했다. 하지만 그 역시 얼마나 나은 건지는 알 수 없었다.

가끔 물 간 생선을 팔았다고 따지러 오는 손님들이 있었다. 한여름에는 더욱 전전긍긍하며 생선 상자에 얼음을 채워 넣은 수고를 생각하면 부모님은 결코 손님의 항의를 받아들일 수 없었다. 손님이 소리를 지르면 엄마는 더 큰 소리로 응수했다. 욕설이 시작되면 그게 무엇이든 엄마는 한층 더 심한 욕설을 했다. 그때가 아빠가 나설 때였다. 생선을 토막 치다 말고 아빠는 손님이 흔들어대는 봉지를 낚아채 그 손에 냅다 돈을 쥐여주며 말했다.

"가쇼! 당신한테 우리 생선 안 팔아!"

그럴 때 생선은 '우리 생선'이었다.

"멀쩡한 생선 가지고 지랄이야. 망할 여편네."

손님에게 낚아챈 생선을 그날 저녁 밥상에 올리면서 엄마는 한참 손님을 욕하다가 나와 동생을 바라보며 이렇게 말하곤 했다.

"공부 열심히들 하고 있냐? 에구, 모르겠다. 엄마처럼 시장에서 생선이나 팔고 싶지 않거들랑 알아서들 잘해라."

사시사철 습진이 떨어지지 않는 손으로 밥을 뜨며 말하는 엄마에게 이때 생선은 '생선이나'였다. 한숨 쉬는 엄마의 등 뒤 벽에 걸린 남방셔츠 끝자락에는 간혹 생선 피가 검게 배어 있곤 했다.

2

"언니가 확실히 몸이 안 좋긴 안 좋나 보다. 점심 먹기 전엔 자리

안 뜨는 사람이 말이야."

고개를 들고 보니 정은이 자판기 앞에 서서 나를 내려다보고 있었다. 자판기 표면에 비친 내 얼굴이 내가 봐도 때꾼하다. 며칠 감기를 앓았는데 옆자리 앉은 정은은 눈치채고 있었나 보다.

"오늘은 개시부터 재수가 없어. 바지 사이즈가 잘못 나왔다고 어떤 아줌마가 신경질 부리는 거 있지. 자기가 이십칠 사이즈는 어느 제품이나 맞는데, 그거 있잖아 요즘 한정세일하는 베이지색 면바지. 그게 허리에 안 맞는다고 난리야. 왜 자기 살찐 거 신경질을 나한테 내냐. 에이, 미친년."

정은은 투덜거리며 커피 한 잔을 뽑고 내 옆에 앉았다. 막상 통화할 때는 비굴할 만큼 친절한 목소리로 반품 절차를 찬찬히 안내했을 거면서, 통화 후엔 누구에게라도 욕을 털어놓지 않으면 참지 못하는 정은은 아직 신참이다.

나도 그랬다. 홈쇼핑에 들어와 처음 받은 전화가 하필이면 불만 접수 전화였다. 스물이 갓 넘었을까 말까 한 여자애가 홈쇼핑에서 산 화장품을 쓰고 트러블이 생겼다며 잔뜩 성을 냈다. 나는 고객 응대 교육시간에 배운 대로 적당히 맞장구를 치며 불편을 드려 죄송하다고 했다. 여자애가 콧방귀를 뀌었다. 웃기고 있네. 죄송한 건 알았으니까 어떻게 보상해줄 건데요! 짜증 나 진짜. 장난하나.

"그래도 언니는 곧 교육 스태프로 갈 거 아냐. 이번엔 언니가 된다고 다들 그러던데. 언니 올해도 죽 실적 AA지? 좋겠다. 나는 2년 근속해도 실적이 안 좋아서 못 할 거야."

혼자 떠드는 정은에게 나는 살짝 미소를 지어주었다. 지난달 실적이 좋지 않아 성과급을 거의 못 받았다며 낙심해 있던 정은의 얼굴이 떠올랐다. 그때는 곧 그만둘 것 같더니 좀 더 참아보기로 했나 보다. 커피를 후루룩 마시며 정은은 벽에 걸린 시계를 올려다보았다.

나는 복도에 저 홀로 켜져 있는 텔레비전을 바라보았다. 화면에서 깜찍한 버섯 모양 머리를 한 쇼핑 호스트와 주부 탤런트가 프라이팬에 계란을 부치고 있었다. 기름을 두르지 않아도 계란이 달라붙지 않는 프라이팬이 신기해 보였다. 지금 들어가면 저 프라이팬 주문전화를 수십 건 받을 것이다. 아아, 조금만 더. 조금만 더 하면 된다. 신참인 정은까지 듣는 말이 있을 정도니 정말 이번에는 나를 교육 스태프로 뽑아줄 모양이다. 그럼 더 이상 전화를 받지 않아도 된다. 강당에 신입들을 모아놓고 제품설명과 친절교육을 하고, 가끔 악성 민원인 몇 명 처리하면 되겠지.

의외로 처음부터 너무 잘해버린 게 문제였다. 몇 달이고 실적이 낮아 타박을 받았다면, 나 역시 솜털 뽀얀 젊은 아가씨들처럼 고객의 신경질과 낮은 봉급에 지쳐 미련 없이 사표를 던지고 나갔을지 모른다.

엄마의 탄식을 새겨들은 나는 그럭저럭 이름이 알려진 4년제 대학에 들어갔다. 하지만 그것이 내가 보여줄 수 있는 마지막 성공인 것 같았다. 몸이 아팠다. 혼자 밖을 거닐 때에도 갑자기 귓속에서 웅, 하는 소리가 들리기 시작하여 좀처럼 사라지지 않았다.

머리 한쪽이 깨질 듯 아팠고, 손발의 힘이 빠지면서 땅으로 푹 꺼질 듯한 느낌이 들다가 나도 모르게 까무룩 잠이 들곤 했다. 스물일곱에 세 번째로 회사를 그만둔 후 집에 주저앉았다. 그럭저럭 병세가 나아졌을 때는 이미 아무것도 하지 않고 지낸 세월이 3년이었고, 나는 서른 살이 되어 있었다. 홈쇼핑이 아무 조건 없이 나를 받아주었다. 그리고 어디 가도 별반 다를 게 없다는 것을 알 만큼 나는 철이 들었다. "사랑합니다, 고객님!" 하는 징그러웠던 첫인사도, 입꼬리를 잔뜩 올려야 가능한 '솔' 음정의 발성도 하려고 하니 입에 붙어 저절로 나오게 되었다. 어려울 게 뭐가 있는가. 새벽에 일어나 한데 나와 있어야 하는 것도 아니고. 깨끗한 옷 입고 출근해서 의자에 앉아 전화를 받고, 주문을 입력하고, 전화를 끊은 후 다시 다음 전화를 받으면 된다. 전화를 많이 받을수록 실적도 높아지고 성과급도 많이 붙었다. 1년 만에 자취방을 구해 독립할 수 있었다. 비록 월세 원룸이었지만, 더 이상 집 안에서 생선 비린내가 나지 않았고, 화장실을 쓰기 위해 어린이공원을 찾을 필요도 없었다.

물론 가끔 너무나 힘든 날이 있었다. 세 번 연속 민원전화를 받았던 날이었다. 앞선 두 번의 전화가 욕설로 끝나고, 세 번째 전화에서는 웬 아저씨가 느물거리는 목소리로 치근덕댔던 날. 아가씨, 이러지 말고 만나서 얘기하면 좋을 것 같은데? 몇 살이야?

나는 화장실에서 얼굴에 물을 끼얹으며 고객들이 꼭 한 집에서 내게 전화를 걸고 있는 것 같다는 생각을 했다. 대궐같이 큰 집에 모여 살며 서로 머리를 맞대고 언제 누가 홈쇼핑에 전화를 걸어 텔레마케터에게 어떤 상처 주는 말을 할지 모의하는 것 같았다. 조금만 더. 종이 타월을 뜯어내며 그때도 이렇게 혼잣말을 했었다. 조금만 더…… 조금만…….

"나 나온 지 10분 됐다. 먼저 들어갈게."

어느새 핸드폰을 붙잡고 재잘거리고 있는 정은에게 말하고 일어섰다. 감기 기운이 남아서인지 머리가 무거웠다.

3

"사랑합니다! 고객님."

자리에 돌아와 컴퓨터 화면에서 '대기' 버튼을 클릭하니 금방 전화벨이 울렸다. 헤드폰을 고쳐 잡고 저절로 나오는 인사말을 했다. 저절로 나오니까 할 수 있지, 아니면 사랑한다는 말을 이렇게 쉽게 해도 되는지 의심하느라 할 일을 못 할 것이다.

"LJ 홈쇼핑 텔레마케터 이혜연입니다. 무엇을 도와드……."

"여보세요. 홈쇼핑이죠?"

상대는 인사말이 끝나기도 전에 끼어들었다. 중년 여성의 날카롭게 솟은 목소리. 벌써 심상치 않았다.

"예. LJ 홈쇼핑입니다, 고객님."

"나 이 갈치 도저히 못 먹겠네. 거기서 갈치를 샀는데 말라서 푸석푸석하고 너무 비려서 먹을 수가 없어. 환불해줘요."

"갈치를 사셨어요, 고객님? 언제……."

"내 이름은 신정희요. 컴퓨터에 한번 쳐봐. 어째 이런 걸 팔아 그래?"

시키는 대로 이름을 넣고 조회해보았다. 신정희라는 고객은 한 명뿐이었다. 최근 구매 내역을 보니 무려 열이틀 전에 2킬로그램짜리 토막갈치를 샀다고 나온다.

"고객님, 58년 3월 2일생 신정희 고객님 맞으신가요?"

"그려. 내 이름 신정희라고 했잖아."

"고객님, 오늘이 2월 22일인데요. 고객님은 2월 10일에 갈치를 구입하신 것으로 나옵니다. 식품의 경우에는 배송을 받으신 직후 이상이 있음을 확인하셨을 때 반품하실 수 있습니다. 지금은 시간이 너무 지났습니다."

"이봐, 아가씨! 그건 제대로 된 물건을 팔았을 때 얘기지. 어디서 제일 하질로 보내놓고선 늦게 전화한 게 잘못이야?"

"고객님, 좀 여쭤볼……."

"이러저리 얘기 돌리지 말고 빨리 가져가서 환불 처리 해라. 너, 안 그러면 내가 인터넷이고 뭐고 죄다 올릴 거야 그냥. 큰맘 먹고 한번 샀더니 말이야. 포장 뜯었을 때도 상태가 영 아니더라고. 어이가 없어서. 아이 씨. 내가 바빠서 시장 갈 시간이 없어 홈쇼핑에서 그냥 사 먹어봤더니 이제……."

"고객님, 죄송한데요, 잠시 제 얘기 좀 들어주세요. 지금 얼마나 드신 상태인가요?"

"뭐?"

"얼마나 드셨는지……."

"이 아가씨가 뭘 자꾸 따져대? 손님 말을 막 끊어?"

"고객님."

"야!"

고객이 버럭 소리를 질렀다. 날카로운 음성이 칼처럼 귀를 찔렀다. 잠시 헤드폰을 벗었다가 다시 끼었다. 가슴이 뛰기 시작했다.

"너 이러면 안 짤려?"

"고객님, 죄송합니다. 하지만 기본적인 사항을 확인해야 제가 상담을 해드릴 수 있어요……."

"아가씨 이름 뭐야?"

"예? 저는 텔레마케터 이혜연입니다, 고객님."

"가만있자. 뭐라고? 나 좀 적게. 이혜연?"

"예, 이혜연입니다."

메모를 하는 듯한 소리가 들렸다.

"쯧쯧쯧…… 아가씨도 별로 똑똑지를 못하네. 내가 거기서 한 달이면 얼마를 사는데. 뭘 알고 일을 해야지. 하긴 그러니까 거기서 그러고 있지. 그치?"

부모님의 생선 가게가 떠올랐다. 되먹지 못한 손님에게 거침없이 대응하던 엄마의 걸쭉한 욕설. 전화를 끊고 싶었다. "가쇼! 당신한테 우리 생선 안 팔아!"라고 외치고 굳어진 얼굴로 더 힘차게 생선을 토막 내던 아빠. 물과 생선기름, 생선비늘, 생선피가 번들거리며 흘러내리던 아빠의 비닐 앞치마.

"수준을 보아하니 말이 안 되겠다. 사장실로 돌려! 니네 사장 바꿔!"

"고객님, 말씀이 심하십니다! 지금 똑똑하지 못한 쪽은 고객님 아닙니까!"

"……뭐?"

"……."

나도 모르게 뱉어버린 말보다 이어서 할 말이 떠오르지 않는 게 낭패였다. 고작 3만 원짜리 갈치 한 상자 사놓고 자기가 내 월급을 다 주는 양 너절하게 구는 고객. 한두 번 겪는 일도 아닌데 내가 왜 그랬을까.

"웃기고 있다. 참 웃기고 있어. 너도 나 무시하냐. 네까짓 게?"

고객의 목소리는 분노에 차 갈라졌다. 수화기 너머에서 새빨갛게 달아올라 팔팔 뛰고 있겠지. 씩씩거리는 숨소리가 그대로 전해져왔다.

"이거. 이 다아 썩은 갈치! 너나 먹어라, 이년아! 가져가서 다아 먹고오 자알 살아봐라아! 너 다 처먹어! 이 따위로 손님을 대한다 이거지? 두고 봐 너!"

뚜뚜뚜.

유난히 크게 들리는 통화 종료음. 잠시 멍하니 그 소리를 듣고 있었다. 컴퓨터 화면에 사내 메신저로 쪽지가 도착했다는 표시가 떴다.

이혜연 씨, 잠깐 내 방에서 봅시다.

팀장이 보낸 쪽지였다.

4

“고객은 이미 기분이 나쁜 상태로 전화를 하는 거예요. 최대한 친절하게 접근하고 설득해서 손상된 상품 이미지를 조금이라도 회복할 수 있도록 했어야죠.”

최형석 팀장이 고객응대 교육 자료에 있는 내용을 줄줄 읽듯이 말했다. 현장 경험 별로 없이 본사에서 내려와 열다섯 명의 텔레마케터를 관리하고 있는 사람이었다. 본사에서 콜센터 현장을 감시하라고 박아놓은 사람이라는 말도 있었고, 열심히 하긴 하는데 잘 되지는 않는 사람이라 여기로 밀려났다는 말도 있었다.

“고객이 화가 나서 말을 하면 좀 더 들어봤어야지요. 갑자기 말을 끊고 들어가고…… 같이 언성을 높여서 고객을 비난하는 말을 하면 어떡합니까? 쿠션 언어, 배웠잖아요?”

팀장은 자기 자리에서 소속 텔레마케터의 통화를 실시간으로 듣고 평가 자료로 쓸 수 있었다. 노조에서는 이를 근로자 감시 시스템이라고 항의했다. 실시간 통화 평가를 할 때 최소한 그 시기라도 공지하라고 요구하여 약속을 받아냈다. 하지만 노조가 흐지부지되면서 약속도 흐지부지되었다. 팀장이 방금 신정희 고객과 나의 통화를 들은 것은 순전히 내 운이 나빴다고밖에 할 수 없었다.

"그리고 중간에 말이 끊기기까지 하고. 마지막 인사말도 하질 않고 말이죠."

팀장은 지금 책상에 펼쳐놓은 통화품질 평가표를 보며 말을 하느라 자기 말에 모순이 있는지 모르는 모양이었다. 그 상황에서 어떻게 마지막 인사말을 할 수 있단 말인가. 더 필요하신 것은 없으십니까, 고객님? 이상 LJ 홈쇼핑 텔레마케터 이혜연이었습니다. 감사합니다. 좋은 하루 되십시오.

"죄송합니다, 팀장님. 순간적으로 감정조절이 안 돼서……."

"고객관리팀 넘기지 말고 내일쯤 이혜연 씨가 신정희 고객에게 전화해서 풀어봐요. 그냥 반품 받아주고. 사고 처리 하는 쪽으로 합시다."

"네."

"아, 그리고 이혜연 씨."

자리를 뜨려는 나를 불러 세우더니 팀장은 자못 골치 아픈 듯 이마에 손을 짚었다.

"이번 상반기 교육 스태프 선발 말이에요. 우리 팀에서 이혜연 씨를 추천할지 장미영 씨를 추천할지 제가 요즘 고민이 많았어요. 두 분 다 실적도 좋고 경력도 비슷하고. 그런데 요즘 통화품질 평가를 해보니 장미영 씨가 약간 더 좋네요. 이혜연 씨가 양보를 좀 해줘요. 하반기에는 이혜연 씨 생각하고 있으니까."

5

6개월은 180일이다. 일 년이 365일이니까 정확히 반을 나누면 182일하고도 반나절. 아니, 휴일을 빼고 대충 한 달에 25일을 일한다고 하면 150일. 하루에 평균 150통의 전화를 받는다고 치면 6개월이면 2만2500통.

다시 6개월을 더 기다려야 하는 상황이 오면 4만5천 통.

오후 4시. 신정희 고객에게 전화하는 것을 미뤄보기 위해 쓸데없는 계산을 하고 있다가 포기하고 고객정보를 조회해보았다.

작년에 고정 고객들을 상대로 우편 설문조사를 한 적이 있었다. 설문조사지를 작성해 보내주면 추첨을 해서 경품을 보내주는 행사였다. 설문조사 내용은 주로 고객의 개인 신상정보와 소비 성향에 관한 것이었는데, 고객이 답변한 내용을 모두 고객정보에 입력해놓았다.

신정희 고객도 작년 설문조사에 참여했다. 신상정보란이 가득 차 있었다. 강남구 논현동 H빌라. 남편과 아들 하나. 남편은 의사이고 아들은 고등학생이었다. 의사 사모님이 고작 갈치 몇 토막 때문에 전화통을 잡고 펄펄 뛰다니. 하지만 놀랄 일은 아니었다. 많이 가진 사람이 더 인색한 모습은 얼마든지 보았다.

신정희 고객의 구입 내역을 보았다. 4년 전 첫 주문은 디지털 카메라였다. 유명 브랜드 화장품과 밍크 숄이 뒤를 이었다. 모두 고가의 제품이었다. 올해 들어서는 자질구레한 식품과 생활용품들만 구입했다. 간장게장, 기능성 샴푸 세트, 베개 커버, 빨래 수납장, 곶감, 종합비타민, 그리고 갈치……. 두 달 동안 구입한 일곱 가지 품목 중 세 가지를 반품하고 환불 처리 했다. 갈치까지 포함하면 네 가지였다. 처음에는 고가품만 구입하다가 어느새 이것저것 주문하고 반품하는 것에 맛이 들린 것 같았다. 텔레마케터들은 이런 고객을 진상이라고 부른다.

머리가 지끈 아팠다. 화장실에 갔다 와서 맘 잡고 전화를 하기로 했다.

볼일을 보고 얼굴에 한 차례 물을 끼얹고 나오는데 복도 보안문 앞에서 택배 기사가 두리번거리다 나를 보더니 유리로 된 보안문을 톡톡 두드렸다.

"이혜연 씨 여기 계십니까?"

곧 납작한 상자가 내 손에 들렸다.

아무도 없는 휴게실 구석 소파에서 상자를 뜯었다. 덮개를 열자마자 비린내가 훅 얼굴을 덮쳤다.

네 개씩 개별 포장된 갈치토막. 두 개는 포장이 뜯어져 갈치 생살이 바로 드러나 있었다. 진작에 해동된 상태로 포장해 보냈는지 누렇게 썩어 흐물흐물했다. 상자를 뜯기 전에 보낸 사람 이름을 보고 이미 내용물을 짐작했다. 하지만 이 정도 상태일 줄은 몰랐다.

툭. 몸 안에서 팽팽히 당겨져 있던 끈 같은 것이 끊어져 튕겨나가는 소리가 들렸다. 손발에 힘이 빠지고 땅으로 꺼지는 것만 같았다. 아아, 나는 생선장수였구나. 아닌 줄 알았더니. 생선을 만지고 배를 갈라 내장을 빼낼 일은 없지만, 생선 비린내에 전 몸으로 새벽부터 밤까지 노상에 서서 일할 필요는 없지만. 아아, 나는 생선장수였구나. 그러나 미친 손님에게 생선 대가리를 집어던지지도 못하는 생선장수구나. 그렇구나.

6

화원에서 커다란 꽃바구니를 산다. 붉은 장미를 많이 꽂아달라고 주문한다. 여러 가지 장미가 많이 있지만 뭐니뭐니해도 붉은 장미가 가장 아름다운 것 같다. 노란색 프리지어도 많이 섞었다. 생선 비린내를 조금이라도 감추려면 향이 강한 꽃이 필요하다는 생각이었는데 괜한 마음을 썼다. 일주일 동안 내 방에 그대로 놓아둔 갈치 상자가 뿜어내는 비린내를 감추려면 프리지어 정도로는 어림도 없다. 시침을 떼고 지하철 7호선을 탄다. 오늘은 귀에서 웅, 소리도 들리지 않고 정신이 또렷한 것이 갑자기 잠들 염려도 없을 것 같다. 쇼핑백에 넣은 갈치 상자를 선반에 올려놓고, 꽃바구니를 안고 자리에 앉는다. 출근 시간이 지난 지하철 안이 한산하다.

논현동 H빌라를 찾기는 어렵지 않았다. 자동잠금 장치가 있는 입구 유리문 앞에서 502호를 누른다.

"누구세요?"

여자 목소리다. 나는 꽃바구니를 옆구리 쪽으로 들고 마이크로 보이는 곳에 얼굴을 들이민다. 꽃이 하도 크고 풍성해서 얼굴이 반 이상은 가려질 것 같다.

"신정희 씨 댁이죠? 꽃 배달 왔습니다."

"꽃? 누가 보낸 거예요?"

물음 끝에 설렘이 묻어난다.

"누군지는 여기 안 적혀 있는데……."

괜히 꽃바구니 사이에 달린 카드를 뒤적여본다.

"무슨 병원에서 보냈다고 들었는데요. 사모님, 생일축하 꽃입니다."

"아…… 그래요? 올라오세요."

스르르 열린 입구 유리문을 지나 엘리베이터를 타고 5층으로 간다. 엘리베이터 앞에 나와 있기라도 할 줄 알았으나 없다. 502호의 벨을 누른다. 들어오라는 말과 함께 현관에 걸린 걸쇠가 기계음을 내며 척 열린다.

내 방보다 큰 현관 복도를 성큼성큼 걸어 들어가니 탁 트인 거실이 나온다. 하얀 블라우스와 주름치마를 입은 마르고 땅딸막한 중년 여자가 입가에 미소를 머금고 혼자 서 있다. 새하얀 목에 사파이어인지 뭔지 푸른 메달이 달린 금목걸이를 두르고 있다.

"신정희 씨 되세요?"

"예. 아이구야. 되게 크네요. 이리 주세요."

"무거워요, 사모님. 거실에 놓아드릴게요."

말이 끝나기 무섭게 신발을 벗고 거실로 들어선다. 고객은 의아한 표정을 짓다가 종종거리고 따라온다. 거실 가죽 소파 앞 탁자에 꽃바구니를 내려놓았을 때 고객이 코를 감싸 쥐고 손 부채질을 한다.

"근데 이게 무슨 냄새야……."

나는 손에 든 쇼핑백을 탁자에 올려놓고 보란 듯이 상자를 쑥 잡아 빼 뚜껑을 연다.

"에구머니, 이게 뭐야!"

고객이 소스라치며 뒤로 물러서다 넘어진다. 상자 안에는 거무죽죽하게 변한 갈치 위로 통통한 하얀 벌레가 꼬물거리고 있다. 썩는 냄새가 산뜻한 거실 공기를 금세 변질시킨다.

"당신, 뭐야!"

기겁을 하고 반쯤 일어선 중년 여자의 얼굴을 본다. 심하게 일그러져서 그렇지 꽤 곱상한 얼굴이다. 집에 혼자 있을 때도 하늘하늘한 고급 블라우스를 걸치고 보석이 박힌 목걸이를 두르고 있는 부잣집 사모님. 전화로 천박한 욕지거리를 늘어놓던 고객의 귀티 나는 차림새가 보여주는 여유로움이 가소롭다.

"돌려드리려고 왔습니다, 고객님. 저는 LJ 홈쇼핑 텔레마케터 이혜연입니다."

"뭐? 무슨 홈쇼핑? 그게 뭐야…… 너 뭐야! 미쳤어!"

이 와중에도 고객은 냄새를 참지 못하고 코를 감싸 쥔다.

"신정희 고객님, 그냥 사과 한마디만 하시면 돼요. 내가 너무 심했다고. 잘못했다고. 아니, 일어서지 마세요. 그렇게 앉아서 미안하다고 한마디만 하시면 가겠습니다."

"당신 미쳤어! 경찰 부를 거야!"

숫제 발작을 한다. 고객은 응접탁자 위의 전화기를 향해 뛰어든다. 나는 그런 고객의 목 언저리를 잡고 잡아당긴다. 투둑. 목걸이가 끊어지고 시폰 블라우스가 뜯어진다. 고객은 다시 나가떨어진다.

뭐야? 그 한마디를 못 해? 나는 하루에 백 번도 더 하는 말을 너는 단 한 번도 못 해? 이렇게 찾아오기까지 했는데? 역시 어쩔 수 없어.

나는 꽃바구니 속으로 손을 집어넣는다. 빽빽한 꽃 사이로 단단하게 박아둔 칼자루가 손에 잡힌다.

고객은 비명을 지른다. 나는 고객의 배와 가슴에 칼을 찔러 넣었다 뺀다. 오호. 커다란 대구를 토막 내는 것보다 쉽다. 비명을 멈추고 바닥에 쓰러진 고객은 약간만 움찔할 뿐 더는 소리 내지 않는다.

나는 뛰어간다. 안방처럼 보이는 곳의 문을 훌쩍 열었다. 족구를 해도 될 만큼 큰 방에 아무도 없다. 어? 왜 없지? 더 없어? 안방에 딸린 욕실 문도 열어본다. 뭐야? 없어?

다시 거실을 지나쳐 다른 방문을 열어본다. 손에 묻은 피 때문에 도어를 돌릴 때 미끄덩거린다. 책으로 가득 찬 그 방에도 아무도 없다. 다들 어디 있는 거지? 옆방에 들어가 본다. 삼 면에 옷이 가득 들어차 있다. 역시 아무도 없다. 괜히 옷 사이사이를 들춰본다.

순간 거실에서 찢어지는 여자의 비명 소리가 들린다. 고객이 살아났나 보다. 후다닥 거실로 나간다.

고객은 쓰러진 그대로 미동도 없이 있었고, 지금 비명을 지르고 있는 사람은 다른 여자다. 후줄근한 체크 무늬 남방셔츠를 입은 작고 뚱뚱한 아주머니가 손발을 휘청거리며 비명을 지르고 있다. 바닥에는 장바구니가 떨어져 있고 양파와 호박이 구르고 있다. 후줄근한 아주머니가 나를 보고 벌어진 입을 다물지 못한다. 검고 주름진 얼굴에 입술에는 새빨간 립스틱을 칠했다. 땀인지 뭔지 번들거리는 얼굴. 우리 엄마를 닮았다고 생각한다.

거실 벽에 걸린 전신거울에는 어떤 젊은 여자가 서 있다. 머리부터 발끝까지 피범벅인, 괴기스럽고 초라한 여자가 거기에 있다. 그 여자를 알아보느라 정신이 팔린 사이 후줄근한 아주머니는 최대한 빠른 속도로 현관으로 달려간다. 우당탕.

손발에 힘이 빠진다. 잠이 올 것 같다. 꼭 이러려고 했던 것은 아니다. 아니, 이럴 줄 알았다. 모르겠다.

피 웅덩이에 쓰러져 있는 고객을 바라본다. 움직이지 않는다. 고객을 다시 움직이게 할 수 없다는 것을 안다. 넓고 큰 베란다 창으로 들어오는 햇빛이 쓰러진 고객의 몸뚱이를 여과 없이 비추고 있다.

7

권미자는 맨발로 비상계단을 후다닥 내려갔다. 피투성이 여자가 칼을 들고 쫓아올 것 같았다. 현관까지 내려왔을 때는 다리가 후들거려 자리에 주저앉고 말았다.

"사…… 사람이 죽었어요!"

권미자가 소리쳤다. 늙수그레한 경비가 경비실에 무료하게 앉아 있다가 깜짝 놀라 튀어나왔다.

"아줌마! 왜 그래요?"

빌라 마당에 딸린 놀이터에서 놀던 아이와 아이 엄마도 눈을 휘둥그레 뜨고 다가왔다. 권미자는 경비의 바지춤을 잡고 꺽꺽대는 목소리로 말했다.

"영철 엄마가 죽었어요! 강도야! 강도가…… 어떤 여자가 칼 들고 안에 있어요!"

"뭐라구요!"

혼비백산한 경비가 경비실로 뛰어 들어가 전화기를 들었다. 어느새 몇 명의 주민이 더 모여 권미자를 둘러싸고 어쩔 줄 몰라 했다.

오늘은 영철 엄마의 생일이었다. 생일이면 어디 놀러 나가든가 친구들과 저녁을 먹더라도 밖에서 좀 사 먹고 들어오면 좋을 텐데, 꼭 집으로 친구를 불러 놀겠다고 아침부터 야단이었다. 출근하자마자 장 볼 거리가 가득 적힌 쪽지를 들고 마트로 가야 하는 권미자의 기분이 좋을 리 없었다. 망할 놈의 여편네. 매달 똑같이 주는 월

급이 아까워 죽겠는지 기회만 있으면 날 더 못 부려먹어서 안달이지. 돈이 없는 것도 아니고 썩어날 만큼 많아 늘 헛돈만 쓰는 것이. 비슷하게 팔자 편한 여자들이 모여서 먹을 음식을 만들어야 하는 것이 고까워 권미자는 부러 천천히 장을 본 후 막 들어온 참이었다.

현관을 들어설 때부터 냄새가 심상치 않았다. 이 여편네가 뭐하는 거야? 누가 왔나? 거실 응접탁자에 커다란 꽃바구니가 놓여 있는 것이 보였다. 거실 벽과 바닥에 온통 붉은색 물이 튀어 있는 광경이 무슨 꿈에서 보는 장면 같았다. 응접탁자 뒤쪽으로 쓰러져 있는 영철 엄마의 붉은색 발이 보였다. 비명을 지른 것은 그때였다.

얼마나 거기에 서 있었을까. 뒤에서 인기척이 들렸다. 옷방에서 어떤 여자가 튀어나왔다. 온통 피를 뒤집어쓴 여자의 오른손에 피 묻은 칼이 들려 있었다. 여자도 권미자를 보고 놀랐는지 그 자리에 멈춰 선 채 꼼짝하지 않았다. 그 여자는 아직까지 거기 있을까. 바로 눈앞에서 보았던 끔찍한 장면에 온몸이 후들후들 떨렸다.

아침에 나올 때까지만 해도 꽃바구니는 없었는데. 생일이고 하니 어디서 보내왔나 보다. 이상한 건 그 옆에 놓여 있던 상자다. 거무죽죽하게 썩은 생선이 안에 담겨 있었고, 썩은 물이 마분지 상자 바깥까지 배어 나와 있었다. 바닥에 떨어진 상자 뚜껑이 눈에 들어온 순간, 그 와중에도 권미자는 그게 무엇인지 알아볼 수 있었다. 지난 설 때 권미자네 집에 선물로 들어왔던 치약 세트 상자와 같은 것이었다. 얼마 전 홈쇼핑에서 샀던 갈치를 그 상자에 담아 버르장머리 없는 홈쇼핑 여직원 앞으로 보낸 적이 있었다. 갈치를 산 지가 오래되어 이미 갈치를 포장했던 상자는 버렸기 때문에 마땅한 상자를 찾은 게 그것이었다.

매일 아침 8시부터 오후 7시까지 영철 엄마 집에서 일하다 보니 퇴근 후 장을 봐서 들어가기가 힘들었다. 작년에 영철 엄마를 대신해서 홈쇼핑에 주문을 넣은 적이 있었는데 그 뒤로 영철 엄마는 홈쇼핑을 이용하지 않았다. 권미자는 집에서 필요한 물건들을 홈쇼핑을 통해 사서 낮에 영철 엄마 집에서 받아놓고 퇴근할 때 가지고 가곤 했다. 어차피 받을 주소가 영철 엄마 집이었으므로 영철 엄마 이름으로 샀다. 그러다 보니 홈쇼핑에 전화할 때는 마치 자기가 영철 엄마가 된 것 같았다. 권미자란 이름보다 신정희라고 불리는 게 더 듣기도 좋았다.

그런데 왜 그 상자가 지금 거기에 있는 것일까? 수취거부로 돌아오기라도 한 것일까? 이제 와서?

"꺅! 안 돼!"

권미자 근처에 있던 한 여자가 빌라 위쪽을 바라보더니 소리쳤다. 권미자도 여자의 시선이 향한 쪽으로 고개를 돌렸다.

뭔가가 5층 베란다에서 붕 떨어져 내렸다. 그것은 권미자가 있는 곳에서 열 발자국 정도 떨어진 화단으로 툭 떨어졌다. 사람이었다. 그 사람이 떨어진 곳이 502호 베란다라는 것을 짐작했을 때 권미자의 입에서는 다시 비명이 비어져 나왔다.

가까이서 사이렌 소리가 들려왔다. 사람들이 투신한 젊은 여자 주변으로 불안과 호기심을 감추지 못하고 모여들었다.

좋은 친구

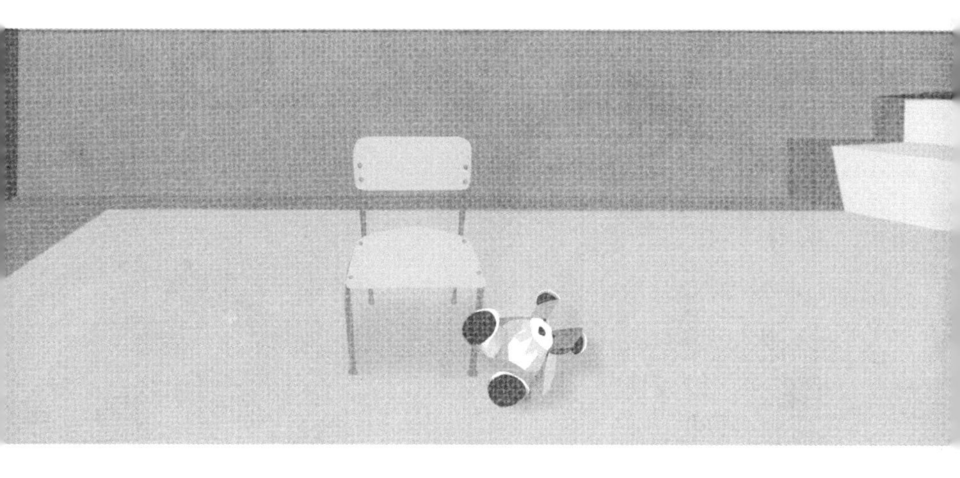

1

인간의 좋은 친구

현대인의 사막여우

반려견과 함께하는 삶

좋은친구동물병원에는 이런 표어가 걸려 있다. 좋은친구동물병원은 서울 용산구 한 도로변에 있는 작은 동네 병원이고, 나는 병원 원장이자 유일한 수의사이다. 개원했던 날 맞춘 저 작은 현수막 표어는 병원 유리창에 붙은 채 7년째 낡아가고 있다.

오래된 주택과 작은 상점, 주택 지하에 딸린 소규모 제조공장이 그저 낡아갈 뿐 한결같던 이 동네가 용산 뉴타운 개발계획이 발표되고 난 후 많이 바뀌었다. 골목 골목 오래된 주택들이 하루아침에 헐리기 시작했다. 좁은 골목 하나에도 서로 마주 본 채 건물을 부수고 땅을 파는 공사가 이어졌고, 몇 달 사이 그 자리에는 신축 빌라가 빽빽이 들어섰다. 식당과 슈퍼는 하나씩 부동산 중개업소가 되어 이제 상가 중 세 집 걸러 하나는 부동산 중개업소가 차지하고 그 커다란 노란 간판을 밤까지 끄지 않았다. 거주민은 늘었지만 점심 먹을 곳은 점점 마땅치 않아졌고, 개를 키우는 사람은 하나도 늘지 않은 것 같았다. 외로워도 귀찮은 것은 싫은 사람들이 포장이사 트럭으로 부지런히 신축빌라의 빈 공간을 채웠다.

바깥 환경은 매일 변하고 손님은 늘지 않았지만, 동물병원의 일상은 그만그만했다. 동물 간호사는 7시에 퇴근했고, 나는 홀로 밤 9시까지 병원에 남아 일했다. 입원했거나 주인의 사정에 따라 며칠씩 맡겨지는 동물들이 늘 있기 마련이어서 지루하지는 않았다.

오늘도 저녁 8시가 넘은 시간, 나는 홀로 접수대에 앉아 어두워가는 바깥 풍경과 접수대 탁자에 올려놓은 슈나우저 '나박이'를 번갈아 바라보고 있었다. 육포를 찢어 내밀어봤으나 나박이는 먹는 시늉만 하다 뱉어냈다. 병원 문이 열릴 때마다 큰 목청으로 떠나가라 짖어대고, 부어준 사료를 다 먹고도 모자라 밥그릇까지 씹어대던 평소 모습과는 뭔가 달랐다. 살진 뱃살을 늘어뜨리고 무심한 듯 고개를 몸속에 묻는 모습을 보니 확실히 어디가 아프긴 아픈 것 같은데, 일요일 오전에 찾으러 온다던 주인은 월요일 밤까지 아무 소식이 없었다.

"오늘 어디 놀러 갈 건데, 내일 밤 늦게 와서요. 나박아! 얌전하게 있어야 해! 일요일 오전에 찾으러 올게요."

금요일 저녁 나박이를 맡기러 온 연경의 얼굴은 상기되어 있었다. 버둥대는 나박이를 내게 넘겨주기 위해 몸을 숙일 때 하나로 묶은 머리카락 몇 올이 이마로 흘러내렸다. 굵은 분홍색 테 안경. 여드름에 얽은 왼쪽 뺨. 검은색 민소매 셔츠와 딱 붙는 블랙 진.

"짖는 버릇은 좀 나아졌나요?"

내 질문에 연경은 어깨를 으쓱해 보였다.

"안 고쳐져요. 옆집은 이미 포기한 것 같고. 지난주엔 윗집에서까지 따지러 왔지만…… 뭐, 일단 잘 무마시켰어요. 나박아! 짖지 말고 조용히 있어! 그럼 수고하세요."

나박이는 연경이 나가자마자 짖기 시작했다. 녀석을 사각장 안에 욱여넣고 빈 상자를 내놓기 위해 병원 문 앞으로 나갔을 때 연경은 조금 앞에 세워놓은 빨간색 마티즈의 운전석에 올라타고 있었다.

차 뒤창으로 조수석에 앉은 누군가가 연경의 가방을 받아주는 모습이 보였다. 야구모자를 눌러쓴 남자였다.

나는 급히 시선을 돌리고 골판지 상자의 접힌 부분을 괜히 손으로 눌러 폈다.

연경이 경쾌하게 웃으며 시동을 걸었고, 곧 떠나갔다.

일요일에 연경은 오지 않았다.

휴대전화로 몇 번이나 연락을 해도 받지 않았다. 그리고 오늘.

낮에는 환자견이 많아 미처 신경 쓰지 못하고 있었는데 저녁 7시, 동물 간호사 조 양이 퇴근하면서 염려스러운 얼굴로 말했다. 아직도 연경이 나박이를 찾아가지 않았으며, 오늘은 아예 연경의 핸드폰이 꺼져 있고, 또 나박이가 아침부터 사료를 잘 먹지 않고 왠지 힘이 없어 보인다고. 그때부터 나는 나박이를 진료대에 올려놓고 바라보며 부풀어가는 걱정을 누르고 있었다.

나는 나박이의 진료 기록을 컴퓨터 화면에 띄우고 보호자 유연경의 주소를 메모지에 적어 들고 밖으로 나왔다.

그리고 좋은친구동물병원 바로 옆에 있는 '금명자 부동산' 문을 열고 들어갔다.

"안녕하세요, 사장님."

혼자 책상에 앉아 인절미를 베어 먹고 있던 금명자 사장이 바지에 손을 털며 일어섰다. 풍성한 곱슬머리 단발. 기미를 감춘 짙은 화장. 흰색 반팔 라운드 티셔츠. 은색 십자가 목걸이.

"개 의사 선생이 무슨 일이여?"

"저, 여기 주소가 어디쯤인지 알 수 있을까요?"

나는 메모지를 내밀었다. 금 사장은 책상에 올려놓은 안경을 집어 썼다.

"이잉, 평화빌라. 우정부동산 사택이구만. 여기여."

금 사장이 벽에 붙은 커다란 지도의 한 부분을 손으로 짚었다. 대로변을 따라 내려가다가 골목을 두 번 꺾어 들어간 곳이었다. 걸어서 한 10분 정도 걸릴까.

"어딘지 알 것 같네요. 근데 우정부동산 사택이라뇨?"

"여기 올해 새로 지었어. 건물주도 업자도 다 그 부동산 관련된 사람들이라 거기 실장들이 다 한 호씩 분양받아 살아. 그래서 그냥 우리들끼리 하는 말이지 뭐. 근데 거긴 왜?"

"어떤 아가씨가 개를 맡겨놓고 이틀 넘게 찾아가질 않아서요. 전화도 안 받고. 한번 가볼까 어쩔까 하고 있어요. 그럼 그 아가씨도 우정부동산에서 일하는 건가……."

"거기 실장들 중에 개 키우는 사람 없을 텐데? 아! 맞다. 거기 3층에 세 들어 사는 아가씬가 보네."

메모지를 다시 힐끗 보았다. 평화빌라 302호라고 쓰여 있었다.

"네, 그러네요. 근데 그 아가씨 아세요?"

"에이, 내가 어떻게 알아. 여기 통해 세 든 것도 아닌데."

금 사장이 웃으며 인절미가 담긴 접시를 내밀었다. 짧고 뭉툭한 손가락. 통통한 손등에 그어진 볼펜 자국. 나는 인절미 하나를 집어 우물거렸다.

"우정부동산 실장들이 만났다 하면 3층에서 개 짖는 소리 땜에 죽겠다 해. 낮이고 밤이고 짖어대서 잠을 못 자겠대. 나가줬으면 하는데 요새 세상에 쫓아낼 수도 없고. 차라리 자기들이 세놓고 나가고 싶다고 죽는 소리 하는데 그게 되나."

금 사장은 팔짱을 끼고 책상 끝에 기대어 섰다. 무료했던 참에 수다가 길어질 태세다.

"그 빌라 한 호 분양받겠다고 다들 살던 집 빼고 빚까지 얻었는데. 근데 나도 한번 가봤는데 거기가 평수가 넓게 안 빠졌어. 방도 작은 거 두 개라 애들하고 같이 가족이 살기는 영 좁게 생겼더라고. 그래도 개중에는 처녀도 있고, 어떤 집은 애 유학 보내놓고 부부만 살아. 사장도 남편 자식 다 있는 여잔데, 딸은 시집가고 아들은 군대 가고 해서 부부 둘이 살기는 괜찮나 봐…… 근데 개 안 찾아가서 직접 갖다 주러 간다고? 개 의사 선생이 원래 그런 것도 하는 거여?"

2

나는 평화빌라를 올려다보며 잠시 숨을 골랐다.

이마에 맺힌 땀을 손수건으로 훔치며 어깨에 맨 이동장을 바닥에 잠시 내려놓았다. 나박이는 12킬로나 되는 비만견. 매고 오려니 힘에 부쳤다.

평화빌라는 대로변에서 조금 들어간 곳 평지에 있었다. 개발 효과가 아니었다면 저런 곳에 저렇게 빌라를 세우지는 않았으리라. 베란다가 있는 면은 길가 쪽으로 트여 있지만, 다른 세 면은 비슷한 시기에 지어진 듯한 다른 빌라들이 거의 틈을 주지 않고 들어차서 막혀 있었다. 그래도 1층은 계단으로 통하는 입구만 남겨둔 채 뚫어 주차장으로 넓게 사용하고 있었고, 외관 벽은 주황색으로 깔끔하게 칠했다.

주차장에 연경의 빨간 마티즈는 없었다.

그래도 여기까지 온 이상 주차장만 들여다보고 갈 수는 없어 다시 이동장을 매고 위층으로 통하는 좁은 계단을 올랐다.

내가 지금 뭘 하고 있는 거지?

개를 찾아가지 않은 사람에게 직접 개를 배달해주는 수의사?

"쓸데없는 짓 하고 있네."

내가 수의학과에 가겠다고 했을 때 아버지는 대뜸 그렇게 말하며 고개를 돌렸다. 어차피 비싼 돈 들이기는 마찬가지인데 사람 의사가 아닌 동물 의사가 되겠다는 아들이 마음에 차지 않았던 것이다. 아버지는 많은 사람들을 만나고 부대끼면서 한 단계씩 올라가는 것이 남자다운 삶이라고 했다. 평생 개나 고양이만 주무르며 살 거냐고 호통이 컸다. 그러나 그렇게 말하는 아버지는 동물은 물론이고 자기 외에는 단 한 명의 사람도 좋아한 적이 없는 분이었다.

"쓸데없는 짓 하고 있네."

겨우 열두 살이었던 내가 집 나간 어머니를 그리워하는 표정만 지어도 아버지는 그렇게 말하며 신문 따위를 집어던졌다. 그럴수록 나는 마지막 어머니의 모습을 기억하려 애썼다. 잠깐 시장에 갔다 오겠다고 말하던 입술에 맺힌 상처. 그 상처를 덮기 위해 애써 바른 빨간 립스틱. 반쯤 뜬 눈에 비친 피로와 슬픔. 마지막으로 나를 힘껏 안았던 가느다란 팔. 회색 털실로 직접 뜬 카디건을 걸치고 돌아서며 보였던 동그랗게 굽은 등. 아버지가 어머니의 물건을 모두 마당에 내동댕이쳤고, 어머니의 사진도 앨범째 태워버렸기 때문에 나는 그 마지막 모습을 열심히 기억하는 것밖에는 어머니를 잊지 않을 다른 방법이 없었다.

넉 달 전 좋은친구동물병원에 처음 나타난 연경은 아버지의 말을 빌린다면 쓸데없는 짓에는 한눈팔지 않을 것같이 생긴 아가씨였다. 새까만 눈은 말하는 상대의 눈을 똑바로 바라보았고, 립글로스를 발라 광택이 나는 분홍색 입술은 당차게 다물려 있었다. 그런 연경이 뚱뚱하고 지저분한 슈나우저를 안고 진료를 접수하며 빨간 손톱 자국이 선명한 팔뚝을 계속 긁어댔다. 슈나우저는 길게 자란 회색 털이 걸레짝처럼 엉켜 뭉쳐 있었고, 음식 쓰레기를 뒤져 먹었는지 입가의 털이 갖가지 탁한 색으로 물들어 있었으며, 연경의 품속에서 쉬지 않고 비대한 몸을 버둥거리며 썩은 냄새를 풍겼다.

“이름은 나박이예요.”

연경이 말했다. 전날 밤 퇴근길에 집 앞 공원에서 아이들이 녀석을 둘러싸고 돌을 던져대는 걸 보고 불쌍해서 데려왔다고 했다.

“밖에서 오래 생활했나 봅니다. 피부병이 있어요. 그새 보호자분도 옮으신 것 같아요. 계속 긁으시는 걸 보니.”

내 말에 연경은 팔뚝을 긁던 손을 멈추고 얼굴을 찡그렸다. 주름이 콧등에 세 줄로 잡혔다.

“이름은 어떻게 지은 거예요?”

진료가 진행되는 동안 말이 없어진 연경에게 묻자 그녀는 입을 오므리고 작게 한숨을 쉬었다.

"다시 버려도 데려갈 사람이 없을 것 같아서요. 얘한텐 나밖에 없잖아요. 그래서 나박이예요."

그날 연경은 피부병 치료를 위해 며칠간 나박이를 입원시켜놓고 자신도 황급히 피부과 병원으로 갔다.

연경은 꾸준히 찾아왔다. 예방접종을 빠짐없이 챙겼고, 다이어트 사료를 사갔고, 목에 채우는 짖음 방지 기계를 대여해갔다. 나박이가 아무거나 주워 먹다가 설사를 하면 데려왔고, 한밤중에도 녀석이 플라스틱 펜 뚜껑을 삼켰다고 전화를 해서 잠을 깨웠다. 다음 날에는 나의 조언대로 나박이의 대변을 뒤져 발견한 펜 뚜껑을 그대로 휴지에 싸서 들고 와 보여주기도 했다. 짖음 방지 기계나 입마개를 해도 자꾸만 짖어대서 이웃의 원성이 자자할 때면 녀석을 며칠씩 맡겨두고 찾아갔다. 찾는 사람이 많은 주말이면 인형같이 깜찍한 몰티즈나 푸들, 요크셔테리어를 안고 자기들끼리 서로 자랑하며 감탄하고 있는 사람들 틈에 무심히 앉아 자꾸만 무릎 아래로 흘러내리는 나박이를 푸짐하게 끌어안고 있는 연경의 모습을 자주 볼 수 있었다.

그런 연경이 이틀이나 연락도 없이 나박이를 찾아가지 않고 있다니 필시 무슨 일이 생긴 것이다.

폭이 좁은 계단을 사이에 두고 한 층에 네 가구가 일자로 붙어 있었다. 3층에 이르자 바로 302호의 문이 눈에 들어왔다.

이동장을 바닥에 내려놓고 초인종을 눌렀다.

딩동. 초인종 소리가 울리자마자 이동장 안에서 나박이가 짖기 시작했다. 컹컹. 빌라 복도에서 나박이의 목소리가 크게 울렸다. 문 안에서는 아무 대답이 없었다.

내친김에 초인종을 세 번 더 누르고 반응을 기다렸다.

딩동. 딩동. 딩동. 컹. 컹. 컹.

그때 왼쪽 301호 문이 살짝 열렸다.

"이게 뭔 소리야?"

파마머리 여자가 머리를 빼꼼 내밀었다. 방금 감은 듯 머리가 젖어 있었다. 쌍꺼풀이 없는 작은 눈. 두껍고 긴 입술. 여자는 나를 보더니 놀라 눈을 크게 떴다.

"302호 찾아왔어요?"

"아, 네. 개를 맡겨놓고 찾으러 오시질 않아서……."

여자는 휘둥그레진 눈으로 나박이와 나를 번갈아 바라보더니 곤란한 표정으로 손가락을 문에서 뗐다 붙였다 했다.

"302호 아가씨 어디 갔습니까? 혹시 아세요?"

"아니, 그게…… 어떻게 말해야 하나…… 거기 아가씨, 죽었어요."

"네에?"

순간 평화빌라가 지면 밑으로 한 번 내려앉았다 올라온 듯 머리가 핑 돌았다. 얼굴에 핏기가 빠져 차가워지는 느낌이 들었다.

"여기서 사건 난 거 모르세요? 경찰이 어젯밤부터 내내 있다가 오늘 아침에야 철수했는데……."

골판지 상자가 내 상체를 민다. 멍청히 서서 301호 여자의 입만 쳐다보고 있던 나는 어정쩡하게 한 발 비켜난다. 고개를 드니 한 중년 남자가 커다란 상자를 앞에 들고 4층으로 이어지는 계단을 올라가고 있다. 튀어나온 배 밑으로 내려 입은 검은색 등산바지. 허리춤에서 짤랑거리는 자동차 열쇠……. 연경이 죽었다고? 왜? 어떻게?

이어서 상자를 들고 올라온 젊은 남자가 또 나를 밀고는 계단을 오른다. 계단 입구를 멍청히 막고 있는 내가 못마땅하다는 듯 흘겨보는 눈. 군인처럼 짧게 깎은 머리. 갈색으로 그을린 얼굴과 뾰족한 턱. 상자를 받쳐 든 왼손 손가락에는 약국 봉투가 끼워져 있다. 컹, 컹, 컹……. 나박이가 짖어대는 소리를 배경으로 방 안에서 죽어 있는 연경과 어깨를 부딪히며 오가는 커다란 덩치의 경찰들이 연상된다. 죽어 하얗게 된 얼굴과 나박이를 맡기러 왔을 때 밝게 웃던 얼굴이 반쪽 화면으로 대비된다.

남자들에 이어 중년 여자가 포도 상자를 들고 올라오다가 3층에 섰다. 큰 키에 금테 안경. 날씬한 갈매기 모양의 눈썹.

“302호 개래요. 아가씨가 어디 맡겨놨었나 본데 안 찾아가서 갖다주러 오셨대.”

301호 여자가 중년 여자에게 말했다. 중년 여자는 어머머, 놀라다가 쯧, 혀를 차고 나박이를 내려다보였다.

“평소 그렇게 시끄럽게 짖던 개가 얘구먼…… 주인이 그렇게 된 것도 모르고…….”

"무슨 사고가 있었나요? 어떻게 죽은 겁니까? 지난주 금요일에 저희 병원에 왔었는데…… 경찰은 왜 왔다 갔나요?"

쏟아지는 내 질문을 받으며 두 여자가 서로 얼굴을 바라보았다.

"사고인지 아닌지…… 아직 모르지…… 어쨌든 아가씨는 이제 이 세상 사람이 아니고 이 집엔 아무도 없어. 이 개는 도로 데려가셔야겠네."

중년 여자가 말끝을 흐리며 천천히 4층으로 이어진 계단으로 발을 옮긴다. 301호 여자는 내 눈을 피하며 중년 여자를 보고 말했다.

"들어가세요, 대표님. 가족끼리 마트 갔다 오시는 건가 봐요?"

"응. 오늘 아니면 또 언제 가. 우정이 낼모레 군대 들어가야 하는데. 이번엔 휴가 길게 나왔다 했어도 벌써 끝났어. 그나저나 큰일이네. 이런 일 소문 나면 안 되는데……."

중년 여자는 301호 여자에게 말하며 눈으로는 나를 바라보았다.

이제 주인이 없어진 나박이를 들고 빌라 밖으로 나왔다.

주차장 끝에 건장한 두 남자가 서서 담배를 피우고 있었다. 남자들은 나를 보고 담배를 던져 끄더니 바지 주머니에 손을 찌르고 다가왔다.

앞서 다가온 다소 나이가 든 축의 남자가 말했다.

"좋은친구동물병원 김동표 원장님이시죠?"

흰머리가 듬성듬성 섞인 짧은 머리. 주먹코에 옆으로 째진 작은 눈. 회색 폴로셔츠의 반팔 소매가 터질 듯 꽉 들어찬 굵은 팔뚝.

그 뒤에 허리를 꼿꼿이 세우고 선 젊은 남자는 입술을 굳게 다물고 나를 주시하고 있었다.

그들은 동시에 경찰 신분증을 내 눈앞에 들이밀었다.

일요일부터 피해자의 휴대전화로 연락한 것을 보고 안 그래도 나를 만나러 갈 생각이었다고 하며.

3

나는 형사들의 차를 타고 동물병원으로 돌아왔고, 종이컵에 커피를 타서 그들에게 대접했다. 피곤했는지 맛있게 커피를 홀짝거리며 그들은 무슨 이유에서인지 사건의 개요를 얘기해주기 시작했다. 주로 고참인 정한기 형사가 이야기했고, 인턴사원같이 긴장된 표정을 한 최동민 형사가 가끔 뒤를 받쳐주었다.

그들의 설명에 따르면, 연경은 일요일 오후 4시경 집 안에서 시체로 발견되었다.

연경은 2년째 건축설계 사무실의 사무보조 직원으로 일하고 있었다. 일요일에도 출근해 일을 하던 같은 사무실의 설계사가 연경에게 맡겨둔 설계도면이 필요해 전화를 했으나 받지 않자 연경의 집으로 찾아왔다. 그는 초인종을 눌러보다가 문이 잠겨 있지 않은 것을 알고 집 안으로 들어섰고, 거실 중앙에 죽어 누워 있는 연경을 보았다.

텔레비전을 올려놓은 협탁 모서리에 머리카락과 피가 묻어 있고, 연경은 그 밑에 고개를 꺾고 바로 누워 있었다. 머리 밑으로 피가 흘러나와 고여 있었으며, 오른쪽 광대 부근에 멍이 들었고 입술이 터져 피가 배어 나와 있었다.

몇 차례 얼굴을 가격당하고 밀쳐졌는데 하필 뾰족한 협탁 모서리에 뒷머리를 부딪히며 쓰러져 사망에 이른 것으로 추정되었다. 타살인 것은 분명했지만 계획된 것은 아니었다. 범행 후 증거를 인멸하기 위해 깨끗하지 않은 걸레로 거실과 침실 바닥, 물건들을 급히 닦아낸 흔적이 있었고, 욕실 바닥도 물을 뿌려 청소를 한 것으로 보였다. 죽기 전 강간을 당한 흔적은 없었고, 현금이나 귀중품도 그대로 집 안에 남아 있었다.

사망시간은 대략 토요일 밤 9시부터 일요일 새벽 4시 사이로 추정되었다. 옆집 301호와 303호에서는 늘 들리던 개 짖는 소리도 들리지 않아 푹 잤다며, 전날 아무 소리도 듣지 못했다고 말했다. 301호에는 30대 부부가, 303호에는 30대 여자가 혼자 살고 있었는데 확인해보니 모두 토요일 밤 11시 이후에 귀가했다. 범행이 그전에 발생했을 가능성도 있었다.

강도가 침입했다가 살인을 하게 된 것인지, 면식범의 범행인지 판단하지 못하던 차에 주변을 탐문하다가 동네 피자 가게 주인의 진술을 하나 얻어냈다. 피자 가게 주인은 그 주 목요일 저녁 8시경 302호로 피자 배달을 갔는데, 연경이 현관에서 돈을 치르며 욕실에 대고 "피자 왔어! 빨리 나와"라고 소리쳤고, 욕실에서 "알았어" 라는 남자 목소리가 들려왔다고 했다.

형사들은 오랫동안 살인사건을 수사해본 경험으로 얻게 된 감으로 이것은 강도의 범행이 아니라, 연경과 사적인 관계가 있던 남자가 무슨 이유인지는 몰라도 연경과의 다툼 끝에 우발적으로 저지른 짓이라고 판단했다. 그리고 피자 가게 주인이 들었다는 그 목소리의 주인공을 찾기 위해 수사력을 집중했다.

"피해자의 직장 동료나 친구들의 말을 들어보니 피해자는 꽤 자유분방한 연애를 즐기고 살았던 것 같아요. 여기저기 많은 남자들을 짧게 만나고 다녔답니다. 최근 만난 남자는 누군지 아는 사람이 없어요."

그때 나는 금요일 저녁 연경이 나박이를 맡기러 왔을 때의 상황을 말해주었다.

빨간 마티즈 조수석에 앉아 있던 야구모자를 쓴 남자 얘기에 형사들은 솔깃해하며 질문을 쏟아내기 시작했다.

어떻게 생긴 남자였습니까?

그전에 본 적이 있나요?

나이는 어느 정도?

복장 등 인상착의는?

나는 어느 질문에도 대답하지 못했다. 내가 본 것은 야구모자를 눌러쓴 남자의 뒤통수밖에 없다는 사실을 알고 형사들은 실망감을 감추지 못했다.

나 역시 의아했다. 내 스스로 원하든 원치 않든 누군가의 모습을 기억하는 것은 나의 특기였다. 사람을 만날 때마다 그 사람의 얼굴생김, 옷가지, 들고 있던 물건 같은 걸 문장으로 새겨 기억했고 꽤 오래 머리에 남겨두었다. 오늘 저녁 만났던 금명자 사장만 해도 화장의 색조와 목걸이 형태까지 떠올리려면 얼마든지 떠올릴 수 있었다. 그 버릇은 당황하거나 긴장된 순간일수록 더 심했다. 평화빌라 복도에서 졸지에 연경의 죽음에 관한 소식을 듣고 허둥대고 있을 때 나를 밀치고 스쳐 지나간 세 가족의 모습조차 세세히 들어왔다. 중년 남자의 허리춤에 달린 자동차 열쇠에 찍힌 로고가 대우나 삼성이 아니라 기아였다는 것. 젊은 남자의 손가락에 끼워진 약국 봉투에 나도 써본 적이 있는 무좀 연고가 들어 있었던 것. 중년 여자가 물결 무늬 티셔츠를 입고 있었고, 손에 든 포도 상자에 적힌 포도 품종이 무엇이었는지까지.

그런데 야구모자 남자의 모습은 전혀 머릿속에 남아 있지 않았다. 그가 연경의 가방을 받아줄 때 옆얼굴을 보았던가. 무슨 옷을 입었는지, 어떤 색깔인지 볼 수 없었던가. 뚱뚱했는지 말랐는지 인상이 남았던가. 남자였다는 것 말고는 그에 대한 기억에는 아무 색깔도 표정도 없었다.

양해를 얻고 담배를 빼 문 정 형사가 한탄했다.

"남녀관계란 것이 말입니다. 어떻게든 흔적이 남게 되어 있어요. 주변 사람들이야 눈치 못 챈다 해도 둘이 만나려면 서로 전화를 하든지 문자를 치든지 연락을 해야 할 것 아닙니까? 같이 놀러

다니다가 서로 카드를 쓰거나 하다못해 식당 예약을 하더라도 기록이 다 남기 마련인데 이번 경우엔 그게 전혀 없어요. 피해자의 차까지 가져다가 감식해봤지만, 범인이 차까지 청소를 해놓은 건지 건질 게 하나도 없다고요. 아, 나 미치겠네!"

"그러시군요……."

"어쨌든 지금 우리는 피해자의 직장 동료에게 혐의를 두고 있어요. 서로 연락할 것 없이 낮에 약속하고 밤에 만났다고 하면, 낮에 하루 종일 얼굴을 보고 말할 기회가 있는 직장 동료 중에 있지 않을까요?"

"글쎄요……."

"살인사건이란 게 말입니다. 발생 직후 3일이 가장 중요해요. 3일! 늦어도 7일 안에 범인을 검거하지 못하면 한없이 늘어지고 미제로 남기 십상이죠. 특히나 이번 사건의 경우에는……."

"저 그런데요……."

나는 정 형사의 말을 끊었다.

"그런데 왜 이런 말씀을 제게 하시는지……."

정 형사는 옆에 앉은 최 형사의 얼굴을 바라보았다. 한동안 말이 없던 최 형사는 마뜩지 않은 얼굴이었다. 정 형사의 행동이 마음에 들지는 않지만 말리지는 않겠다는 표정. 갑자기 정 형사가 껄껄 웃었다.

"다름이 아니고, 원장님께 부탁이 있어서요."

"저에게요?"

정 형사는 사각장 안에서 잠들어 있는 나박이를 가리켰다.
"저 개는 범인의 얼굴을 알고 있을 거란 말입니다."

4

다음 날.

새벽에 겨우 잠들었다가 일어나니 오전 10시다. 이틀 전 한 솥 끓여놓은 된장국에 식은 밥을 말아 떠 넣었다. 입안이 깔깔했다. 맙소사. 어젯밤의 일을 생각하니 가슴이 답답했다.

어젯밤. 나는 잠든 나박이를 끌어내어 형사들 앞에 부려놓고 말했다.

도대체 이 개를 뭐라고 생각하십니까? 얘는 영화에 나오는 명견이 아니에요. 천리 길을 걸어 주인을 찾아오는 개도 아니고, 잠든 주인 옆에 붙은 불을 끄겠다고 뒹굴다 주인 대신 죽는 개도 아니라고요. 몇 번 본 사람을 기억하고 뭔가 정확한 반응을 보일 거라 생각하면 오산입니다. 사람 손에 길러지다 보니 본능은 약해지고 꾀만 늘었어요. 게다가 얘는 오늘 아침부터 어디가 아픈 것 같은데, 보세요.

뚱뚱하고 못생긴 데다가 힘없이 늘어져 있기까지 해 명민한 구석이라고는 하나도 없어 보이는 나박이를 잡고 흔들며 얘기해봐도 정 형사는 꺾이지 않았다. 사람 좋아 보이는 웃음을 지으며 달

래듯이 부탁을 하는데 도무지 당해낼 수가 없었다.

나는 그만 거절하는 것이 귀찮아졌다. 사실 내가 할 일이라는 것이 대단한 일은 아니었다.

이미 피해자의 직장 동료들에게 한 번씩 진술을 받아보았다. 그 중 의심이 가는 두 남자를 내일 경찰서로 불러놓았으니, 원장님이 경찰서로 개를 데리고 와서 혹시 개가 둘 중 누구를 알아보는 것 같거든 말해달라. 정 형사가 말했고, 최 형사는 이 계획이 탐탁하진 않으면서도 내가 거절하는 것은 싫은지 끊임없이 고개를 주억거리며 맞장구를 쳤다.

그러면 당신들이 개를 경찰서로 데려가서 직접 시험해보라고 했더니 두 형사가 동시에 도리질을 쳤다.

저나 최 형사나 개를 길러본 적이 없어요. 개가 어떤 반응을 보여도 그게 뭔지 모르거든요. 이런 일은 전문가에게 맡겨야지요. 비공식적으로 참고하려고 하는 거니까 너무 부담 갖진 말고요. 그냥 우리가 두 용의자 중 누구에게 집중해야 하는지 알고 싶은 겁니다.

경찰이 수사가 막히면 무당도 찾아간다더니. 나박이를 찾아오다니.

나는 동물 간호사 조 양에게 전화를 걸어 오늘 사정이 있으니 출근하지 말라고 전하고, 칫솔을 입에 문 채 와이셔츠를 팔에 꿰었다.

경찰서 현관에서 전화를 했더니 최 형사가 뛰어나와 사무실까지 안내했다. 평생 경찰서 출입은 안 할 줄 알았다. 사람들이 복도마다 앉거나 서서 악다구니를 쓰고, 휴대전화를 귀에 대고 다급한 용건을 전하고 있었다. 서류봉투를 옆구리에 끼고 초조하게 거니는 사람들은 내가 지나칠 때마다 고개를 들고 나를 확인했다. 모두 이물스러웠다.

나는 형사과 사무실을 거쳐 '조사실'이라고 쓰인 방으로 들어갔다. 조사실이라고 해서 어두운 공간에 탁자와 의자 두 개만 덜렁 놓인 곳은 아니었다. 사무용 철제 책상이 두 개 있고 그 위에 컴퓨터와 서류철이 있었다. 책상 맞은편에는 소파와 응접용 탁자가 있었고, 응접용 탁자 밑에는 배달시켜 먹은 음식 그릇이 신문지에 싸여 있었다.

책상에 앉아 이를 쑤시고 있던 정 형사가 일어나 맞았다.

"아이고, 오셨습니까? 식사는 하시고? 원장님은 저기 소파에 앉아 신문이나 보고 계시지요. 아, 개는 꺼내놓으시고. 그냥 가만히 앉아 계시면 저희들이 다 알아서 합니다. 하하."

나는 소파에 앉아 이동장에서 나박이를 끄집어내어 무릎에 놓았다. 나박이는 오늘 아침도 먹기를 거부하고 몸을 오그렸다 폈다 하며 잠만 잤다. 신문을 펼쳐 들었지만 어떤 기사도 눈에 들어오지 않았다.

연경의 일은 신문에 났을까. 혼자 사는 여자 한 명 살해당한 것 정도는 일간지에 실리지 않을 것이다. 이 형사들 외에 연경의 죽음에 관심이 있는 사람은 몇 명이나 있을까 싶다.

"계장님, 이진명 지금 왔다 합니다."

내가 들어온 지 약 10분 후에 걸려온 전화를 받은 최 형사가 말했다. 정 형사가 고개를 끄덕이며 최 형사에게 나가서 데려오라고 지시하고는 내게 말했다.

"지금 오는 이진명이란 사람은 피해자의 시체를 발견한 설계사입니다. 피해자와 분명 사적인 관계가 있는데, 최근까지 이어졌는지는 모르겠어요."

조사실 문이 열리고 최 형사와 함께 한 남자가 들어왔다.

180센티미터는 되어 보이는 훤칠한 키. 재킷은 손에 들고, 빨간 단추가 달린 연분홍색 와이셔츠를 입었다. 숱 많고 새까만 머리가 귀를 덮었다.

나박이가 고개를 들고 컹 짖었다.

이진명이란 남자가 놀란 듯 나박이를 바라보았다. 경찰서에 웬 개냐는, 딱 그런 표정이었다.

최 형사가 흥미로운 듯 내 쪽을 보았으나, 나박이는 단지 문이 열리고 닫히는 소리에 반응한 것일 뿐이었다. 이미 나박이는 관심을 거두고 앞발을 뻗어 기지개를 켜고 있었다.

정 형사가 이진명에게 저 개는 사정이 있어 여기 잠시 두는 것이니 신경 쓰지 말고 앉으라며 책상 옆에 접이식 철제 의자를 펴주었다.

이진명은 대충 수긍했는지 내 쪽으로 향했던 눈을 거두고 의자에 앉았다. 형사들은 그를 둘러싸고 이것저것 묻기 시작했다.

나박이는 형사들의 질문에 대답하는 용의자를 바라보지도, 꼬리를 흔들지도, 코를 씰룩이며 냄새를 맡지도 않았다. 몸을 몇 번 꼬고 뒷다리로 귀 언저리를 정신없이 긁더니 다시 몸을 길게 늘여서 잠이 들었다. 이럴 줄은 알았지만, 어리석게도 실망감이 들었다.

최 형사가 서류를 팔랑팔랑 넘기며 이진명에게 물었다.

"유연경 씨 통화기록을 보니 올해 2월과 3월에 이진명 씨랑 통화한 기록이 많네요?"

"아, 네…… 그때 좀 친했죠. 우리가."

"사귀었다는 말인가요?"

이진명의 얼굴을 볼 수는 없었지만 일순간 그가 머뭇거리고 있는 것이 느껴졌다.

"그냥 몇 번 같이 놀았어요. 영화도 보고, 술도 마시고, 밥도 먹고. 근데 뭐 사귄 건 아니라던데요?"

"……아니라던데요?"

"유연경 씨가요. 죽은 사람에 대해서 이런 얘기 하는 내 입장이 이상한데요. 나는 진솔하게 만났어요. 그쪽도 날 좋다 하는 것 같고. 그런데 어느 날 갑자기 냉랭해지더니 그만 만나면 좋겠다고 하더군요. 우리가 뭐 사귀자 한 적이나 있냐고."

"그게 언제였죠?"

"3월 말인가 그랬어요. 그 뒤 개인적인 만남은 절대 없었습니다."

지금은 8월 말. 연경이 나박이를 키우기 시작한 것은 4월 말.

"화나셨겠어요?"

"뭐가요?"

"갑자기 돌변해서 여자가 헤어지자고 했으니까요."

이진명이 신경질적으로 웃었다.

"도대체 뭘 생각하시는지는 몰라도. 저는 미친놈이 아니에요, 형사님. 그리고 유연경 씨 치고 빠지는 덴 선수였다고요. 어제까지 좋다고 웃으며 놀다가도 별 이유 없이 오늘은 세상에서 가장 지겨운 놈 보듯이 남자를 차는 여자였어요. 그중에 혹 원한 품을 놈이 있을지는 모르죠. 근데 제가 뭐가 부족해서 여자에게 차였다고 아직까지 한을 품고 있겠습니까. 사무실에서 문서 보조하고 경리 보는 여직원에게요."

"유연경 씨 집에 가본 적 있습니까?"

"두 번 갔었어요. 집이 어딘지 아니까 엊그제 가볼 수 있었던 거죠."

"그런데 그게 꼭 집까지 찾아가야 할 정도로 급한 일이었나요? 듣자하니 이번에 맡은 설계 일정이 그렇게 빡빡하지도 않다던데……."

"나 참. 열심히 일하는 게 뭐 잘못입니까? 일하려고 나왔는데 분명 유연경 씨가 내 캐비닛에 넣어놨다던 자료가 없으니 짜증 났죠. 유연경 씨 집이 회사랑 가깝기도 하고. 집에 들러서 있으면 자료가 어디 있는지 물어보고 회사로 가고, 없으면 그냥 집으로 갈 생각이었다고요. 몇 번을 말씀드립니까?"

이진명이 돌아가고 두 번째로 들어온 남자는 정 형사와 연배가 비슷해 보이는 중년 남자였다.

나박이는 이번에는 문 여닫는 소리에 한 번 쳐다보기만 했을 뿐 짖을 생각도 하지 않았다. 남자도 처음부터 내 쪽에 아예 눈길을 주지 않았다.

그는 아랫배만 툭 불거져 나온 마른 몸매에 머리는 정수리까지 벗어졌다. 입고 있는 회색 여름 양복은 구겨지고 때가 타 있었다.

"지금 들어올 남자는 김태화라고, 피해자가 일했던 개발1실 실장이에요. 마누라랑 애 둘은 1년 전부터 캐나다에 가서 지금 기러기 아빠라네요."

남자가 들어오기 전 정 형사가 내게 설명했다.

"유연경 씨는 어떤 직원이었나요? 일은 잘했습니까?"

정 형사가 물었다.

"뭐…… 그럭저럭. 별 문제 없이 잘했습니다. 성실했고요."

김태화가 탁한 목소리로 대답했다.

연경은 사무보조 여직원. 아마도 부서에서 가장 끄트머리에 달린 책상을 썼을 것이다. 직속 상사인 이 사람과는 가장 먼 자리에. 일은 특별히 잘할 것도, 못할 것도 없지 않았을까.

최 형사가 프린터로 출력한 종이를 대화 중인 두 사람 사이에 불쑥 내밀었다.

"6월에 유연경 씨에게 이메일을 보내신 게 있더군요."

나는 신문을 살짝 내리고 김태화 실장의 얼굴을 보았다. 그는 정수리까지 새빨개져 있었다.

"이…… 이건………."

"아, 구애의 편지. 죽이네요. '연경. 지난번 말한 그 별장으로 너와 꼭 한번 가보고 싶다. 지금쯤 그곳 풍경이 얼마나 좋은지 몰라. 네가 나에게 위로가 되고, 그리고 내가 너에게 위로가 될 수도 있지 않을까.' 햐! 글솜씨 좀 있으시네."

이메일을 읽는 최 형사의 목소리에 조롱이 가득 담겨 있었다. 김태화는 모욕감을 참지 못하고 벌떡 일어섰다.

"이거 사생활 침해 아니오? 당신들 이래도 되는 거야?"

"앉아요."

정 형사가 나직한 목소리로 말하며 이메일을 인쇄한 종이를 손가락으로 탁 튕겼다.

"이 양반아, 지금 살인사건 수사하느라 빵이 치고 있는 거 안 보여? 그리고 누가 당신 이메일 뒤졌어? 피해자 컴퓨터에 이런 게 남아 있는데 우리가 지금 당신에게 안 물어보게 생겼냐고?"

정 형사가 반말조로 추궁하자 김태화는 파르르 했던 기세를 누르고 의자에 털썩 앉았다. 그는 이렇게 된 이상 더 숨길 것도 없다는 태도로 쏟아내기 시작했다.

"이봐요. 내가 이래 보여도 같은 회사에서 건축밥 17년 먹은 사람이오. 설계 일이란 게 어떤 건 줄 아시오? 매일 낮밤을 새우며 일해서 뼛골을 뽑아내야 내 나이에 겨우 이 자리 차지하고 있는 팔자요. 그래도 뭐 알아주는 사람이 있나. 그래, 그러다 실성했다 칩시다. 술 먹고 실성해서 한번 보내본 거요. 나도 다 듣는 말이 있다 이거요."

"뭔 말을 들었는데?"

"쳇, 유연경이, 여러 남자들 만났다 말았다 한다고들 하더만요. 그냥 내가 미쳤어. 보내놓고 땅을 쳤수다."

"하긴. 유연경 씨가 답장은 안 보낸 것 같네."

"그냥 그게 끝이었다니까요. 당신들은 남자 아니오? 이쯤 해둡시다!"

5

용의자들이 돌아가고 형사들은 뭔가 소득이 있느냐고 내게 물었다. 나는 아무것도 없다고 말했는데, 그 순간 화가 치밀어올랐고, 그것이 얼굴에 드러난 것 같았다. 최 형사는 멋쩍어하고, 정 형사는 입을 열어 뭔가 설명하려고 하는 찰나, 나박이가 내 무릎에서 뛰어내렸다. 그리고 그 자리에서 등과 뒷다리를 굽히더니 똥을 쏟아냈다. 피가 섞인 진똥이 조사실 바닥에 철퍽 쏟아지자 형사들이 질겁하고 물러났다.

나는 나박이를 챙겨 경찰서를 나왔다. 죽은 자는 말이 없고, 개도 말을 하지 못한다. 그러나 나박이는 어제부터 계속 아프다는 신호를 보내고 있었다. 아무것도 하지 않고 있었던 것이 미안해져 나는 서둘렀다.

좋은친구동물병원 문을 열고 들어가니 안에 있던 몇 마리의 개들이 짖고 꼬리치며 반겼다. 하나하나 비어 있는 밥그릇에 사료를 부어주니 조용히 얼굴을 그릇에 박고 먹기 시작했다. 나는 진료실로 들어가 엑스레이 전원을 켠다.

뜻하지 않게 어제오늘 연경을 알았던 사람들의 이야기를 들었다. 그들은 연경이 그렇게 죽어 싸다는 정도까지는 아닐지라도, 그렇게 죽을 만한 이유가 조금이나마 있긴 있었던 것처럼 느끼게 했다. 당연히 연경에게는 한마디 해명의 기회도 없었고, 해명해주는 사람도 없었다.

배를 보이게 나박이를 뒤집고 엑스레이를 찍었다.

잠시 후 엑스레이 사진을 형광판에 붙이자마자 나박이의 위 속에 심상치 않은 뭔가가 있는 것이 보였다. 금속 조각 같아 보이는 것이 위 속을 돌아다니며 상처를 내고 있는 것 같았다.

개들은 가끔 주인이 생각도 못 한 것들을 삼키곤 한다. 대부분 변으로 배출되지만, 이것은 그러기에는 너무 크다. 나박이가 어떻게 이것을 삼킬 생각을 했는지 나로서는 상상할 수 없었다. 개복수술이 필요하다는 진단을 어렵지 않게 내렸다.

나박이를 데려갈 사람을 구할 수 있을까. 다시 버려도 데려갈 사람이 없다고, 얘에게는 나밖에 없다고 했는데. 나박이의 주둥이에 마취 가스를 흘려넣고, 손을 씻고, 라텍스 장갑을 끼고, 수술 부위의 털을 깎으며 생각했다.

수술실 문을 닫으며 문득 보니 병원 유리창 앞 현수막의 한 귀퉁이가 떨어져 바람에 흔들리고 있었다. 연경의 좋은 친구, 연경의 사막여우, 고요하게 숨 쉬고 있는 나박이의 배를 메스로 가르려 할 때 나는 문득 불길한 생각이 들었다. 어쩌면 나박이가 뭔가 해명해줄 수도 있지 않을까.

메스를 내려놓고 수술대 앞에 카메라를 장착했다. 수의사들의 공부 모임에 활용하려고 수술 장면을 촬영할 수 있는 장치를 마련해두었던 것이다. 녹화가 잘 되는지 확인하고 다시 메스를 들었다.

나박이의 위장을 째고 벌려 그것을 꺼내어 그릇에 떨어뜨렸다.

은단알을 연결한 듯한 줄에 달린 양철 조각 두 개.

군인 인식표였다. 군번과 이름, 혈액형이 똑같이 두 개 새겨진.

이름은 이진명도 김태화도 아니었다.

한우정.

나는 정 형사와 짧은 통화를 했다. 그는 곧 이곳으로 오겠다고 하고 흥분했는지 먼저 전화를 끊었다.

나는 천천히 수화기를 내려놓고 나박이의 배를 꿰매기 시작했다.

우정부동산의 '우정'은 친구 간의 따뜻한 정을 의미하는 게 아니라 기껏 사장 아들 이름이었다.

어젯밤 평화빌라 302호 앞에서 마주쳤던 골판지 상자를 든 청년.

아버지로 보이는 중년 남자 뒤에 이어서 올라와 길을 막고 있는 나를 밀고 올라가던 '군인같이' 짧게 깎은 머리의 남자. 길게 휴가를 나왔지만 낼모레엔 들어가야 한다던 그 남자.

'사장도 남편 자식 다 있는 여잔데, 딸은 시집가고 아들은 군대 가고 해서 부부 둘이 살기는 괜찮나 봐.'

그는 휴가 중이었다. 긴 휴가를 나와 집에 머무르고 있었다.

저녁에 혼자 집에 있다가 아래층의 개 짖는 소리에 신경이 날카로워진다. 성큼성큼 계단을 내려가 302호의 초인종을 누른다. 연경이 나온다. 그는 개 짖는 소리에 항의한다.

'지난주엔 윗집에서까지 따지러 왔지만…… 뭐, 일단 잘 무마시켰어요.' 나박이를 맡기러 왔을 때 연경은 이렇게 말했다.

연경은 가볍게 남자들을 만났다. 개 짖는 소리를 따지러 온 남자도 가벼운 연애의 대상이 된다. 남자도 마찬가지다. 남자는 임시로 평화빌라에 머물 뿐, 계획도 약속도 필요 없는 존재. 잠시 사회 안으로 풀려난, 휴대전화가 없는 남자. 연락은 필요 없다. 남자가 찾아온다. 남자의 부모를 비롯하여 평화빌라에 사는 다른 사람들은 이 관계를 눈치챌 리가 없고 눈치채고 싶어 하지도 않는다. 평화빌라 대부분의 호수를 차지한 우정부동산 여자들. 자기들끼리는 어땠을지 모르나, 다른 세입자들이 어떻게 사는지는 관심이 없다. 그들이 연경에게 관심 둘 때라고는 개가 짖어 자신들의 삶에 불편을 초래할 때뿐이다.

남자는 연경의 집 어딘가에 인식표를 풀어놓는다. 펜 뚜껑을 비롯하여 먹을 수 없는 것을 덥석 삼키곤 했던 나박이. 아무도 모르게 그것을 삼킨다.

연경과 남자는 남자의 귀대를 앞두고 여행을 가기로 한다. 금요일 저녁 나박이를 좋은친구동물병원에 맡기고, 연경의 빨간 마티즈를 타고. 남녀는 토요일 밤에 돌아온다. 그사이 남자는 연경의 집에 인식표를 두고 온 것을 알게 된다.

여행의 피로에 지친 연경은 다시 찾아온 남자가 반갑지 않다. 여행을 끝으로 유효기간이 다한 관계가 다시 이어지는 것이 짜증스러웠거나, 그동안 함께했던 남자의 사소한 말과 행동이 이미 지겨워졌을 수도 있다. 둘은 다투기 시작한다.

남자는 화가 난다. 연경을 때린다. 폭력을 가정에서 배웠는지 군대에서 배웠는지 타고났는지는 모르겠으나 그는 폭력에 익숙하다. 그러나 몇 번 때리다 밀친 연경이 뒷머리를 협탁 모서리에 부딪히며 쓰러져 그만 죽어버린다.

남자는 자신의 흔적을 없애고 연경의 집을 나온다. 생각해보면, 자기가 연경을 만났다는 사실을 아무도 모른다는 것을 알고 안심하고, 남은 휴가기간 가족과 마트에 가서 태연히 장을 보고, 죽은 여자에게 개를 돌려주러 온 수의사를 상자로 밀치고 지나간다.

이야기는 이렇게 된 것일까.

연경은 그렇게 죽은 것일까.

나박이는 자신의 몸이 마음대로 움직여지지 않는 상황을 어쩔 줄 몰라 하며 고개를 흔들고 있었다. 나는 나박이를 조심스레 들어올렸다.

그리고 연경이 그랬던 것처럼 접수대 앞 의자에 앉아 나박이를 한껏 끌어안고, 좋은친구동물병원 안에서의 연경의 모습을 하나하나 새로이 기억에 담기 시작했다.

나박이의 엉덩이를 추켜세우며 진료를 기다리던 연경의 모습이 떠올랐다. 나박이를 건네줄 때 이마 위로 머리카락 몇 올이 흘러내리던 모습. 처음 왔던 날 팔뚝을 긁으며 입술을 오므리던 모습. 주홍색 립글로스를 바른 그 입술. 그리고…….

5층 여자

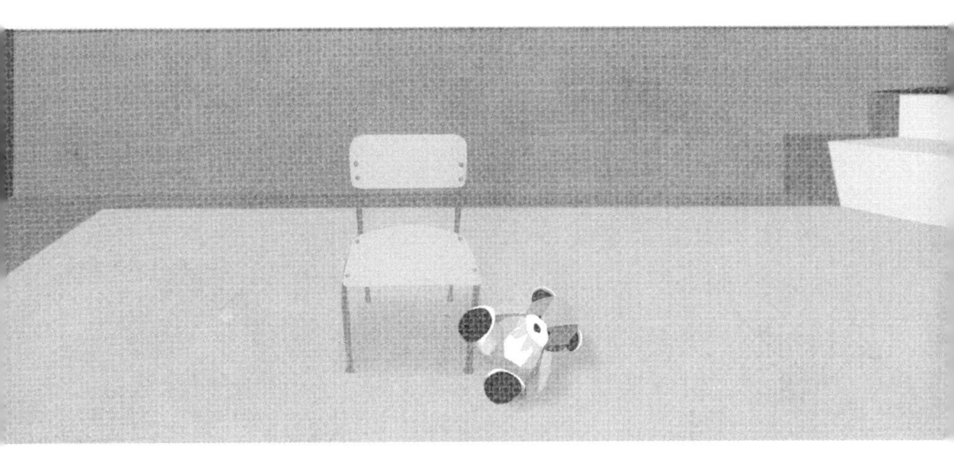

1

삼겹살집에서는 회식이 한창이었다. 서행물산 총무팀 직원 일곱 명이 왁자지껄 떠들며 경쟁적으로 술병을 비우고 있었다.

이들은 오늘 부서 성과평가에서 전체 3위를 했다는 통보를 받았다. 늘 꼴찌를 맡았던 총무팀이 3위를 했다는 소식에 전 사원이 조금씩 놀랐지만, 가장 놀란 건 총무팀장이었다. 눈치 빠른 직원 몇이 나서서 회식을 급조했다. 한 명이라도 빠지는 건 불가능했다.

식당은 환기가 잘 되지 않았다. 철판에 고기 지지는 연기가 가득 들어찬 가운데 총무팀장은 붉게 달아오른 얼굴로 웃었다. 그 모습이 꼭 완전히 익어 줄기에서 떨어지기 직전의 토마토 같았다.

"자, 오늘 끝까지 달리고!" 총무팀장은 손가락으로 좌중을 훑었다. "내일은 모두 오후에 출근하라구. 팀장의 권한으로 허락한다!"

"브라보!"

총무팀장 주위에 앉아 있던 남녀 직원 세 명이 잔을 들어올리며 외쳤다. 이것은 오늘까지만 유효한, 일종의 게임 같은 것이었다. 말하는 사람이나 듣는 사람이나 게임의 규칙은 정확히 알았다.

총무팀장이 잔을 입에 가져가려다 말고 멈췄다. 그는 오늘 무척 기분이 좋아서 될 수 있으면 직원들에게 안 좋은 말은 삼가려 했건만, 자꾸만 눈에 거슬리는 걸 끝내 참지 못했다.

"그런데…… 임 대리는 어디 아프나?"

순간 모두의 눈길이 한 사람에게 집중되었다. 아까부터 벽에 기대 앉아 휴대전화 화면만 초조하게 들여다보던 기숙이 놀라 몸을 일으켰다. 그녀의 어수선한 단발 곱슬머리와 늘 피곤에 절어 부숭한 눈매가 팀장은 안 그래도 마음에 들지 않았다.

"아니, 아닙니다. 아니에요."

연달아 말하며 기숙은 도리질을 쳤다.

"그럼 한잔 마셔야지?"

기숙은 긴장한 얼굴로 양손을 모아 술을 받았다.

그러나 얼마 지나지 않아 기숙은 다시 식탁 밑으로 휴대전화의 화면을 힐끔 내려다보았다. 휴대전화 바탕화면에는 예의상으로라도 예쁘다고 말하기 힘든, 닥스훈트 종 개의 얼굴이 큼직하게 찍혀 있었다. 기숙의 애견, 타미였다. 사진 속 타미는 혀를 길게 늘어뜨린 채 헐떡이는 모양새였다. 그리고 그 밑에 숫자. 7시 34분.

불안감에 가득 찬 기숙의 마음속에서 닥스훈트의 사진이 험상궂은 훈련사의 사진으로 변했다.

"개를 열 시간 이상 혼자 두면 안 됩니다! 안 돼요! 불시에 전화해서 체크합니다. 못 할 것 같죠?"

한때 국가대표 보디빌더였다는 훈련사 최씨가 입을 달싹이며 휴대전화 액정화면에 침을 튀겼다. 말의 리듬에 맞춰 굵고 까만 눈썹이 꿈틀거렸다.

아니요. 꼭 하실 것 같아요. 기숙은 눈을 질끈 감았다. 마주 앉아 있던 강 대리가 또 새로운 술병의 마개를 비틀어 땄다. 동시에 기숙은 타미가 짧은 다리로 방 안을 뛰어가며 왕왕 짖어대는 환청을 들었다. 휴대전화 시계는 7시 35분으로 넘어갔다.

"제가 올해 우리 팀 성과 목표를 하나 생각해놨습니다, 팀장님."

강 대리가 총무팀장의 잔에 술을 쫄쫄 따르며 말했다. 기숙을 곁눈질하며 말하는 폼으로 보아 또 무슨 심술을 부릴 모양이었다. 강 대리의 와이프는 최근 결혼한 지 8개월 만에 아들 쌍둥이를 낳았다. 작년에 결혼할 때부터 강 대리는 기숙 앞에서 자신이 뭔가 단단히 이겼다는 듯한 표정을 하고 다녔다. 강 대리의 남은 목표는 이제 입사 동기인 기숙보다 하루라도 더 빨리 승진하는 것이었다. 정작 상대는 별 신경도 쓰지 않는데 그는 걸핏하면 경쟁하려고 들었고, 기숙은 그저 피곤할 뿐이었다. 승진 따윈 개나 줘버려도 좋으니, 우리 집 개나 좀 조용히 시켜줄래?

"올해 안에 임기숙 대리의 결혼 성사 여부와 그에 대한 팀원들의 기여도를 점수화하여 총무팀의 특별 과제로 삼는 거, 어떻습니까?"

하품도 안 나올 만큼 식상한 제안이었지만 다들 재미있다고 달려들었다. 그래 진작 부서 전체의 과제로 삼아야 했어. 총무팀장이 먼저 한소리 하자 입 가진 사람들이 우후죽순 한마디씩 거들었다. 법인카드로 결혼중매 업체와 계약을 해야 한다는 둥, 각자 세 건 이상의 소개팅을 책임지고 주선해야 한다는 둥, 월별 추진상황을 업무보고에 올려야 한다는 둥 대화는 막힘없이 활기를 띠었다. 명절 날 각자 집안의 노처녀 노총각 백수 재수생 실업자 타박하던 솜씨가 어땠는지 알만했다.

"아기는 울잖아요!"

기숙이 빗자루 같은 머리를 싸쥐고 불쑥 말했다. 일동, 놀라 각자 하던 동작을 멈췄다. 말이 뚝 끊겨 조용해진 가운데 기숙이 머리를 쥐어뜯으며 음산한 목소리로 내뱉었다.

"배고프다고 울고…… 기저귀 갈아달라고 울고…… 조금 크면 마룻바닥을 우다다다 뛰어다니며 쉴 새 없이 떠들겠죠. 그 입을 틀어막지 않는 한……."

누구도 선뜻 그 분위기를 수습하지 못했다.

기숙은 왜 다시 모두의 눈길이 자기에게 쏠렸나 알 수 없어 눈만 끔뻑거리다가 깨달았다.

또 '불쑥' 했구나.

몇 단계를 뛰어넘어 전혀 엉뚱한 지점에서 자다가 봉창 두드리는 버릇. 기숙은 자신의 결혼 얘기가 도마에 오르니까 문득 결혼하면 자신의 삶이 어떻게 될까를 생각했고, 결혼하면 강 대리처럼 금방 아기를 낳게 될까 생각했는데, 지금 텅 빈 방 안에서 왕왕 짖고 있을 타미에 대한 걱정이 슬그머니 끼어든 탓으로, 짱알짱알 울어대는 아이의 모습을 연상하고 진저리치기에 이른 것이었다.

기숙은 앞에 줄서 있는 술잔 중 하나를 들어 꼴깍 마셨다.

2

"목격자가 없다고?"

염 반장이 승합차 문을 밀어 닫으며 말했다. 사건 현장인 빌라 앞에 경찰 순찰차 한 대가 바짝 붙어 서 있는 게 보였다. 늙수그레한 제복 경찰이 염 반장을 알아보고 경례를 붙였다. 관할 지구대에 근무하는 오 경사였다.

"부부싸움 중에 뛰어내렸답니다. 남편이 신고했어요."

고 형사가 뒤늦게 승합차 운전석에서 비대한 몸을 끄집어내며 대꾸했다.

"남편은 팔을 다쳐서 병원에 후송된 상태인데…… 박 형사가 가본다고 했습니다. 헉헉."

턱 밑으로 두툼한 살집이 잡힌 고 형사는 발이 잰 염 반장의 뒤를 따라다니느라 늘 거친 숨소리를 달고 살았다.

염 반장은 접근금지 테이프를 들어올리고 들어가 길바닥에 밴 핏자국을 굽어보았다. 피해자의 머리가 떨어졌던 부근에 피가 방

사형으로 뻗어 있었다. 오 경사가 다가와 피해자는 즉사했다고 말했다. 피해자 이름은 나선영, 42세. 빌라 4층에서 남편과 함께 살고 있었고, 추락 지점은 빌라 옥상이라고 했다. 염 반장과 고 형사의 눈길이 자연히 빌라 옥상으로 향했다.

"참 희한한 데다 건물을 다 올렸네요. 그치요?"

고 형사가 말하며 입 주변에 흘러나온 침을 쓱 닦았다. 빌라는 좁고 긴 성냥갑 모양으로 막다른 길에 언덕을 등지고 서 있었다. 반경 5미터 내에는 다른 건물이 없었다. 여기까지 이어진 골목 초입에 키가 낮은 낡은 주택들만 몇 채 있을 뿐이었다. 빌라는 외벽 페인트칠이 군데군데 벗어지고 녹슨 쇳물이 배어 있는 게 한눈에 보기에도 무척 낡았다. 가화빌라. 가화만사성이란 뜻인가? 염 반장은 눈살을 찌푸렸다. 오 경사가 제모를 벗어 반백의 머리를 쓰다듬으며 말했다.

"지은 지 족히 20년은 넘었을 거예요. 피해자 남편 소유라네요."

셋은 가화빌라 현관으로 들어섰다. 몇 층에서 들려오는지 모를 개 짖는 소리가 계단통을 쩌렁쩌렁 울리고 있었다. 건물 밖에서도 간간이 들리던 소리였다.

5층에 사는 아가씨 갭니다. 앞서 계단을 올라가던 오 경사가 손목시계를 힐끔 보았다. 8시가 다 되어가는데 아가씨가 퇴근이 늦네요, 하고 중얼거리는 오 경사에게 염 반장이 물었다.

"층마다 누가 사는지를 압니까?"

"아니요. 그런 게 아니라…… 그저께 5층 아가씨가 신고를 했거든요. 4층…… 그러니까 피해자 일로."

염 반장이 발을 멈췄다. 무릎을 짚어가며 바닥만 보고 계단을 올라오던 고 형사가 염 반장의 등에 머리를 부딪히고 어쿠, 소리를 냈다.

"피해자가 남편에게 오죽 맞고 살았어야죠. 우리 지구대에서 평균 잡아 한 달에 한 번은 출동했습니다."

개 짖는 소리가 끊이지 않고 계단을 타고 내려와 귓전을 울렸다. 날카로운 고음이었다. 고 형사가 씩씩거리며 육두문자를 내뱉었다.

나이와 계급, 몸무게가 각기 다른 세 경찰은 다시 좁은 계단을 줄지어 오르기 시작했다.

3

강 대리가 넥타이를 머리에 질끈 동여매고 〈밤이면 밤마다〉를 열창했다. 어깨를 흔드는 율동에 따라 넥타이의 넓적한 끄트머리가 기름 낀 얼굴에 철썩철썩 붙었다 떨어졌다.

소리가 텅텅 울려대는 좁은 공간에 비집고 앉은 기숙은 거의 혼절 직전이었다.

'지금 집에서도 난 쫓겨날 거야. 쫓겨날 거라고. 더는 갈 데가 없어…….'

퇴근하고 계단을 올라가면 현관 앞에 척 하니 붙어 있던 종이. 시끄러워 못 살겠다 나가버려라. 화난 이웃들의 기습 방문과 거친 항의. 민원을 접수한 주민센터 공무원의 전화와 한숨. 평소 얼굴도 모르고 지내던 이웃들에게 땅바닥에 머리가 닿도록 용서를 빌고 또 빌었던 나날들.

"기숙 씨가 요즘 참 수고가 많아. 내 다 알지."

팀장이 기숙의 손에 잔을 쥐여주고는 거품이 넘치도록 맥주를 따랐다. 신입 여사원 한 명이 강 대리 옆에 서서 탬버린을 짤랑거리며 춤을 추었다. 이 모든 게 기숙은 꿈결 같았다. 팀장이 자리를 옮긴 틈을 타서 빈 그릇에 맥주를 비우려는 찰나, 샐러드 접시가 기숙의 팔꿈치에 부딪혀 바닥으로 떨어졌다. 카펫에 드레싱에 범벅된 채소 뭉치가 쏟아졌다.

기숙은 놀란 토끼눈을 하고 주변을 둘러보았다. 모두들 노래의 흥에 빠져 이쪽 상황에는 관심이 없었다. 기숙은 재빨리 샐러드 건더기를 손으로 집어 접시에 담아 테이블에 올렸다. 바닥에 누르스름한 드레싱 자국이 흉하게 남았다.

기숙은 잠시 원망스러운 눈으로 카펫의 자국을 노려보았다. 그러다 이내 앉은 채로 소파를 끌어당겨 소파 다리로 자국을 감췄다.

눈에만 보이지 않으면 되지 뭐.

당장 어찌할 수 없는 것은 빨리 덮어 감추어야 했다.

일동이 노래주점에서 나온 것은 9시가 다 되었을 때였다. 얼추 취한 사람들이 3차를 가자고 팔뚝질을 했다. 기숙은 뒷걸음질로

멀찍이 물러서며 외쳤다.

"안녕히 계세요!"

누가 쫓아오거나 말거나 기숙은 지나가는 택시를 잡아탔다.

개를 혼자 둔 지 열세 시간이 막 지나가고 있었다. 택시가 교차로 몇 개를 지나갔다. 그제야 기숙은 택시 좌석에 깊숙이 몸을 부려놓고 긴 한숨을 쉬었다.

"개는 사회적 동물입니다. 아시겠어요?"

처음 방문 훈련을 받던 날 훈련사 최씨가 눈을 부라리고 말했다.

애견행동교정훈련사.

독신 남녀가 애견의 분리불안 때문에 고통받을 때 그들은 구원처럼 온다. 그들이 거액의 훈련비를 챙겨 받고 고통받는 자의 집 안까지 들어왔을 때, 상황은 이미 갈 때까지 간 것이다. 훈련사 최씨는 고통의 정점에 선 기숙의 마지막 보루였다. 그가 내민 명함을 신주단지처럼 받쳐 들고, 그가 하는 모든 말을 토씨 하나까지 수용할 준비가 되어 있었다.

"분리불안은 비정상적 상황에 대한 개의 정상적인 반응입니다. 아시겠어요?"

훈련사 최씨가 옆에 있던 사료 포대를 들어 기숙 앞에 털썩 내려놓았다.

"하루 종일 혼자 두고, 집에 오면 아무 대가 없이 밥그릇에 사료만 부어주시죠? 그렇죠?"

180센티미터가 훌쩍 넘는 키에 육중한 역삼각형 상체를 지닌 그는 5킬로그램짜리 사료 포대를 과자 봉지처럼 들었다 놓았다. 그레이하운드를 소형 푸들같이 귀애하며 공깃돌 다루듯 할 남자였다. 팔뚝 두께가 웬만한 여자 허벅지만 했다. 그런데다 강아지 캐릭터가 그려진 노란 쫄티를 입고 있었다. 기숙은 무서워서 몸을 살짝 떨었다. 기숙의 품 안에서 타미가 버둥거리다 말았다. 전직 보디빌더, 훈련사 최씨의 일장연설이 시작되었다.

사람처럼 개도 관계가 없이는 살지 못하고, 노동을 하지 않고는 살지 못합니다. 회사 다니기 힘드시죠, 고객님? 하지만 회사 다니는 것보다 더 큰 고문이 뭔지 아십니까? 한 공간에 넣어놓고 아무 일도 시키지 않는 겁니다. 그 어떤 소일거리도, 그 어떤 자극도 주지 않는 거지요. 징역살이와 다를 게 뭡니까. 고개를 끄덕이시는 걸 보니 이해가 가시나 봐요? 고객님이 개에게 하고 있는 짓이 바로 그 겁니다! 자, 원칙 세 개를 정합니다. 하나! 하루 한 시간 이상 산책을 시킨다! 따라 하세요. 둘! 앉아 일어서 기다려 등 기본적인 복종 훈련을 시키고 밥을 줄 때는 복종의 대가로 조금씩 나눠서 준다! 목소리가 작네요? 셋! 하루에 열 시간 이상 개를 혼자 두지 않는다!

지켜야 할 원칙은 갈수록 늘었다. 복종 훈련의 종류와 방법도 끝이 없었다. 특히 밖에 나갔다 들어오는 시간을 일 초씩 늘려 개의 인내심을 키워주는 훈련은 정말로 고역이었다. 때는 한겨울이었다. 기숙은 오리털 파카에 목도리를 칭칭 감아 매고 칼바람이 부는 빌라 현관에 앉아 초를 재며 '지금 나는 여기서 뭘 하고 있는 건가'라는 생각을 수없이 했다. 다행히 효과가 있었다. 타미가 혼자 있을 때 짖는 시간이 점차 줄어들었다. 매일 켜두고 나가는 녹음기의 녹음 분량으로 기숙은 타미의 상태를 확인할 수 있었다. 기숙이 갖고 있는 녹음기에는 소리가 날 때만 녹음이 되는 기능이 있었다. 아래위층 간에 방음이 잘 안 되는 곳이라 간혹 옥상을 걷는 발소리나 낮에 아래층에서 켜둔 라디오 소리, 빌라 앞 노상의 대화 소리 등이 녹음되기도 했다. 물론 그런 부분은 뺀 녹음 분량을 살펴 비교한 것이었다. 열 시간 내내 목이 쉬어라 짖던 게 두 시간으로 줄어들고, 삼십 분으로 줄어들었다. 하지만 조금이라도 소홀했다 싶으면 다시 제자리였다. 직장 동료들은 혼자 사는 기숙이 왜 그렇게 매일매일 피곤해하는지 의아해했다.

끝이 보이지 않는 타미의 훈련을 생각하자 기숙은 울적해졌다.

택시기사가 상념에 잠긴 기숙에게 뭔가 말을 시켰다가 대답을 듣지 못하자 무안해져 괜히 클랙슨을 울렸다.

4

가화빌라 4층 피해자의 집 안에는 오늘 벌어진 참극뿐 아니라 그동안 켜켜이 쌓여온 폭력의 흔적이 고스란히 남아 있었다. 가구들은 귀퉁이가 떨어지고, 텅 빈 장식장 유리문에는 넓게 금이 가 있었다.

위층 개는 더욱 발광을 하는 듯 짖어댔다. 자리를 옮겨 다니면서 짖는지 한번은 베란다 쪽에서 컹컹 소리가 울렸다가 조금 지나면 현관 쪽에서 울렸다가 했다.

부엌과 이어진 거실 한구석에 유리 재떨이가 담뱃재를 쏟아놓고 나동그라져 있는 게 보였다. 부엌 싱크대 옆 바닥에 피 묻은 과도가 떨어져 있었고, 그 주변을 시작으로 거실에 붉은 피가 점점이 떨어져 있었다.

"이게 뭐지?"

염 반장이 쪼그려 앉은 채 거실 한쪽에 뭉쳐져 있는 피 묻은 천 조각을 볼펜 끄트머리로 들어올리며 물었다. 고 형사가 염 반장의 어깨 뒤로 커다란 얼굴을 내밀었다.

"목욕수건인가 본데요. 저건…… 토낀가?"

수건에 배인 피는 검게 변색되어 있었다. 수건 중앙에 뚱뚱한 토끼가 미끼로 당근을 꿰어 낚시를 하고 있는 모습이 큼직하게 그려져 있었다.

"피해자 남편 장민욱이 구급대가 오기 전에 손에 감고 있던 겁니다. 누가 그걸 보고 엽기토끼라고 하던데요."

오 경사가 말했다.

"꼭 고 형사 닮았군."

염 반장이 중얼거리며 일어섰다. 고 형사가 순간 붉어진 얼굴로 뭔가 말하려다가 염 반장의 심각한 표정을 보고 입을 닫았다.

"박 형사가 병원에 장민욱이하고 같이 있다고 했지? 전화해봐. 뭐가 어떻게 된 건지. 그리고……."

개 짖는 소리가 말하는 사이사이 날카롭게 파고들었다. 염 반장은 천장을 올려다보며 버럭 신경질을 부렸다.

"저놈의 개새끼 좀 조용히 시킬 방법 없나?"

5

"아따, 말이 되는 소리를 하씨요. 마누라가 낮에 전화 쪼매 안 받는다고, 잉? 법률사무소 사무장 하신다는 양반이요잉? 한참 일할 낮 4시에 집으로 쫄랑 들이닥쳐부러요? 그른디 몇 번 밀치면서 타이르기만 했다고요잉?

장민욱 씨! 이러지 맙시다. 마누라 패서 지구대 신고 들어온 것만 올해 시 번이라는디. 열불 나서 집에 들어가놓고 존 말로 했겄소잉? 또 주먹 좀 쓰셨겄지이. 아, 그건 그렇다 치고. 그러던 중에 마누라가 재떨이로 선생 마빡을 까버렸다고요잉. 오메, 아팠겄네. 근디 선생이 바로 비틀비틀 일어나니까 싱크대로 가서 과도를 뽑아 들고 이번엔 선생 오른팔을 찌른 다음 밖으로 나가부린 거고. 하! 월매나 승질이 났을까잉. 눈 안 뒤집어졌소잉?

근디 마누라가 옥상으로 올라간 걸 몰랐다고라? 비어 있는 3층에 내려간 줄 알고 거길 갔다고요잉? 3층에서 마누라를 찾아 헤매다 쿵 소리가 나서 창밖을 내다보니 바닥에 마누라가 떨어져 있었다…… 그걸 믿으라고 하는 소리요, 시방?"

박 형사가 응급실 침대 옆 의자에 팔짱을 끼고 앉아 이죽거렸다. 그로부터 등을 돌리고 누운 장민욱은 목석처럼 말이 없었다. 왜소한 체격이지만 무겁게 굳어 있는 얼굴이 고집스러워 보였다. 이마와 오른팔에 붕대를 감고 있었다.

"아내는 예전에도 저와 얘기하다 말고 3층에 내려가버린 적이 있었습니다. 3층은 오랫동안 세가 나가지 않아 비어 있습니다. 평소 문을 잠가놓지 않습니다."

외국인을 위한 한국어 교재 같은 말투였다. 계속 되풀이되는 이야기와 말투에 능글맞은 박 형사도 신물이 날 지경이었다.

"거실에 있으면서 마누라가 옥상으로 뛰어 올라가는 소릴 못 들었단 얘기요? 그걸 구분 못 했다고라?"

"저는 팔을 찔렸습니다."

장민욱이 붕대를 감은 오른팔을 들어 보였다. 무미건조한 동작이었다.

"너무 아파서 당시엔 아내가 나가는 소리도 듣지 못했습니다. 욕실에 가서 수건걸이에 걸려 있던 목욕수건을 빼내 손에 감고 한참 지혈을 했습니다. 적어도 5분은 지나고 나서야 아내를 찾기 시작했습니다. 아내가 떨어진 걸 3층 창문에서 본 뒤에는 바로 집으로 올라가 신고를 했습니다. 경찰이 올 때까지 아무 데도 가지 않았습니다."

"이보쇼."

박 형사가 일어나서 장민욱 쪽으로 몸을 기울였다.

"으째쓰까잉. 선생이 마누라를 따라 옥상으로 올라가서…… 선생 식으로 마누라를 혼내불지 않았다는 걸…… 우리가 으떠케 믿겄소?"

장민욱이 스르륵 몸을 돌렸다. 박 형사는 귀를 쑤시며 장민욱의 날카로운 눈길을 받았다.

"저는 오늘 옥상에 올라간 적이 없습니다."

"……."

"오늘뿐 아니라 최근 몇 달간 옥상에 간 적이 없습니다."

"……."

"저는 오늘 아내를 잃었습니다."

그 뒤로 장민욱은 입을 닫았다. 박 형사가 한참 더 이죽거리며 자극했지만 벽에 대고 말하는 꼴이었다.

현장에 있는 고 형사에게서 전화가 걸려왔다. 박 형사는 복도로 나가 전화를 받았다. 이노마 아주 독종이다. 뱉어내자마자 고 형사가 황급히 염 반장을 바꿨다. 박 형사는 한숨을 섞어 장민욱의 진술 내용을 보고했다. 상황을 알겠군. 현장으로 와. 염 반장이 나직이 지시했다.

6

기숙은 얼빠진 얼굴로 택시에서 내렸다.

가화빌라 앞에 세워진 경찰차를 봤을 때는 주인집 부부에게 또 사달이 났나 싶었다. 며칠이나 지났다고 또?

그러나 영화에서나 보던 노란 접근금지 테이프를 보고는 심상치 않은 일이 일어났다 싶었고, 땅바닥의 검붉은 자국을 보았을 땐 그 자리에 우뚝 멈춰 서고 말았다. 근처의 가로등이 바닥을 어슴푸레 비추고 있었다.

낯익은 얼굴이 빌라를 나와 경찰차로 다가가는 것이 보였다.

"저기…… 경찰 아저씨!"

오 경사가 경찰차 문을 열려다 말고 쪼르르 달려오는 기숙을 바라보았다.

"저…… 모르시겠어요? 엊그제 우리 집에 오셨잖아요."

오 경사가 그제야 크게 고개를 끄덕였다.

"오, 그래. 5층 아가씨네. 이제 와? 저기, 빨리 가서 개 좀 조용히 시켜. 응?"

기숙은 손가락으로 핏자국이 있는 부근을 가리키며 말을 잇지 못하고 더듬거렸다.

"놀라지 마, 아가씨."

오 경사가 말했다. 말하는 이의 의도와 달리 사람을 가장 놀라게 하는 말이었다.

"4층 아줌마가 오늘 옥상에서 떨어져 죽었어."

기숙은 넋이 나간 얼굴로 가화빌라 계단을 터벅터벅 올라갔다. 계단 통로를 울리는 타미의 짖는 소리도 이 순간 기숙의 귀에는 들리지 않았다.

2개월 전 기숙은 살던 전셋집의 만기를 한참 앞두고 이곳 가화빌라로 왔다. 타미가 짖는 소리에 대한 이웃의 민원을 견디다 못한 집주인이 일방적으로 계약해지를 통보한 것이었다. 그새 전세가격은 껑충 뛰어 있었다. 기숙은 역세권에서 먼 허름한 빌라만 돌고 돌다가 그중에서도 가장 허름한 가화빌라를 선택했다. 임대료가 싸다는 이점과 더불어 한 층에 한 가구밖에 없다는 점이 마음에 들었다. 3층과 5층이 오랫동안 비어 있었는데, 기숙은 가장 꼭대기 층인 5층을 택했다. 아래층에 주인집 부부가 산다는 게 마음에 걸렸지만, 그들에게 시험공부 따위를 해야 할 아이가 없다는 점과, 평소 낮에 주인집 남자는 출근을 하고 집에는 여자 혼자만 있다는 사실이 좋았다.

비록 녹물이 밴 외벽에 외풍이 솔솔 들어오는 새시 창문을 단 빌라라도 개를 키우는 세입자를 환영할 집주인은 없을 터였다. 부동산을 찾아가고 집을 둘러보고 전세임대 계약서를 작성하는 일련의 과정에서 기숙은 개를 키운다는 말은 한마디도 꺼내지 않았다. 이삿날도 잔금을 치르고 짐을 모두 들여놓을 때까지 타미의 모습은 그림자도 비추지 않았다. 이사업체 인부들이 떠나고 고요해진 뒤 기숙은 근처에 사는 친구의 집으로 뛰어갔다. 친구에게 맡겨놓은 타미를 사각장에 욱여넣은 다음 주위의 눈치를 살살 살피며 마치 장물을 옮기는 것처럼 집 안에 들여왔다.

"그래도 성대수술을 고려하지 않았다는 점은 칭찬할 만하네요."

이사 온 다음날 첫 방문 훈련을 하러 온 훈련사 최씨가 선심 쓰듯 말했다.

"분리불안은 정신병이란 말이죠. 분리불안을 앓는 개는 주인과 떨어지면 자신에게 치명적인 위험이 닥칠 거라는 극도의 공포심에 시달리는 거란 말이죠. 성대수술은 개의 공포심은 그대로 둔 채 공포를 표현하는 수단마저 강제로 앗아버리는 야만적인 조치 아니겠습니까?"

"우리 타미가 과연 나아질 수 있을까요……."

기어들어가는 목소리로 묻는 기숙에게 훈련사 최씨는 자신만만한 표정을 지어 보였다.

"그럼요! 주인이 밖에 나가 있는 동안 현관문을 긁으며 짖다가 발톱이 모두 빠져 시뻘건 피를 방바닥에 질질 흘리던 개도 있었거든요."

기숙은 입을 떡 벌렸다. 훈련사 최씨는 운동으로 다져진 두툼한 가슴을 내밀며 말했다.

"제가 그런 개도 치료한 사람이란 말이죠!"

현관문을 열자 타미가 기숙의 무릎으로 뛰어들었다. 기숙은 무릎이 푹 꺾여 휘청거렸다. 평소의 지침대로라면 집에 들어와 개가 잠잠해질 때까지 알은체를 해서는 안 되지만 오늘은 예외를 두어도 될 것 같았다. 기숙은 호들갑스럽게 반가움을 표현하는 타미를 안아 올려 거실로 들어갔다. 타미는 기숙의 품에서 버둥거리며 더운 콧숨을 내뿜었다. 타미가 흘린 침에 블라우스 가슴팍이 젖어 맨살에 달라붙었다. 기숙은 거실 중앙에 어중간하게 놓인 티브이 협탁을 피해 들어가며 협탁 다리 쪽을 힐끔거렸다.

"타미야……."

기숙이 말을 붙이자 타미가 긴 주둥이를 들어올려 기숙의 입가에 혀를 날름거렸다.

"야, 이 미친 개야! 웁…… 주인 아줌마가 오늘 죽었대. 너 알았어? 그저께 타미 네가 앙 하고 물어버린 아줌마 말이야."

순간 얌전해진 타미가 검은 구체의 눈을 굴리며 기숙의 눈치를 살폈다. 아무리 야단스러운 성격의 개라도 개는 개다. 개는 주인의 감정 변화를 재빨리 눈치채고 조용히 관찰하며 자신의 태도를 정한다. 기숙은 타미의 검은 머리를 부드럽게 쓰다듬었다.

주인집 부부의 관계가 심상치 않다는 건 이사하고 며칠 지나지 않아 알게 되었다. 그날 기숙은 평일에 휴가를 내고 밀린 빨래를 하고 있었다. 이 집은 북향인 데다가 한쪽 벽은 깎아지른 언덕을 맞대고 있었다. 대낮에도 베란다가 어두침침했다. 더구나 건조대를 펴놓으면 그 옆으로는 지나다닐 수 없을 정도로 좁았다. 발치에 젖은 빨래가 든 바구니를 놓고 멍하니 서 있는데 위쪽에서 빨래 터는 소리가 들렸다. 기숙은 베란다 난간에 손을 대고 옥상 쪽을 올려다보았다. 옥상에서 누군가가 빨래를 털어 너는 소리가 바로 옆에서 그러는 것처럼 생생히 들려왔다. 타미가 빨래 바구니 안으로 점프해서 들어와 젖은 빨래 위에 앉았다. 기숙은 건조대를 접어 한쪽 어깨에 걸쳤다. 타미를 들어 던진 뒤 빨래 바구니를 옆구리에 꼈다. 그렇게 한쪽 어깨에는 건조대, 다른 쪽 옆구리에는 빨래 바구니를 낀 채로 현관을 나와 옥상으로 통하는 계단을 낑낑거리며 올라갔다.

옥상 철문을 몸으로 밀어 나갔다. 가로로 길게 드리운 빨랫줄에 수건과 양말 따위를 널고 있던 중년 여자가 뒤를 돌아보았다.

"5층 아가씨네…… 오늘 일 안 나갔어요?"

주인집 여자였다. 전세 계약을 할 때와 이삿날 만난 적이 있었다. 호리호리 마른 몸매에 긴 치마와 니트 셔츠를 입고 있었다. 하나로 묶은 생머리 밖으로 드러난 얼굴이 창백할 정도로 하얬다. 주인집 여자는 손을 놓고 기숙에게 다가와 빨래 바구니를 받아 들었다. 휴가를 냈다고 어물거리는 기숙에게 은은하게 웃어 보이며 여자는 철문 옆 빈 공간을 가리켰다.

옥상 중앙은 크고 작은 화분으로 가득 차 있었다. 어림잡아 마흔 개쯤 되는 것 같았다. 다시 자리로 돌아간 주인집 여자는 빨래를 다 널었는지 바닥에 쭈그리고 앉아 물뿌리개로 화분에 물을 주었다.

기숙은 바짝 긴장하여 주인집 여자가 가리킨 공간에 건조대를 펴고 빨래를 널었다. 별안간 타미 생각이 난 것이었다. 방 안에서 짖고 있는 타미의 우렁찬 목소리가 벌써 옥상에 들려왔다. 컹컹. 컹컹컹…….

"사는 데 뭐 불편한 거 없어요?"

기숙은 깜짝 놀라 막 집어든 거들을 손에 구겨 쥐고 돌아보았다.

"저, 개가요. 분리불안이 좀 있는데요, 그래서 낮에 제가 없을 때 막 짖는 건데요. 치료받고 있어요! 애견행동교정치료라고……."

말을 쏟아놓고 나서 기숙은 아차, 했다. 동문서답했구나. 또 '불쑥' 했구나.

주인집 여자는 모종삽으로 화분의 흙을 도닥였다. 뒤돌아 앉아 있는 여자의 입꼬리가 살짝 올라간 것 같았다.

"아, 네……."

기숙은 무안해졌다. 벌겋게 달아오른 뒷목을 벅벅 긁으며 집으로 내려왔다. 한편 한 고비는 넘긴 것 같아 안도감이 들었다. 개 짖는 소리에 그다지 민감하지 않나 보구나. 좋았어.

하지만 문제는 그날 저녁에 발생했다. 8시쯤 타미와 공 던지기 놀이를 할 때였다. 기숙은 거실에 비스듬히 누운 채로 파란 공을 열린 방 안으로 집어 던졌다. 타미는 타박타박 발톱 소리를 내며 뛰어가 공을 물어왔다. 타미가 기숙의 손 위로 공을 떨어뜨리면 기숙은 다른 손에 쥐고 있던 사료를 한 알씩 타미의 입안에 넣어 주었다. 고무 공은 타미의 침에 젖어 축축했다. 공 던지기를 할 때 너무 흥분시키면 안 됩니다. 기숙은 훈련사 최씨의 당부를 염두에 두었다. 개가 움직이는 사물을 쫓아가는 건 포획 본능 때문인데, 포획 본능을 지나치게 자극하면 공격적인 성격이 됩니다. 기숙은 적당히 사이를 두고 공을 던졌다. 하루를 정리하는 한가로운 시간이었다.

차임벨 소리가 울렸다. 타미가 공을 쫓아가다 말고 현관문을 향해 짖어댔다. 기숙은 벌떡 일어나 타미를 안아 올리며 타미의 긴 주둥이를 말아 쥐었다. 비디오폰 화면에 빼빼 마른 중년 남자가 가느다란 눈을 깜빡이며 서 있었다. 주인집 남자였다.

기숙은 초조함에 가슴이 두방망이질 쳤다. 주인집 여자가 기숙이 개를 키운다는 사실을 퇴근한 남편에게 일러바쳤고, 그러자 남편이 따지러 온 것 같았다. 기숙은 타미를 품에 안은 채 겁먹은 표정으로 현관문을 열었다.

어깨가 약간 굽은 주인집 남자가 기숙을 보고 살짝 고개를 숙였다.

"무슨 일……이신지……?"

타미가 기숙의 손을 밀쳐내고 주인집 남자를 보고 컹, 짖었다. 기숙은 다시 타미의 주둥이를 말아 쥐며 어색하게 미소 지었다. 주인집 남자는 타미를 한 번 물끄러미 보더니 헛기침을 했다.

"흠…… 쉬시는데 죄송합니다. 물어볼 게 있어서 왔습니다."

주인집 남자와는 계약할 때 한 번 만나 몇 마디 나눈 게 전부였다. 묘하게 사무적인 말투가 우스웠지만, 함부로 웃어넘길 수 없는 싸늘한 표정을 하고 있었다.

"네?"

주인집 남자는 기숙이 안고 있는 검은 짐승에게는 별반 관심이 없어 보였다.

"죄송합니다만, 오늘 옥상에 빨래를 너셨습니까?"

기숙의 머리는 바쁘게 돌아갔다. 주인집 남자가 저녁 8시에 갑자기 찾아와 왜 빨래 따위의 일을 묻는 건지 얼른 짐작이 가지 않았다. 세입자는 옥상에 빨래를 널어서는 안 되나? 그게 왜 문제가 되는 걸까? 남 보기 부끄러운 거라도 내가 널어놨나?

"……옥상에 거들을 널면 안 되나요?"

언뜻 생각난 게 그거였다.

주인집 남자는 눈을 두세 번 깜빡거리더니 다시 헛기침을 했다.

"흠, 그게 아니라. 그때가 몇 시쯤이었는지가 궁금합니다. 그때 제 집사람하고 같이 있었습니까?"

"네…… 한 4시쯤이었나……."

주인집 남자는 옆눈으로 기숙의 표정을 살피더니 "그럼 실례했습니다" 하고 돌아섰다.

주인집 남자가 계단참에서 사라지자 타미가 그 뒤로 한 번 더 컹, 하고 짖었다.

기숙은 자신이 무슨 사건의 목격자가 된 건지 궁금했다.

7

가화빌라 옥상은 부도난 화훼상의 살림집 겸 영업장 같았다. 물건도 처분하지 못하고 급히 도망간 화훼상에 화난 채무자들이 쫓아와 한바탕 행패를 부리고 간 꼴이었다. 수십 개의 화분이 빽빽이 들어차 있는 가운데 그중 몇 개가 깨져 흙이 쏟아져 나와 있었다. 양쪽 난간 근처에 기둥을 세워 길게 드리운 빨랫줄에는 이불과 수건, 옷가지가 드문드문 널려 있었다. 옥상 철문 옆에는 작은 건조대가 펼쳐져 있고 양말과 속옷이 올망졸망 걸려 있었다.

"떨어진 데가 여긴가 보네요."

고 형사가 길 쪽으로 난 난간 밑을 굽어보며 말했다.

"자기 혼자 떨어졌느냐, 누군가 밀어 떨어뜨렸느냐…… 그것이 문제로다."

윗옷 주머니에 손을 찌른 채 염 반장이 중얼거렸다. 깨진 화분 조각이 염 반장 발치에 나뒹굴고 있었다.

"이건 피해자 혼자 난간으로 걸어가다가 발에 걸려 깨진 건가……."

"남편이 따라 올라와 실랑이하다 그런 거겠죠. 그 새끼가 밀어 떨어뜨린 게 틀림없어요. 박 형사가 물러서 그렇다니까요. 더 족치면 돼요."

고 형사가 투덜거리다가 걸려온 전화를 받았다.

염 반장은 근심 가득한 얼굴로 화분 조각을 내려다보았다. 부검을 한다고 해도 추락사한 사체가 타살인지 자살인지 여부가 뚜렷이 나오기는 어려울 터였다. 상대는 사법 절차에 익숙한 냉정한 성격의 소유자다. 한 톨의 증거라도 내보이지 않으면 공략이 쉽지 않을 것이다.

"오 경삽니다."

통화를 마친 고 형사가 말했다.

"5층 아가씨가 막 집에 들어갔다네요."

8

옷을 갈아입을 사이도 없이 기숙은 집에 찾아온 두 형사를 맞아 거실에 마주 앉았다. 형사는 홀쭉이와 뚱뚱이였다. 홀쭉한 쪽은 나이가 좀 들었고 이마에 깊게 팬 주름이 신경질적으로 보였다. 비지땀을 뚝뚝 흘리며 거친 숨을 내뱉고 있는 뚱뚱한 형사는 기숙의 또래 같았다. 그는 덩치에 맞지 않게 개를 무서워하는지 한 발짝 떨어져 앉아 연신 눈을 뒤룩거리며 타미를 경계했다.

형사들은 주인집 여자가 어떻게 죽은 건지 자세한 얘기는 해주지 않았다. 다짜고짜 그저께의 일만 물었다.

"밤 9시쯤 되었을 거예요. 4층에서 싸우는 소리가 들렸죠."

타미가 고 형사를 향해 코를 킁킁거리며 다가가는 걸 잡아끌며 기숙이 말을 시작했다. 고 형사는 질겁한 표정을 애써 숨기느라 거의 울상이 되었다.

그저께 밤. 남자의 고함 소리가 먼저 들렸다. 물건을 집어던지는지 무언가 부딪치고 깨지는 소리도 들렸다. 이어지는 여자의 비명소리.

기숙이 자랄 때 기숙의 부모님도 간혹 부부싸움을 했다. 기숙의 아버지는 싸우다 화가 치밀면 텔레비전을 집어던지곤 했다. 다른 것도 아니고 꼭 텔레비전만 집어던졌다. 브라운관이 깨지고 플라스틱 덮개가 박살났다. 그러면 어찌 되었든 일단 싸움이 종료되었다. 그 뒤 기숙의 어머니는 시위 삼아 텔레비전을 사지 않고 몇 달을 지냈다. 참다 못한 아버지가 자기 용돈을 털어 텔레비전을 사서 슬쩍 안방에 갖다놓곤 했는데, 그건 곧 장기간의 평화를 보장하는 신호 같은 거였다. 거기까지가 기숙의 부모님 사이에 오가는 폭력의 규칙이요, 한계였다. 부모님 사이에 싸움이 벌어질 때면 기숙은 아버지가 언제 텔레비전을 집어던질까 두려워하며 방 안에서 덜덜 떨곤 했다.

그런데 아래층에서 벌어지는 싸움은 어떤 규칙도 한계도 없는 폭력이었다.

"이 화냥년!"

교과서의 문장 같은 말투만 쓰던 주인집 남자가 광란 상태에서 고함을 질렀다. 4층 현관이 열린 모양이었다. 복도를 통해 여자의 비명 소리가 울렸다. 이 집은 복도와 베란다를 통해 이웃의 모든 소리가 흡수되는 방음의 무풍지대였다. 타미가 이빨을 드러내고 짖었다. 복도에서 때리고 맞는 소리가 울려 퍼지는 데에 이르러서는 기숙도 참지 못하고 현관문을 열었다.

주인집 여자가 울부짖으며 계단을 올라오고 있었다. 원피스형 속옷만 걸친 상태였는데 오른쪽 어깨 부근이 찢어져 손으로 붙잡고 있었다. 헝클어진 긴 머리가 이마에서 흘러내린 피에 젖어 얼굴에 달라붙어 있었다. 기숙은 자신에게 다가오는 주인집 여자의 엉망이 된 모습을 마치 꿈결처럼 바라보았다. 계단참으로 주인집 남자의 머리꼭지가 보였다. 주인집 남자가 쫓아올라오고 있었다.

생각 같은 걸 할 틈이 없었다. 기숙은 현관문을 활짝 열고 비켜섰다. 주인집 여자가 미끄러지듯 들어와 거실 바닥에 엎드렸다. 몇 발자국 뒤로 주인집 남자의 모습이 드러났다. 손에 번쩍이는 무언가를 들고 욕지거리를 퍼붓고 있었다.

기숙은 그대로 문을 닫았다. 떨리는 손으로 아래 위 자물쇠를 잠그고 사슬까지 채웠다. 주인집 남자가 계단 난간을 걷어차며 짐승처럼 포효하는 소리가 들렸다. 기숙이 쿵덕거리는 가슴을 부여잡고 잠시 숨을 몰아쉴 때였다.

"아악!"

찢어지는 듯한 비명 소리에 반사적으로 뒤를 돌아보았다. 곧이어 기숙도 빗자루 같은 곱슬머리를 싸쥐고 비명을 질렀다. 거실 한옆에 주인집 여자가 속옷 차림으로 엎드려 있었다. 오른쪽 허벅지 부근의 천이 말려 올라가 있고, 그곳에 드러난 맨살을 타미가 물어뜯고 있었다. 주인집 여자가 고통에 몸부림쳤다.

포획 본능.

소란 중에 난데없이 낯선 여자가 들어오자 타미는 이를 공격으로 받아들인 것이었다. 여자가 등을 보이고 기어가는 모습을 보고 공격 지점을 찾아 달려들었다.

기숙은 꿈틀거리는 주인집 여자의 주변을 우왕좌왕 오갔다. 작고 다리가 짧아 우스꽝스러워 보이지만 닥스훈트는 본래 토끼 사냥개다. 한번 문 건 놓지 않는다. 가화빌라 5층은 아비규환 상태가 되었다.

"개가 다른 개나 사람을 물었을 때 절대로 강제로 잡아뜯으면 안 돼요! 살점이 떨어져 더 크게 다친다구요. 아시겠어요?" 기숙의 머릿속에 적절하게 구원의 신이 찾아들었다. 훈련사 최씨였다. "뒤에서 개의 옆구리 연약한 살점을 꼬집거나, 아니면 뒷다리를 동시에 들어올리세요. 그러면 순간적으로 턱의 힘을 빼거든요."

기숙은 후자의 방법을 택했다. 타미의 짧고 굵은 뒷다리를 동시에 잡고 붕 들어올렸다. 타미가 턱을 놓았다. 기숙은 타미를 멀리 집어던졌다. 타미는 깨갱 소리를 내며 벽에 부딪혔고 바닥을 두 번 굴렀다.

"저 개, 물어요?"

여기까지 얘기했을 때 고 형사는 기겁을 하며 한 발짝 더 물러섰다. 평소에는 안 물어요, 절대로. 그저껜 특수한 상황이라. 기숙은 타미를 바짝 끌어안았다. 염 반장이 다음 얘기를 재촉했다.

"병원에 가자고 했지만 싫다고 하시고…… 일단 목욕수건을 가져다 지혈을 하고, 제 옷을 빌려드렸어요. 옷 갈아입으실 때 경찰에 신고했고요."

급한 대로 욕실에 걸려 있던 목욕수건을 집어와 주인집 여자의 허벅지에 대고 눌렀다. 엽기토끼 마시마로가 낚시하는 모습이 그려져 있는 목욕수건이었다. 기숙이 개를 키우는 걸 알고 모든 동물을 좋아할 거라고 짐작한 친구가 생일선물로 사준 것이었다. 대충 지혈이 되자 집에서 입는 하늘색 박스 티셔츠와 겨자색 반바지를 꺼내 주인집 여자에게 건넸다. 여자는 아무 소리도 들리지 않는 듯 기계적인 동작으로 옷을 갈아입었다. 기숙은 112에 신고를 했다. 경찰에 범죄 신고를 한 것은 처음이었다. 조치를 취하지 않으면 주인집 남자가 여자를 죽일 것 같았다. 아까 전 주인집 남자의 손에 들려 있던 번쩍이는 것은 칼이었다.

"한 10분 뒤에 경찰이 왔어요."

오 경사라고 직함을 밝힌 초로의 경찰과 새침하게 생긴 여경이 수첩을 하나씩 끼고 기숙의 집에 들어왔다. 오 경사는 혀를 쯧쯧 차며 고개를 떨구고 있는 주인집 여자의 맞은편에 앉아 말했다. 사모님, 오늘은 결단을 내리시죠. 고쳐지는 게 없잖습니까. 이러니까 경찰만 욕먹는다니까요. 그들에겐 익숙한 상황인 듯했다. 여경이 주인집 여자에게 다가가 병원에 가자고 했지만 여자는 단호히 고개를 저었다. 전 괜찮아요. 그이는 어떡하고 있나요? 오 경사가 주인집 남자는 빈 양주병을 끼고 잠들어 있다고 말했다. 주인집 여자가 집에 가겠다고 일어섰다.

"뭐예요. 이렇게 가면 어떡해요. 큰일나요!"

기숙이 주인집 여자의 손을 끌었다. 일이 결국 이렇게 마무리된다는 걸 기숙은 믿을 수 없었다. 주인집 여자는 쓸쓸한 눈으로 기숙을 바라보며 가만히 기숙의 손을 잡았다.

"미안해요. 아가씨…… 이런 꼴을 보여서." 주인집 여자가 바닥에 떨어져 있던 피 묻은 목욕수건을 집었다. "이거랑 옷이랑은 세

탁해서 드릴게요."

"지금 옷이 문제예요, 옷이?" 기숙은 소리쳤지만 더 이상의 행동을 만류하는 주인집 여자의 간절한 눈빛에 압도되어 말을 삼켰다. 주인집 여자와 두 경찰은 기숙을 두고 제 갈 길을 갔다.

거실 카펫에 주인집 여자가 흘린 핏자국이 동그라니 남겨져 있었다. 기숙은 젖은 걸레로 카펫을 닦았다. 핏자국이 잘 지워지지 않았다.

기숙은 텔레비전 협탁을 옮겨 협탁 다리로 핏자국을 가렸다.

9

"아따, 여기는 뭔 놈의 꽃나무가 이리 많다냐."

모두의 눈길이 천장으로 향했다.

저거 박 형사 목소리 아냐? 염 반장이 중얼거렸다. 머리 위에서 박 형사의 발소리가 쿵쿵 울렸다.

"방음이 안 돼요, 이 집은."

기숙이 한숨을 쉬며 말했다.

"옥상이 옆방 같아요. 쉬는 날 낮잠이라도 잘라치면 꼭 길바닥에서 자는 것 같다니까요."

고 형사가 뒤뚱거리며 일어나 베란다 창문을 열었다. 어이, 거기서 뭐 해? 5층으로 와, 5층으로! 현장도 아닌데 5층에는 왜 가 있느냐고 투덜거리는 소리가 들렸다. 곧 너부죽한 얼굴에 전라도 사투리를 수다스럽게 내뱉는 젊은 형사가 구두 벗는 소리도 요란하게 내며 들어왔다.

"뭔 놈의 화분이 저리 많고 몇 개는 깨져서 굴러다니고 난리 나부렀네. 여긴 왜들 와 계셔? 아따, 바짓가랑이에 흙 묻었고만."

박 형사가 신발장 앞에 다리 한쪽을 빼들고 바지를 탈탈 털었다. 타미가 으르렁거렸다.

"뭐 숨길 게 있었나 보죠. 바닥에."

기숙이 부루퉁한 목소리로 말했다. 눈길은 텔레비전 협탁 다리에 두고 있었다. 그 밑에 묻은 주인집 여자의 흔적을 생각했다. 시꺼먼 형사들이 자기에게 양해도 구하지 않고 하나둘씩 모여드는 게 기숙은 맘에 들지 않았다.

잠시 정적이 흘렀다. 이상한 느낌이 들어 고개를 들고 보니 형사 셋이 모두 자기 얼굴을 빤히 보고 있었다. 기숙은 당황했다.

"그냥…… 저 혼자 혼잣말한 거예요. 시, 신경 쓰지 마세요."

그래도 형사들의 시선이 거두어지지 않았다. 기숙의 사고는 또 자유로운 연상의 바다를 헤매기 시작했다.

"저기…… 옥상의 제 빨래, 걷어와도 되나요?"

불쑥 말한다는 게 고작 그거였다.

"빨래?"

염 반장이 고개를 갸우뚱거렸다.

"사건 현장은 아무도 못 들어가게 하고, 아무것도 못 건드리게 한다면서요? 옥상에 제 빨래 있는데…… 아침 출근 전에 널다가…… 맞다. 거기서 주인집 아주머니도 봤네요. 아무도 없는 줄 알고 갔다가 깜짝 놀랐거든요."

"엥? 피해자를 아침에 봤다고요?"

고 형사가 끼어들었다.

"그 얘길 왜 지금 해요!"

"어머? 물어보지도 않았잖아요!"

고 형사가 갑자기 소리치자 기숙이 화가 나서 쏘아붙였다. 자, 자, 이제부터 들어보면 되지. 염 반장이 달랬다.

출근 전에 양말과 속옷을 빨아 널려고 옥상으로 갔다가 그곳에서 주인집 여자를 만났다. 주인집 여자는 머리를 풀어헤쳐 어떻게든 얼굴을 가리려고 애쓴 모양새였다. 그러나 이마에 생긴 상처와 푸르스름한 멍자국이 언뜻 보였다.

기숙이 어색하게 고개를 숙여 인사했다. 주인집 여자는 가만히 빨랫줄을 가리켰다. 이불 옆에 마시마로 목욕수건과 기숙이 빌려준 박스 티셔츠, 반바지가 걸려 있었다.

"이거…… 마르면 갖다 드릴게요. 지난번엔…… 너무 미안하고 부끄럽네요."

주인집 여자는 등을 돌리고 섰다. 얼굴을 보이지 않기 위한 몸짓이었다. 기숙은 빠른 손놀림으로 건조대에 양말과 속옷을 척척 걸쳐놓고 내려갔다. 그게 주인집 여자와 나눈 마지막 대화였다.

10

아직 말하고 있는 중인데 염 반장이 덥석 기숙의 손목을 잡고 일어섰다. 기숙은 완력에 끌려 일어서다 넘어져 비틀거렸다. 왜 이러세요? 기숙은 짜증을 냈다. 확인해줄 게 있어요. 염 반장은 막무가내였다. 기숙은 한 팔에 타미를 안은 채로 겨우 신발을 꿰신고 염 반장을 따라 4층으로 내려갔다. 형사 둘이 뒤를 따랐다.

염 반장이 거실 한쪽에 뭉쳐져 있던 피 묻은 목욕수건을 들어올려 기숙 앞에 펼쳤다.

"이게 아가씨가 피해자에게 빌려줬고, 피해자가 오늘 아침 옥상에 빨아 널었다는 그 수건이 맞습니까?"

목욕수건에 물들어 있는 핏자국에 질려 표정이 굳어진 기숙이 고개를 끄덕였다.

염 반장은 다시 기숙의 손목을 잡고 현관을 향해 갔다. 기숙의 품에 겨우 안겨 있던 타미가 꿱 하는 소리를 내며 바닥에 떨어졌다. 이제 막 도착한 두 형사 사이를 뚫고 염 반장은 기숙을 잡아끌었다. 아따, 뭔 일인지 설명을 해줍쇼 반장님. 박 형사가 소리쳤다.

"잠깐요! 애는 데리고 가야죠!"

기숙이 거칠게 염 반장의 손을 뿌리쳤다. 바닥에 멀뚱거리고 있던 타미를 안아올리고 염 반장의 뒤를 따랐다. 역시 영문을 알 수 없는 두 형사가 우르르 따라 올라갔다.

모두가 옥상에 모였다. 제일 늦게 온 뚱뚱한 고 형사가 철문에 몸을 기대고 쓰러질 듯 거친 숨을 몰아쉬었다.

염 반장이 쭈그려 앉아 손에 비닐장갑을 끼고 바닥에 쏟아진 흙을 살살 헤쳤다.

흙이 헤쳐진 자리에 검은 얼룩이 드러났다.

"이거야! 피야!"

주름이 팬 염 반장의 얼굴에 희열이 드러났다. 피요? 박 형사가 팔자걸음으로 다가와 물었다.

"장민욱은 피해자에게 팔을 찔려 피를 흘리는 상태로 피해자를 따라 옥상에 올라왔어. 제정신이 아니었을 테지."

"그놈이 떨어뜨린 거라니까요, 그러니까! 헉헉…… 박 형사가 물러 터져가지고……."

"잉? 내가 물러? 새끼가 그냥!"

"옥상에서 몸싸움을 했고, 그래. 피해자를 밀어 떨어뜨렸을 거야. 장민욱은 자기가 옥상에 올라왔다는 증거를 없애야 했는데…… 바닥에 자기 피가 떨어져 있었던 거지. 그래서 빨랫줄에 걸린 목욕수건을 집어 팔을 싸매고…… 자기 집 빨래와 함께 걸려 있으니 자기 집 수건인 줄 알았겠지? 화분을 깨서 흙을 뿌려 핏자국을 감췄어. 왜 진작 흙을 헤쳐볼 생각을 못 했지?"

기숙은 어깨를 으쓱했다. 경찰이 왜 흙을 헤쳐볼 생각을 못 했는지 기숙이 어떻게 알겠는가?

"감식반 부를게요."

"당장 병원 가서 장민욱이 쪼아부립시다. 증거가 있으니 이젠

지가 어쩌겠습니까?"

"근데……."

"왜요, 반장님? 뭐가 또 걸립니까?"

"장민욱이 옥상에 피해자를 따라 올라왔다는 증거는 되겠지만…… 자기가 떨어뜨리지 않았다고 발뺌하면……."

"그게 왜 문젭니까! 거짓말을 했지 않습니까! 그걸로 쪼아 들어가면 되지요."

"일단은 그리 해봐야겠지."

기숙은 세 경찰이 앞다투어 말하는 장면을 하염없이 보고 있었다. 세 경찰은 그 자리에 기숙이 있다는 건 까맣게 잊어버린 듯 자기들의 문제를 정신없이 상의했다.

"저기……."

몇 번이고 말을 꺼내고 나서야 염 반장이 기숙의 존재를 알아챘다.

"아직도 거기 있었어요?"

기숙은 자기가 뭘 잘못한 것 같은 느낌을 받았다.

"저는 내려가 볼게요. 퇴근하자마자 들이닥치시는 바람에 녹음기도 안 껐고……."

순간 염 반장이 의견을 말하느라 바쁜 두 형사를 제지했다.

"녹음기요?"

"아, 얘 때문에요."

기숙이 팔에 안겨 있는 타미를 턱짓으로 가리켰다.

"분리불안 때문에 녹음기를 켜놓고 출근하거든요. 소리 날 때마다 녹음되는 기능이 있는데……."

그 뒤에 벌어진 일은 대략 다음과 같다.

세 형사가 동시에 기숙에게 각자의 얼굴을 들이밀고 녹음기가 어디 있느냐고 물었다. 냉장고 위에 둔다는 기숙의 말이 떨어지자마자 세 형사가 한꺼번에 옥상 철문에 달려들었다. 염 반장과 고 형사가 문에 끼여 버둥거렸다. 반장이 먼저 나가야지. 아유. 이 돼지 같은 살 좀 보게. 아니, 반장님. 신체적 특징을 비하하는 건 너무하신 거 아닙니까. 오메, 누구라도 좋으니 좀 비켜부리시오. 결국 염 반장이 앞장서고 고 형사가 제일 뒤로 처졌다. 타미가 기숙의 품에서 떨어져 내려와 왕왕 짖으며 형사들의 뒤를 쫓았다.

타미는 계단을 내려가는 고 형사의 통통한 발꿈치를 덥석 물었다. 끄아악! 고 형사가 쓰러지자 앞서 가던 박 형사가 쓰러졌고, 그 앞에 있던 염 반장이 한 뭉치로 쓰러져 계단참에 나뒹굴었다. 그 와중에도 타미는 고 형사의 발꿈치에 달라붙어 떨어지지 않았다. 고 형사가 비명을 지르며 꿈틀댈 때마다 밑에 깔린 두 형사가 신음했다.

기숙은 봉두난발이 된 빗자루 머리를 잡아 뜯으며 울고 싶은 기분이었다. 언젠가 이런 날이 꼭 올 것만 같았다. 이제 분리불안만이 문제가 아니었다. 저 물어뜯는 버릇을 어떻게 고쳐야 하나. 훈련사 최씨는 방법을 알고 있겠지. 이제 또 무슨 짓을 하라고 시키려나. 사는 건 왜 이렇게 힘이 든가.

원주행

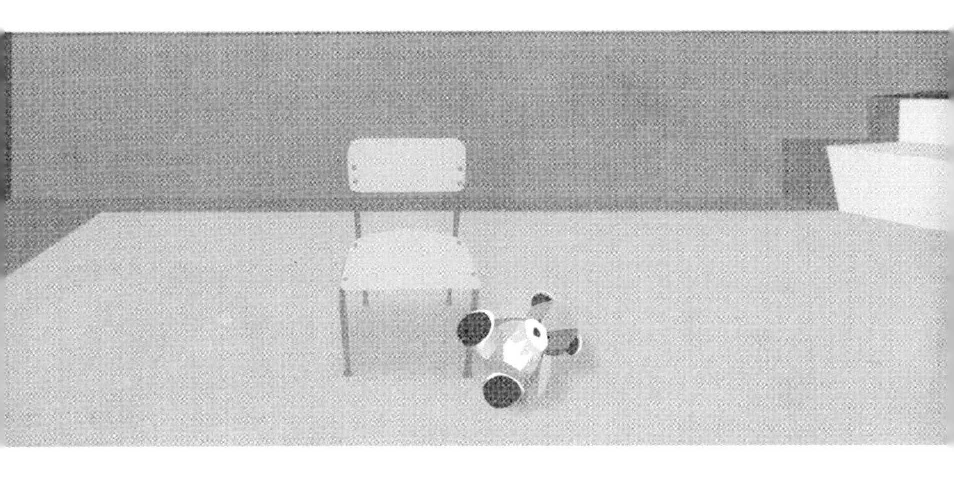

1

종업원 여자가 나무 주걱을 양손에 하나씩 세워 들고 다가왔다. 목검을 든 무사처럼 비장했다. 여자는 익숙한 손놀림으로 낙지철판볶음을 뒤적여 양념을 고루 묻힌 다음 앞치마 주머니에서 소주병을 꺼내 탁자에 올려놓고 물러갔다. 철판 중앙에 봉긋하게 모인 낙지볶음에서 맵고 더운 연기가 솟아올랐다.

"이 인간이!"

조자영이 소주를 따라 한입에 털어넣으며 소리쳤다. 눈 코 입이 커서 평소 시원시원하게 생겼다는 말을 듣는 얼굴에 짜증이 가득했다. 최춘석과 임기숙은 낙지볶음에 젓가락을 찌르다 말고 곁눈질을 했다.

"……완전 똥 싸놓고 중국으로 토꼈어."

조자영이 새로 한 파마머리를 절레절레 흔들었다.

최춘석이 붉은 양념이 묻은 입술을 비틀며 낄낄거렸다.

"또 남편 얘기냐?"

"오기만 해봐. 당장 이혼하고 똥 치운 값 받는다."

중국으로 파견 근무를 떠나버린 남편을 떠올리며 조자영이 이를 득득 갈았다. 그러나 남편이 돌아오려면 아직 반년도 더 남았을 터다.

"집 내놨다고 하지 않았어?"

임기숙이 젓가락으로 쭉 뽑아낸 낙지 다리를 오물거리며 물었다. 그게 팔려야 말이지, 하고 이어지는 자영의 한숨이 깊었다.

여느 때처럼 서행물산 말띠 삼총사, 자영과 춘석과 기숙은 퇴근하자마자 사무실 근처 술집에 모여들었다. 오늘도 자영의 부동산 문제가 낙지와 함께 안줏거리로 씹힐 판이었다. 삼총사 중 유일한 기혼자인 자영은 주말부부였다. 자영은 서울에서 직장을 다녔고, 자영의 남편은 두 아이와 노모와 함께 원주에 살았다. 자영의 남편이 몇 달 전 아파트를 산 것이 문제의 시작이었다. 남편은 다니던 중국어 학원에서 양화영이라는 이름의 조선족 출신 강사를 알게 됐다. 양화영은 당시 한국인 남편에게 이혼당하고 달랑 아파트 한 채만을 넘겨받았는데 2억짜리 아파트에 대출금이 1억이었다. 불어나는 대출 이자에 허덕이는 양화영의 읍소가 심금을 울렸는지 남편은 자영과는 의논 한마디 없이 양화영의 아파트를 덜컥 사주었다. 그리고 양화영을 월세 세입자로 계속 그 집에 살게 했다.

남편의 태도에 이상한 낌새를 챈 자영은 주말마다 원주의 시댁에서 혹독한 심문을 벌인 끝에 사건의 전말을 알게 됐다. 양화영이 보증금 한 푼 없이 월세를 살고 있으며, 생활이 어렵다는 핑계로 월세 120만 원을 거의 내지 않고 있을 뿐만 아니라, 남편과 양화영 사이에는 월세 계약서조차 쓰지 않았다는 사실을.

"내가 눈에 뭐가 씌었나 봐." 죄상을 자백한 후 자영의 남편은 중국으로 떠났다. 세입자 처리는 자영의 몫으로 남았다.

"정말 특이해, 그 여자."

자영은 질렸다는 듯한 표정으로 말했다. 남편이 떠난 뒤 자영은 양화영을 만나 윽박질러 계약서를 쓰게 했고, 밀린 월세와 보증금 1천만 원을 6개월에 걸쳐 나누어 내기로 약조를 받았다. 그러나 양화영은 밀린 돈을 갚기는커녕 월세 120만 원도 늘 기한을 지나서 몇 번을 달라고 독촉해야 줄까 말까였다.

"안 준다는 소리는 안 해. 찾아가면 미안해 죽으려고 하며 울어. 코까지 풀면서 대역 죄인처럼 울어. 땅 팔리면 한꺼번에 준대."

"땅?"

기숙이 빗자루같이 부스스한 단발 곱슬머리를 뒤로 넘기며 물었다.

"응? 내가 기숙 씨에겐 얘기 안 했나?"

자영이 마주 앉은 춘석과 눈짓을 나누더니 말을 이었다.

"그 여자가 땅이 있대. 그런데……."

"10년째 안 팔리는 땅이래."

춘석이 자영의 잔에 소주를 따르며 히죽거렸다. 검게 그을리고 수염 자국이 숭숭한 얼굴에 장난기가 가득했다.

"자영 씨가 안 그래도 부동산 아저씨에게 물어봤다는 거 아니냐. 원주 어디 산 구석에 한 500평 가지고 있는 모양인데 농사도 못 짓고 집 짓기도 애매해서 절대 팔릴 염려가 없는 땅이래."

자영이 낙지볶음을 한 젓가락 가득 집어 입에 넣고 질겅거렸다. 마치 남편과 양화영을 씹어 삼키듯 턱을 좌우로 크게 움직이며 더운 콧김을 뿜었다.

그것참 계획 없는 여자네, 하고 기숙은 젓가락을 놀리며 생각했다. 중국어 학원 강사 하며 혼자 벌어서 월세 120만 원을 내고 사는 게 힘에 부치긴 할 것이다. 집을 팔아 대출금을 갚았으면 그 집을 나가 자기 형편에 감당할 수 있는 월셋집을 구하는 게 맞을 텐데. 자영의 말에 따르면 집에 대한 애정이 대단하다고 한다. 아직도 제 집처럼 끊임없이 인테리어 공사를 하고 비싼 장식품을 들여놓는다는 것이다. 지난달만 해도 양화영은 돈을 독촉하러 찾아온 자영에게 베란다에 마루공사한 것을 보여주며 자기가 언젠가 돈을 벌어서 다시 집을 되살 테니 제발 집을 팔지 말아달라고 사정했다. 자영이 인테리어할 돈 있으면 밀린 보증금과 월세를 갚으라고 싫은 소리를 했더니 방 안 금고에서 땅문서를 꺼내와 흔들며 이 땅만 팔리면 모두 갚겠노라 했다. 고향땅에 묻어놓은 금송아지처럼 땅문서는 필요할 때마다 자주 금고 밖을 들락거렸다.

"당신 남편하고 양화영이라는 여자하고, 아무래도 수상해."

춘석이 말했다.

"그러거나 말거나!"

자영은 코웃음을 쳤다. 벌써 여러 번 나왔던 얘기다. 눈꼬리가 살짝 위로 삐치고 입술이 도톰해서 남자들이 좋아할 법하게 생긴 양화영이 자영의 남편을 홀려 집을 사게 했다는 가설은 여러 정황에 의해 뒷받침되었다. 자영의 남편 역시 2억이나 되는 현금이 있을 리 없었다. 대출을 받아 집을 덜컥 사주고는 집주인이 된 의무로 집도 한차례 싹 수리해줬다고 했다.

"명의만 옮겼을 뿐이지 그 집에 계속 살고 있던 사람을, 글쎄 전자 도어록까지 새로 달아준 거 있지? 그것도 최고급품으로. 여자 혼자 사는데 위험하다고."

종업원 여자가 집게와 가위를 들고 와 철판에서 오랜 시간 은근히 익힌 낙지의 머리통을 잘랐다. 먹물이 찍 새어 나왔다. 둘 사이가 어쨌든 상관없다는 식으로 말했지만 자영의 큰 눈에서도 본능적인 분노의 불꽃이 타올랐다.

자영은 양화영의 애원을 뒤로하고 얼마 전 부동산에 아파트를 내놓았다. 그러나 낡은 아파트인 데다가 입지가 좋지 않아 쉽게 팔릴 것 같지 않았다.

"이 연놈들이 그냥!"

분통이 터진 자영이 식탁을 쳤다.

춘석과 기숙이 깜짝 놀라 건배를 하려고 든 소주잔을 내려놓았다.

"아우, 씨! 됐고. 빨리 돈 갚고 나가버렸으면 좋겠어!"

자영이 소리쳤다.

"나도…… 지금 매달 돈이 좀 급한데. 집 팔릴 때까지 월세 꼬박꼬박 잘 내는 사람 새로 들이는 게 낫겠어."

자영은 정말로 다급하게 몰린 듯한 표정을 지어 보였다.

"……법으로 어떻게 안 되나? 돈 갚고 나가게?"

기숙이 자영의 눈치를 살살 살피며 물었다.

"절대 안 나가! 집이 팔리면 어쩔 수 없다 하고 나갈까. 아무리 싫은 소리를 해도 강철 멘탈이야. 명도소송해서 내쫓고 하느니 그것도 복잡하고 시간 걸리고. 아아, 집이 팔려야 하는데 안 팔린다고! 보러 오는 사람도 없대!"

자영이 구불구불한 파마머리를 잡고 절규했다.

"아줌마! 여기 밥 두 공기만 볶아주세요!"

춘석이 주방에 대고 소리쳤다.

종업원 여자가 철판 위에 밥과 잘게 썬 야채를 쏟아붓고 참기름을 휘휘 돌려 뿌렸다. 나무 주걱이 다시 등장했다. 밥을 잘 섞어 비비고 철판에 잘 눋도록 편 다음 김가루를 한 주먹 뿌리고 여자는 물러갔다. 그사이 소주잔이 몇 번 공중에서 부딪쳤다.

"우리가 한번 내려갈까? 원주에? 집 보러 온 척하고?"

몇 단계 뛰어넘는 말을 '불쑥' 하는 버릇 때문에 '불쑥쟁이'라는 별명이 있는 기숙이 무심한 표정으로 말했다.

"엉?"

자영이 머리를 쥐어뜯던 손을 멈췄다.

말뜻을 알아들은 춘석이 파하핫, 하고 웃었다.

“그래! 주말에 나랑 기숙 씨랑 신혼부부인 척하고 집 보러 가자. 그 자리에서 집을 꼭 살 것처럼 분위기 잡는 거야.”

춘석이 말을 딱 맞게 받아치자 기숙이 히죽 웃었다.

“에헤헤. 그거야.”

평소 무덤덤한 기숙의 얼굴에 장난기가 급히 돌았다.

“우리 당장 다음주에 결혼해야 하는데 대책 없이 아직도 살 집을 못 구한 거지. 그런 분위기로 가. 설정을 잘해야 리얼리티가 살지.”

춘석과 기숙이 아무런 에로티시즘이 느껴지지 않는 서로의 얼굴을 동시에 바라보며 폭소를 터뜨렸다. 다음부턴 찰떡같은 만담이 이어졌다.

“춘석 씨랑 내가 양화영 씨 듣는 자리에서 빨리 계약서 쓰자고 막 안달하는 거야.”

“아예 가계약하고 온 걸로 해?”

“그건 너무 그렇고…… 내가 그 자리에서 춘석 씨한테 막 재촉할게. 나가자마자 부동산 가서 계약금 걸고 가자고.”

“우리 나이도 있고 하니까. 서로 가정 깨고 도둑결혼하는 콘셉트로 갈까?”

“오, 그거 말 된다. 그래서 집이라고 생겼으면 뭐든지 빨리 사는 게 급한 거지.”

“오케이. 불륜 남녀 연기 자신 있다.”

“지붕하고 방만 있으면 돼, 우린.”

"원래 열정적 사랑은 불륜이지."

깔깔깔. 자영이 배를 잡고 웃다가 의자에서 굴러떨어질 뻔했다.

옆 탁자에서 나무 주걱을 휘젓던 종업원 여자가 숨이 끊어질 듯 웃어젖히는 세 명을 힐끗 보고는 제 할 일을 했다.

춘석이 종업원 여자를 향해 손가락 하나를 세워 들었다. 대한민국 술집이라면 으레 통하기 마련인 수신호. 여자가 앞치마 주머니에서 소주병을 꺼내놓고 갔다.

"진짜 하자, 우리. 안 그래도 우리 주말에 원주 추어탕 먹으러 한번 가기로 했잖아."

춘석이 소주 뚜껑을 비틀어 따며 말했다.

"그래그래, 그러자고. 추어탕 먹으러 가는 김에 낮에 연극 한 판 하고. 그리고 양화영 씨한테는 집 바로 팔렸다고 말하는 거야. 그럼 양화영 씨도 포기하고 나갈 준비 하겠지."

기숙이 맞받아쳤다. 자영이 휴대전화의 일정표를 열었다.

"날 잡아, 날 잡아. 빨리빨리 날짜 잡아."

다른 두 명도 일제히 휴대전화를 꺼냈다. 기숙과 자영이 날짜를 맞춰가고 있는데, 춘석 혼자 달력 아이콘을 찾아 열지 못하고 한참을 헤맸다.

"못 찾겠네, 이거."

춘석이 케이스도 씌우지 않은 아이폰6의 화면을 톡톡 건드리며 말했다. 춘석은 최근까지 사용하던 2G 폰을 며칠 전 술 먹고 떨어뜨려 박살낸 뒤로 큰맘 먹고 최신 아이폰을 샀다. 이제 막 출시된

핫 아이템! 아이폰6였다. 그러나 타고난 기계치인지라 스마트폰의 화려한 기능에 익숙해질 생각이 별로 없었다.

"신상이라고 자랑하는 거지, 지금?"

옆에 있던 기숙이 머리를 쑥 들이밀며 달력 아이콘을 찾아 눌러주었다.

"금요일에 퇴근하자마자 내려가서 하면 어때?"

기숙이 제안했다. 자영이 고개를 저었다.

"안 돼. 금요일 저녁엔 화영 씨가 학원에서 저녁반 강의를 해. 밤늦게나 들어온다구. 우리의 목적을 달성하려면 토요일에 가야 해."

세 명은 그 뒤로도 소주 두 병을 더 마시며 삼 주 후 토요일에 원주에 내려가 불륜으로 맺어진 신혼부부 연기를 실행하기로 굳게 약속했다.

작전명은 '원주행行'으로 정했다.

2

기숙은 타미에게 고무공을 던져주며 "가져와"를 외쳤다.

닥스훈트 종 개가 짧은 다리로 거실을 후다닥 뛰어갔다. 기숙의 애견 타미는 자꾸만 입 밖으로 빠져나가려는 고무공을 기숙 앞에 물고 와 꼬리를 흔들었다. 검고 뾰족한 꼬리가 상모처럼 원을 그리며 팔랑팔랑 돌았다.

"이 사람들 내일 가는 거야, 마는 거야?"

기숙은 타미에게 사료 한 알을 건네주며 혼잣말을 했다.

지난 삼 주간 자영과 춘석, 기숙의 소위 '원주행' 계획은 몇 차례의 술자리와 점심식사 자리, 휴게실 잡담을 통해 직원들에게 널리 퍼졌다. 서행물산 직원의 반은 셋의 원주행을 안다고 해도 과언이 아니었다. 응원하는 직원들이 생기면서 술자리 농담에서 시작된 계획은 점점 구체성을 띠고 꼭 실행해야만 하는 일이 되고 말았다. 그러나 정작 이번 주에 기숙은 자영이나 춘석과 원주행에 관해 얘기할 기회가 없었다. 자영과 춘석은 며칠씩 출장을 떠나 자리를 비웠고 기숙도 업무가 바빠 따로 연락할 여유가 없었던 것이다. 그렇게 금요일 저녁이 왔다.

–내일 우리 원주행, 해?

기숙은 춘석에게 문자 메시지를 보냈다. 타미가 공을 던져달라고 재촉하며 기숙의 어깨를 타고 올라와 얼굴에 처덕처덕 침을 발랐다. 아유, 이 미친개야! 기숙은 타미의 기다란 주둥이를 잡고 떼어내며 티셔츠 자락으로 침을 닦았다.

내일 원주에 가게 되면 아침 일찍 타미를 동물병원이나 애견 카페에 맡겨야 했다. 타미의 분리불안증 덕분에 뜻하지 않게 살인사건을 해결해버린 적도 있었다. 그건 우연이었고 기숙이 바라던 것도 아니었다. 그 뒤 기숙은 낮에 직장에 있는 동안 집에서 혼자 짖고 있는 개의 환영과 언제 찾아올지 모르는 이웃의 항의에 대한 공포에 시달리다 못해 살길을 찾았다. 주중에는 개를 돌봐줄 펫시터를 고용해 맡기고 금요일 퇴근길에 타미를 찾아왔다. 펫시터 급료로 적지 않은 돈이 들었지만 그편이 나았다. 집에 일찍 들어가야 할 강박에서 벗어나니 자영이나 춘석 같은 술친구도 생겼다.

춘석에게서는 한참 동안 답이 없었다. 애정을 갈구하는 타미를 상대하다 보니 기숙도 어느덧 문자 메시지를 보낸 사실을 잊었다.

한 시간쯤 지났을까, 기숙이 찐 옥수수를 먹으며 케이블 채널 요리 프로그램을 보고 있을 때였다. 휴대전화가 드르륵 떨렸다.

–당연히 가지! 난 기차표도 끊었구만!

기숙은 먹던 옥수수를 입에 문 채 답장을 보냈다.

–당연하긴 뭐가 당연? 기차표 끊을 거면 얘기를 해줬어야지. 같이 가야지!

화가 나서 입에서 불을 뿜는 모양의 이모티콘을 함께 날려주니 춘석이 의외의 답을 내놓았다.

–내가 같은 걸로 끊어서 당신 핸폰으로 쏜다. 기차표.

십여 분 지나 춘석이 기숙의 휴대전화로 SMS 기차표를 보내왔다. 청량리발 12시 10분 무궁화호로 13시 26분 원주 도착이었다. 기차표를 공짜로 받고 기숙은 별로 서운하지도 않았던 마음이 그 이상으로 풀리는 듯했다. 아침 먹고 바로 타미를 동물병원에 맡겨야겠네. 불륜의 신부가 되려면 화장을 어떻게 해야 하나, 뭘 입어야 할까 하고 이리저리 생각을 굴리고 있을 때였다.

–불금에 뭐 하슈?

춘석이 또 문자 메시지를 보냈다. 뭐 하긴, 개 끌어안고 배 긁고 있지. 기숙이 답하자마자 드르륵 진동 소리와 함께 사진을 첨부한 메시지가 도착했다.

–난 혼자 수박 파먹으며 영화 감상.

기숙은 춘석이 보낸 사진을 휴대전화 화면에 크게 띄웠다. 춘석은 거실 소파에 앉아 텔레비전을 보고 있는 모양이었다. 텔레비전에서는 영화 VOD 화면이 돌아가고 있었다. 거실 응접탁자에 걸친 춘석의 털투성이 다리가 보였다. 다리 사이에 꼭지를 딴 수박이 담긴 쟁반이 놓여 있었고, 파먹다 만 수박 속에 밥숟가락이 수직으로 꽂혀 있었다. 그 옆에는 춘석의 반려묘 '싼티'가 배를 훌렁 까고 누워 앞발로 얼굴에 그루밍을 하는 모습이 찍혔다. 두어 달 전 춘석의 집 앞에서 쓰레기를 주워 먹다가 춘석과 눈이 마주친 뒤로 따라 들어와 어영부영 같이 살고 있는 고양이였다. 하는 행동이 전반적으로 싼 티가 난다고 해서 이름을 '싼티'라고 지었다. 사진 속에서도 뒷다리를 바닥에 쩍 붙이고 누운 것이 영 경박해보였다. 자세 때문에 뻔히 드러난 생식기와 항문 부분은 하트 이모티콘을 붙여 가려놓았다.

아아, 하트 이모티콘. 춘석은 싼티를 사랑하는구나. 지켜주고 싶구나.

30대 후반 독신 남녀가 금요일 밤에 각자의 집에서 반려견이나 반려묘를 끌어안고 군것질거리나 씹으며 텔레비전 쳐다보는 낙으로 살고 있구나.

기숙은 며칠 전 알을 떼어 먹고 남은, 바싹 마른 옥수수 고갱이로 등을 긁다가 별안간 신경질이 나서 핑 집어던졌다. 졸고 있던 타미가 벌떡 일어나 옥수수 고갱이를 향해 뛰었다.

3

맡겨진 역할에 충실하고자 몸치장에 너무 시간을 쓴 것이 문제였다. 기숙은 검은 원피스에 흰 실크 볼레로를 걸치고, 야하게 하려고 애써 화장하다가 좌우 균형을 맞추는 데 실패한 얼굴을 뿔테 안경으로 가린 채 기차 플랫폼을 향해 뛰었다. 출발 2분 전에 가까스로 기차에 몸을 집어넣을 수 있었다.

기차가 출발했다. 기숙은 숨을 가다듬은 뒤 춘석이 있을 5호 칸으로 갔다. 어젯밤 문자로 춘석의 자리 번호를 받아두었다.

그러나 춘석의 자리에는 웬 군복 차림의 남자가 앉아 햄버거와 콜라를 펼쳐놓고 우물거리고 있었다. 기숙은 문자 메시지를 다시 확인하고 주변을 둘러보았다. 어디에도 춘석의 모습이 보이지 않았다.

"뭐야. 12시 10분 기차를 탔다고?"

기숙의 전화를 받은 춘석이 생뚱맞은 목소리로 물었다. 얼이 빠진 기숙은 휴대전화에서 귀를 떼고 춘석이 선물한 SMS 기차표를 확인했다. 분명히 12시 10분에 출발하는 표였다.

"오메. 15시 10분 표를 끊어준다는 걸 내가 착각했다. 어쩌냐."

"뭐라구!"

기숙이 기차 통로에서 발을 구르며 빽 소리를 질렀다. 화장실에 가기 위해 통로로 나온 중년 여자가 깜짝 놀라 기숙을 노려보며 한 걸음 피해 갔다.

철컥철컥. 기차는 궤도를 타고 목적지를 향해 쉼없이 달려가고 있었다.

"어떡하냐. 자영 씨도 애 점심은 차려주고 나와야 해서 일찍 못 나올 텐데."

이어지는 춘석의 말에 기숙의 표정은 점점 더 일그러졌다. 자영은 금요일인 어제저녁 원주 시댁에 미리 내려가 있었다. 시어머니가 손님을 초대해서 뒤치다꺼리를 해야 한다며 입이 잔뜩 튀어나온 채로 내려갔다고 했다.

"기숙 씨, 쏘리! 내가 술 살게."

기숙은 휴대전화를 든 손을 툭 떨어뜨리며 짜증 가득한 한숨을 쉬었다.

1시 반쯤에 홀로 원주역에 도착한 기숙은 외롭고 할 일이 없었다. 원주역 앞 분식집에서 우동 한 그릇을 먹은 뒤 옆에 있는 커피숍에 자리를 잡았다. 휴대전화로 웹서핑을 하며 더디 지나는 시간을 때웠다. 토요일 아침에 늦잠도 못 자고 서둘렀더니 하품이 쩍쩍 나왔다.

춘석이 4시 반쯤 꽤 미안해하는 표정으로 양팔을 팔랑팔랑 흔들며 커피숍에 나타났다.

"내가 잘못했다!"

춘석은 휴대전화 화면을 기숙에게 들이밀며 다가와 앉았다.

"이거 봐봐. 난 15시 10분 표를 끊었는데, 하필이면 12시 10분 표가 또 있어가지고 헷갈렸단 말이다."

느지막이 일어나 제대로 씻지도 않고 나왔는지 춘석은 헝클어진 머리에 수염이 까맣게 올라온 얼굴로 멋쩍게 웃었다. 춘석이 내민 화면에는 과연 청량리역 15시 10분 출발, 원주역 16시 17분 도착인 SMS 기차표가 띄워져 있었다.

기숙이 춘석을 향해 작은 눈을 부라렸다.

"기계치가 문자로 기차표 쏠 때부터 의심해야 했어, 내가."

기숙은 춘석의 아이폰6 바탕화면을 둘러보며 혀를 찼다. 자기도 이제 디지털통신 시대에 합류했다며 비닐도 안 뗀 기계를 가지고 어쩔 줄 몰라 할 때 기숙이 깔아준 카카오톡, 네이버 검색, 구글 지도, 아래아한글 뷰어 앱 외에는 코레일 기차표 예약 앱뿐이었다. 아이폰6 버전으로 넘어와 모처럼 커진 화면이 아깝게도 텅텅 비어 있었다.

"기차표 앱은 어떻게 혼자 깔았네, 그래도? 이럴 거면 아이폰을 왜 사."

그때 자영이 커피숍 문을 빼꼼 열고 얼굴을 내밀었다. 티셔츠에 청바지를 입었고 파마머리를 하나로 모아 질끈 묶었다. 시원시원한 이목구비에 화장을 화사하게 했다.

"나와. 바로 가자."

기숙과 춘석은 복장과 마음가짐을 정비하고 자영을 따라 택시를 탔다. 완벽한 연기를 하려면 부동산 아저씨도 같이 속여야 해. 택시 안에서 자영이 둘에게 말했다. 부동산 남자에게는 몇 다리 건너 아는 신혼부부가 집을 보러 오기로 했으니 아파트 앞에서 만나자고 했다는 것이다.

택시가 양화영이 세들어 사는 아파트 근처에 도착했다.

지퍼 달린 수첩을 손에 든 작달막한 중년 남자가 자영을 알아보고 다가왔다.

"여기, 이분들이에요."

자영이 부동산 남자에게 기숙과 춘석을 소개했다. 정말 낯선 사람을 대하듯 연기가 능청스러웠다. 일행은 길바닥에서 서로 대충 고개를 까딱거리며 인사를 마치고는 아파트 입구로 향했다.

지은 지 20년도 넘은 서민형 아파트였다. 빨리 끝내고 추어탕으로 몸보신하고 술 먹어야지. 기숙은 막상 어색한 연기를 하려고 보니 이 상황이 재밌지 않았다. 아무래도 친구들을 잘못 만난 것 같았다. 술자리 농담은 술자리 농담으로 끝냈어야 했어. 딴생각을 하며 따라가다가 기숙은 아파트 현관 유리문에 쾅 얼굴을 박았다.

"어머나, 기숙 씨!"

앞서 가던 자영이 넘어지려고 하는 기숙의 팔을 용케 잡았다. 기숙의 뒤에 있던 부동산 남자가 기숙의 등을 받쳐 세웠다. 으으으, 낮게 신음하며 기숙은 손바닥으로 얼굴을 문댔다.

"뭐야. 왜 그래? 자…… 음…… 자, 자기 왜 그래? 괜찮아?"

제일 앞장서 들어가 엘리베이터 버튼을 누르고 기다리고 있던 춘석이 나왔다.

"아이고. 그래, 모르셨겠네요. 여기 문이 좀 이상해요."

자영이 기숙의 등을 토닥이며 안쓰러워하는 목소리로 말했다. 그 와중에도 안 친한 척 존대를 하면서. 아파트 현관은 두 짝으로 된 유리문이었다. 현관까지 오르는 계단이 오른쪽 유리문을 향해 나 있어서 오른쪽 문을 밀어서 여는 게 자연스러운데, 이 아파트는 어떻게 된 게 오른쪽 문은 잠겨 있고 왼쪽 문을 밀어서 열게 되어 있다는 것이다.

기숙은 이제 괜찮다고 연거푸 손을 내저으며 안으로 들어갔다.

실패다. 불륜으로 맺어진 신혼부부라면 다정히 어깨 붙이고 맨 뒤에서 나란히 들어갔어야지. 딴생각하는 동안 춘석 먼저 휙 들어가 버리고 나는 따로 들어가다 얼굴 까이고 이게 무슨 봉변인가. 역시 연기는 아무나 하는 게 아니야. 엘리베이터를 타고 올라가는 기숙의 귓등이 빨갛게 달아올랐다.

아이, 쪽팔려.

4

"없나?"

차임벨을 네 번째 누르며 부동산 남자가 중얼거렸다.

"제가 오늘 이 시간에 집 보러 오겠다고 분명히 전화했는데! 집에 있겠다고 했는데!"

자영이 눈살을 찌푸렸다.

"오는 동안에도 전화해봤는데 안 받아요. 없나 봐요."

부동산 남자가 말하며 휴대전화의 재발신 버튼을 눌렀다. 자영이 현관문을 두드리며 "화영 씨! 양화영 씨, 계세요?" 하고 불렀지만 묵묵무답.

"그냥 들어가야죠, 뭐. 낮에 보러 오겠다는 사람이 있을지 몰라 번호는 받아놨으니까."

부동산 남자가 도어록을 등으로 가리고 서서 비밀번호를 누르기 시작했다.

기숙은 당황했다. 양화영 씨가 보는 앞에서 집을 당장 살 것처럼 연기를 해야 작전이 효과가 있는 것 아닌가. 빈집을 구경만 하고 가는 건 아무 소용이 없다. 원주행을 기획한 세 명은 부동산 남자의 등 뒤에서 조용히 눈짓을 주고받으며 술렁였다. 그러나 이제와서 돌아가겠다고 할 수도 없는 노릇이었다.

거의 울상을 짓고 있는 기숙의 앞으로 현관문이 활짝 열렸다. 부동산 남자가 한쪽으로 비켜서서 들어가라고 손짓했다. 춘석이 먼저 쑥 들어갔다.

"음. 채광은 좋네요. 남향인가?"

춘석이 창문 쪽은 쳐다보지도 않고 엉뚱하게 거실 이곳저곳을 기웃거리며 아무 말이나 주워섬겼다. 양화영은 꽤 깔끔한 성격인 듯했다. 가구와 물건이 귀퉁이를 맞춰 딱딱 정리돼 있었다. 연하늘색 벽지에 표구로 걸어놓은 서예 작품 몇 점이 잘 어울렸다.

기숙도 어쩔 수 없이 집을 둘러보는 척하고 있을 때였다.

"아이고! 아이고! 아주머니! 어…… 으허허허헉!"

안방 문을 열어본 부동산 남자가 이상한 소리를 냈다. 춘석이 "뭡니까!" 하고 달려 들어갔다.

"이런, 세상에!"

춘석이 소리쳤다.

기숙도 춘석의 등 뒤에서 보고 말았다.

안방 바닥에 여자가 쓰러져 있었다. 팔다리를 길게 뻗어 축 늘어뜨린 자세였다. 퀭하게 뜬 눈에 입을 벌리고 있었다. 눈동자에 움직임이 없었다.

뭐랄까, 영화에서 시체 역할을 맡은 배우 같았다. 얼굴이 죽은 빛이었다.

"양화영 씨!"

시체를 본 자영이 입을 막고 쓰러졌다.

그 뒤의 상황은 여러 장면을 이어 붙인 영화처럼 정신이 없었다. 기숙이 쓰러진 자영을 거실에 눕히고 팔다리를 주물렀다. 부동산 남자가 덜덜 떨며 112 번호를 누르다가 휴대전화를 놓쳐 떨어뜨렸다. 자영이 일어나 문 쪽으로 기어가 시체를 힐끗 들여다보고 또 쓰러졌다. 부동산 남자가 휴대전화에 대고 주소를 부르며 무조건 빨리 와달라고 소리쳤다. 사람이 죽었어요, 사람이. 집 보러 왔는데 사람이 죽었어요.

기숙 또한 방금 본 것을 믿을 수 없었다. 꿈인가. 현실 감각이 없었다. 기숙은 두근거리는 가슴을 부여잡고 안방을 다시금 살며시 들여다보았다.

양화영의 시체는 여전히 그 자리에 있었다. 꿈이 아니었다.

시체 너머 방 안쪽에서 춘석이 허리를 굽혀 무언가를 집어들었다.

"이게 뭐지?"

기숙의 시선을 느낀 춘석이 손에 든 것을 기숙에게 보이며 물었다. 기숙은 차마 방으로 발을 옮기지 못하고 고개만 쑥 내밀었다.

"카드…… 같은데?"

춘석이 고개를 갸웃거리며 카드를 다른 손으로 옮겨 뒤집어 보았다가 눈에 대고 가까이 보았다가 했다.

기숙이 발을 구르며 문지방을 손으로 두드렸다.

"안 돼, 안 돼! 그거 만지면! 춘석 씨! 도어록 카드키잖아! 범인이 만진 걸 수도 있다고! 지문 묻으면 안 돼!"

"뭐야!"

춘석이 질겁하며 소매로 카드키를 벅벅 닦았다.

"닦지 마!"

급기야 기숙이 발을 떼고 춘석에게 달려들었다. 춘석 씨, 바보야? 왜 안 나오고 증거품을 건드리고 지랄이야. 기숙은 춘석의 손등을 찰싹 때렸다.

"어어…… 내가, 내가 실수한 거지?"

춘석의 얼굴이 하얗게 질렸다.

5

"예. 이 집 아줌마가 원래 장롱에 금고를 넣어둬요. 그냥 쪼끄만 가정용 금고. 번호 돌려서 여는 거. 그게 없다고요?"

부동산 남자가 형사에게 말했다. 집 내부에서는 감식반이 분주히 움직이고 있었고, 시체를 발견한 무리는 아파트 복도에 쪼르르 서거나 앉은 채였다. 강팍하게 마른 얼굴에 생머리를 비죽비죽 늘어뜨린 남자가 뒤늦게 임장하여 현장에서 진술을 들었다. 관할 경찰서의 윤동영 형사라고 했다.

"아이고, 강도네. 내 이럴 줄 알았어."

부동산 남자가 고개를 설레설레 저었다.

"무슨?"

윤동영 형사는 한쪽 눈썹을 치켜올렸다.

"이 집 아줌마가 얼마 전에 땅을 팔았거든요. 누가 급하게 사서 한 1억을 한꺼번에 받았어요."

부동산 남자는 복도 벽에 등을 기대고 앉은 자영에게 눈길을 돌렸다.

"사모님도 아시죠? 지난주에 밀린 보증금 갚았다던데?"

자영이 당황한 얼굴로 입을 우물거리며 고개를 끄덕였다.

부동산 남자가 계속 말했다.

"이 집 아줌마가 조선족인데, 뭔 사연이 있는지 은행을 절대 안 믿어요. 돈을 다 그 금고에 쟁여놓거든요. 누구 집 땅 얼마에 팔렸다더라, 이 시골 바닥 소문 뻔한데. 큰돈 집에 갖고 있으면 안 된다고 해도 말을 안 듣더니만……."

흰 장갑을 낀 감식원이 비닐에 넣은 카드키를 윤동영 형사에게 건넸다. 윤 형사가 비닐 끝을 엄지와 검지로 잡고 달랑거리며 춘석을 힐끗 보았다. 춘석은 머리를 긁적이며 허리를 굽실거렸다. 조금 전 춘석은 카드키를 자신이 무심코 집어들었다가 당황해서 소매로 지문을 싹싹 닦아버렸다고 고백하며 용서를 빌었다.

"도어록 비상키인 것 같은데, 이거 본 적 있습니까?"

윤 형사가 자영에게 물었다. 도어록은 비밀번호를 입력하거나 신용카드 모양으로 생긴 비상키를 갖다 대서 해제할 수 있는 제품이었다. 문을 닫으면 자동으로 잠겼다. 보통 비밀번호로 해제하고 비상키는 그야말로 비상시를 위해 갖고 다닐 터였다. 자영은 고개를 저었다.

"도어록은 남편이 달아준 거라 전 몰라요. 양화영 씨가 갖고 있었겠죠."

진술서를 쓰기 위해 경찰 승합차를 타고 경찰서로 이동하면서 기숙이 자영의 옆구리를 쿡 찔렀다. 지난주에 양화영 씨가 돈을 갚았으면 우리가 오늘 내려올 필요가 없는 거였잖아. 왜 말 안 했어? 부동산 남자에겐 들리지 않도록 기숙은 조용히 이빨을 물고 추궁했다. 이왕 내려오기로 한 거잖아. 돈은 갚았어도 빨리 나가줬으면 해서. 자영이 울먹였다. 아이, 씨. 친구를 잘못 만났어. 기숙은 미칠 지경이었다.

기숙과 자영, 춘석은 경찰서에서 줄줄이 손을 모으고 앉아 원주행 계획에 대해 소상히 말할 수밖에 없었다.

"죄송해요! 저희 다 직장 동료예요!"

자영이 먼저 고백하며 얼굴을 감쌌다. 윤동영 형사와 부동산 남자가 어이없다는 표정으로 혀를 끌끌 찼다. 셋은 원주행을 계획한 동기에서부터 오늘 원주역에서 만나 아파트까지 오게 된 경위까지 상세히 밝힌 진술서를 각자 다른 책상에 붙어 앉아 썼다.

"피해자가 엊그제 학원을 그만뒀대요."

윤 형사의 옆에서 통화를 하던 젊은 형사가 수화기를 내려놓으며 말했다. 형사들끼리의 대화였다.

"그래?"

윤 형사가 응수했다.

"네. 어제 낮에 조선족 친구를 만나고 저녁 7시쯤 집에 들어간 것 같습니다. 그 뒤에 사건이 난 게 아닌가 싶어요."

"형사님! 여기 핸드폰 충전 좀 합시다. 간당간당하네."

부동산 남자가 진술서를 쓰다 말고 휴대전화를 번쩍 들었다.

"종류가 뭐요?"

배려심이 있는 성격인지 윤 형사가 별반 귀찮아하지 않고 휴대전화를 건네받았다. 엘지 스마트폰이었다.

"내가 아이폰을 써서…… 어이, 김 형사 혹시 여기 맞는 잭 있나?"

윤 형사가 옆자리 형사에게 물었다. 옆자리 형사가 자기가 쓰던 안드로이드폰 충전 잭을 뽑아 건네주었다.

"그 구멍을 다 맞게 만들면 좋을 텐데. 왜 그걸 다르게 만들까 그래?"

부동산 남자가 종이컵에 정수기 물을 받아 후루룩 마시며 말했다.

기숙이 진술서를 적어 내려가던 손을 멈췄다.

기숙은 불안이 깃든 눈으로 형사의 책상 위에 놓인 충전 잭을 바라보았다.

아이폰과 안드로이드폰의 각기 다른 충전 잭. 기계마다 다르게 만들어진 것들.

직장 동료들은 각자 붙어 앉은 책상에 고개를 처박고 부지런히 펜을 놀리고 있었다. 기숙은 고개를 저었다.

아니야. 아닐 거야. 설마.

6

양화영 강도 살인사건이 발생한 지 한 달째.

범인은 잡히지 않았고, 사건은 진척이 없었으며, 윤동영 형사는 피곤했다.

누군가 윤 형사를 지켜보고 있었다.

조사 중인 피의자의 신분증을 복사하고 조서를 결재받으러 다니면서 윤 형사는 주변에 얼쩡거리는 어떤 시선을 느꼈다. 화장실을 갔다 오는 길에 시선의 주인에게 다가가 말을 걸었다.

"저에게 볼일 있습니까?"

복도 벽 뒤에 서 있던 키 작은 여자가 흠칫 놀라 가슴에 손을 대었다. 낯이 익었다. 이전에 어디서 만난 적이 있느냐고 물으니 양화영 강도 살인사건 참고인으로 조사를 받은 적이 있다고 했다. 속을 썩이는 사건이라 윤 형사는 금방 기억이 났다.

"제가…… 그 사건 때문에…… 할 얘기가 있어서……."

서울에서 퇴근하고 이 밤중에 찾아왔다는 말이었다. 기숙의 소심한 태도에 윤 형사는 웃음이 피식 나왔다.

윤 형사는 기숙에게 잠시 책상 앞 의자에 앉아 기다리라고 했다. 볼일을 마치고 돌아가니 그새 누군가 권했는지 기숙은 빨대를 꽂은 요구르트를 쫄쫄 빨면서 자라목을 늘어뜨리고 앉아 있었다.

"자, 뭡니까?"

서류철을 책상에 던져놓고 윤 형사가 자리에 앉았다.

기숙은 잔뜩 겁먹은 표정으로 주위를 살폈다.

"비밀 지켜주셔야 해요."

"아, 알았으니까 말을 해보세요. 말을 해야 알 것 아닌가."

기숙은 눈동자를 불안하게 굴리더니 불쑥 내뱉었다.

"자영 씨랑 춘석 씨가 여름휴가를 같은 날 냈어요."

윤 형사가 기숙을 빤히 보았다.

"……같이 여행갈 생각인가 봐요. 둘이…… 그렇고 그런 사이라고 회사에 소문이 파다해요. 그전엔 같이 술 먹고 어울렸어도 몰랐는데……."

"저기, 저. 임기숙 씨?"

윤 형사가 야근에 지친 머리를 손으로 짚었다.

기숙이 당황했는지 말을 심하게 더듬었다. 자기가 몇 단계 뛰어넘어 말을 '불쑥' 하는 버릇이 있다고 말했다. 말을 조리 있게 못해서 그런 거니 잠깐만 시간을 달라고도 했다. 그러더니 둘이 정확히 어떤 사이인지 경찰은 밝혀낼 수 있지 않느냐고 했다. 우리야 소문으로만 들먹일 뿐이지만 경찰은 통신 기록도 조사하고 둘이 어디에서 만나서 어디로 다녔는지 행적조사를 할 수 있지 않느냐는 것이 말의 요지였다.

"간통은 이제 범죄가 아니에요. 설사 간통죄가 살아 있다 해도 당사자 아닌 사람이 고소할 수 있는 문제도 아니고."

"저기요. 제가요. 간통 뭐 그런 게 아니고요……."

기숙은 원피스 자락을 손으로 꽉 쥐었다가 놓으며 눈동자를 굴렸다.

"저……경찰이라면 자영 씨랑 춘석 씨의 금융거래 기록도 조사할 수 있겠죠?"

"네?"

"아마도 둘이 돈이 궁한 상황이었던 것 같아요. 자영 씨가 집이 빨리 팔렸으면…… 양화영 씨 살던 집요. 빨리 팔렸으면 좋겠다고 하면서 돈이 급하다는 사정을 살짝 내비치긴 했었는데……."

"저…… 임기숙 씨?"

윤 형사는 한층 더 미심쩍은 표정을 지었다. 좀 이상한 여자가 아니냐는 듯 기숙을 바라보았다. 중요한 수사 제보를 한다며 경찰서에 들어와 이상한 말을 늘어놓는 사람들 명단에 이 여자를 추가해야 하는가.

기숙이 소리쳤다.

"그니까 둘이 양화영 씨를 죽인 것 같단 말이에요!"

이게 뭔 뚱딴지같은 소리야.

윤 형사는 비죽비죽 자란 앞머리를 손으로 헤치며 짜증을 참았다.

"뭔 소리래? 이봐요, 양화영 씨는 금요일 저녁 7시 이후부터 그날 밤 사이에 죽은 걸로 나왔어요. 그 시간에 조자영 씨는 원주 시댁에서 시어머니랑 손님들 초대해서 잡혀 있었고, 최춘석 씨는 그 뭐냐…… 원주행?"

윤 형사는 그 우스꽝스러운 작전의 전말을 들었을 때부터 기가 막혔던지라 코웃음을 섞어 말했다. 기숙의 자라목이 움츠러들었다.

"그거 하려고 토요일 5시 넘어서야 원주 도착했다면서요? 서로 표를 잘못 끊어서 임기숙 씨가 먼저 내려와 원주역에서 기다리고 있었고. 그렇게 진술 다 했잖아요. 네?”

7

조자영은 온라인 홈쇼핑에서 선글라스를 구입하는 데 성공하고 속으로 쾌재를 불렀다.

신용카드 정지가 뚫리니 그렇게 시원할 수가 없었다. 여름휴가지에서 방금 산 선글라스를 쓰고 해수욕할 생각을 하니 무척 설렜다. 이틀만 더 일하면 여름휴가다.

책상 위에서 휴대전화가 드르륵 떨렸다.

- 왜 안 와? 차에서 기다림.

춘석의 문자였다. 어느덧 퇴근시간이 지나 있었다. 자식, 보채기는. 자영은 핸드백에 소지품을 쓸어 담았다. 자동차 열쇠를 챙기며 다시 한 번 가슴을 쓸어내렸다. 하마터면 차도 팔아야 할 뻔했지. 줄곧 조여오던 압박에서 벗어난 해방감이 이렇게 상쾌할 줄이야.

춘석과 사귀면서 인터넷 도박에 잘못 발을 들였다. 연애와는 또 다른 짜릿한 승부욕을 제때 제어하지 못했다. 남편 모르는 빚이 쌓이고 어떻게든 그때그때의 빚 독촉을 모면하려다 보니 대출업체에까지 손을 벌리게 되었다. 이자에 가속도가 붙었다.

그러나 이제 끝났다. 도박은 다시 하지 말아야지. 자영은 자리에서 일어서기 전 손거울을 보며 눈 화장을 살짝 고쳤다.

도둑질도 다시 하지 말아야지. 한 번이면 족해.

자영의 표정이 어두워졌다. 절도라는 행위도 그렇고 그 과정에서 뜻하지 않게 벌어진 '사고'에 대해서는 자영도 물론 죄책감을 느끼고 있었다. 어쨌거나 '사고'였다고 표현하는 것이 그 일을 잊는 데 많은 도움이 되었다.

8

기숙은 윤 형사에게 제 휴대전화를 내밀었다.

"금요일 저녁에 춘석 씨가 이런 사진을 보내왔어요."

윤 형사는 수박 꼭지를 따서 숟가락으로 퍼먹으며 텔레비전을 보고 있는 남자의 털투성이 다리와 그 옆에서 벌렁 누워 있는 고양이의 사진을 이맛살을 찌푸리며 바라보았다. 이게 뭐 어쨌다고?

기숙은 고양이의 생식기와 항문 부분을 가리고 있는 하트 이모티콘을 손가락으로 찔러 가리켰다.

"이게 되게 이상했어요. 춘석 씨 핸드폰은 아이폰인데 말이에요."

기숙은 단발 곱슬머리를 갸웃거렸다.

"아실지 모르겠는데, 형사님. 아이폰은 기본적으로 사진에 이런 걸 오려 붙이고 사진 위에 그림을 그리고 하는 편집이 안 돼요. 나중에는 될지 모르지만 어쨌거나 아직까지는 안 된다고요. 다른 폰하고는 다르단 말이에요. 앱을 별도로 다운받아야 할 수 있죠. 그런데 춘석 씨 아이폰에는 사진 편집 앱이 없다 이거죠. 토요일에 늦게 원주역에 도착해서 저에게 SMS 기차표를 보여줄 때 춘석 씨 폰을 둘러봤거든요."

윤 형사는 사진을 뚫어지게 바라보다가 정신을 차리고 물었다.

"난 또 뭐라고. 다른 사람 핸드폰으로 찍었나 보죠, 뭐. 다른 사람 핸드폰으로 찍어 편집하고 자기 핸드폰으로 보내면 되는 거 아닙니까?"

"그러니까 이상하잖아요. 춘석 씨는 '혼자' 텔레비전을 보고 있다고 했는데!"

윤 형사는 여전히 이 얘기가 강도 살인사건과 무슨 관련이 있을까 싶었지만 이어지는 기숙의 설명을 경청했다.

"이 사진은 누군가와 함께 있을 때 그 사람의 휴대전화로 찍은 사진일 거예요. 그러면 춘석 씨는 왜 굳이 혼자 있다고 하면서 이 사진을 내게 보냈을까. 꼭 내게 보낼 필요도 없는 사진이었는데 말이에요. 그래서 생각하게 된 거죠. 춘석 씨는 금요일 밤 그 시간에 자신이 서울의 집에 있다는 걸 강조하고 싶었던 것 아닐까. 내가 그렇게 생각하도록 하고 싶어서 예전에 찍어두었던 사진을 내게 보낸 것 아닐까 하는."

기숙은 다시 제 휴대전화를 뒤져 춘석이 선물한 SMS 기차표를 윤 형사에게 보여주었다.

"이 기차표도요, 제가 달라고 한 적도 없는데 춘석 씨가 먼저 자기가 끊어놓은 기차표와 같은 걸 끊어주겠다고 하며 보내준 거예요. 하지만 다음 날 기차를 타보니 15시 10분 표를 끊어준다는 걸 헛갈려서 12시 10분 것을 끊어줬다고 했죠."

"그건 왜 굳이……?"

"저를 원주역에서 기다리게 하려고요."

기숙의 표정이 씁쓸했다.

"기차표를 잘못 끊어서 마치 서울에 있다가 그 시간에 늦게 내려온 척을 하려고 말이죠."

오호. 윤 형사가 놀라 입을 동그랗게 벌렸다.

"형사님은 저희를 의심할 생각은 못 했을 거예요, 그쵸?"

기숙이 눈을 위로 홉뜨고 윤 형사의 눈치를 살폈다.

"다 큰 직장인들이 엉뚱한 계획을 짜고…… 물론 우습긴 했어요. 인정! 아무튼 우연히 시체를 발견한 목격자일 뿐이라고 생각했을 것 같아요. 원주에 와서 그 집에 가기까지의 경위에 대한 셋의 말이 딱딱 맞았으니……."

"그럼 금요일 저녁부터 최춘석 씨는 원주에 있었단 말인가요?"

윤 형사는 이 빗자루 머리의 노처녀를 다시 보고 있었다.

"양화영 씨가 금고에 보관하고 있는 돈을 훔치기 위해서?"

9

견물생심. 옛말 틀린 것 하나 없지.

퇴근 인사를 하고 복도로 걸어나가면서 자영은 생각했다. 사건 발생 한 주 전인 토요일, 양화영이 갑자기 집으로 찾아와 달라고 했다. 드디어 땅이 팔렸다면서. 몇 십 년째 안 팔리고 있는 땅이 갑자기 팔렸다니 믿기 어려웠다. 어쨌든 돈을 갚는다고 해서 기쁘게 달려갔다. 양화영도 기쁨에 가득 차 생글거렸다. 양화영은 자영을 앉혀놓고 장롱 속 금고를 열어 돈을 꺼냈다.

땅은 1억에 팔렸다고 했다. 금고에 쌓여 있는 현금 뭉치를 어깨너머로 슬쩍 본 순간 자영의 마음에 악마가 찾아왔다. 저 돈이 있으면 빚을 수습 가능할 정도로 줄일 수 있겠어. 대출업체의 추심이 점점 가혹해지고 있던 참이었다. 이대로 가다가 월급 차압까지 들어오면 창피해서 살 수 없을 것 같았다.

양화영의 허술한 돈 관리가 자영의 마음 속 악마를 키웠다. 양화영은 은행을 믿지 못해 집 금고에 현금을 보관한다고 하면서도 사람들 앞에서 아무렇지도 않게 금고를 열었다 닫곤 했다. 땅이 팔리면 돈을 갚겠다고 땅문서를 보여줄 때도 자영의 눈앞에서 몇 번이고 금고를 열고 닫았다. 너비와 높이가 각각 30센터미터 정도 되는 작은 손금고였다. 통째로 들고 옮기는 것도 어려울 것 같지 않았다. 비밀번호를 잊어버렸다는 핑계를 대면 어느 열쇠 기술자라도 단돈 몇 만원 받고 따주리라.

"비상키가 있어."

자영은 춘석에게 계획을 털어놓았다. 자영보다 춘석이 더 자영과의 관계에 푹 빠져 있었다. 둘 사이를 유지하기 위해 필요하다면 춘석은 자영이 시키는 웬만한 일은 하려고 했다.

"남편이 화영 씨 집 도어록 바꿔주면서 비상키를 하나 빼뒀지 뭐야. 중국 가면서 나에게 넘겼어. 화영 씨는 몰라. 비상키가 두 개인데 한 개만 있는 척했다나 봐."

춘석이 차 안에서 벌써 오랜 시간 기다리고 있을 터였다. 자영은 복도와 엘리베이터 사이에 설치된 보안문을 열고 엘리베이터 버튼을 눌렀다. 오늘은 춘석과 저녁을 먹으며 여름휴가 계획을 상세하게 짤 계획이었다.

이 정도 시간이 흘렀어도 아무 일 없다는 것은 앞으로도 아무 일이 없을 거라는 좋은 징조겠지.

자영은 엘리베이터를 탔다. 엘리베이터 내부 CCTV가 안도감으로 고개를 끄덕이는 자영의 모습을 자동녹화하기 시작했다.

"괜찮아. 낡아빠진 아파트라 현관에 보안문도 없고 CCTV도 제대로 작동 안 해."

당시 자영은 지령을 내리며 춘석을 안심시켰다.

"금요일 저녁에 양화영 씨가 집에 없는 거 확실해?"

춘석은 몇 번을 확인했다.

"그렇다니까. 금요일에는 화영 씨가 밤까지 저녁반 수업을 한다고. 우리 남편이 그 수업 들었어. 그 학원에서 몇 년째 그 수업은 화영 씨 담당이래."

사건 며칠 전 양화영이 학원을 그만둬버릴 줄이야 누가 예상할 수 있었겠는가. 그날 자영이 시어머니를 부추겨 손님을 초대하여 알리바이를 만들고 있을 동안 춘석이 비상키로 양화영의 집에 들어가 금고를 몰래 갖고 나오기만 하면 될 일이었다. 원래 계획은 그랬다.

계획은 그러했는데…….

불편한 생각이 찾아들자 자영은 움찔했다.

10

"제가요…… 그 아파트에 들어가다가 유리문에 얼굴을 부딪혔어요. 되게 아팠어요."

기숙이 또 옆길로 빠졌다.

기다리면 제자리로 오겠지. 윤동영 형사는 기다렸다.

"원래 춘석 씨와 불륜 남녀 연기를 하려고 한 거니까…… 사실 둘이 다정하게 같이 들어갔어야 했는데 춘석 씨가 먼저 쑥 들어가 버리고…… 우리 중에 제일 먼저 들어갔어요. 그리고 저는 딴생각하고 걷다가 그만 꽝!"

기숙은 양 손바닥을 모아 제 얼굴에 철썩 가져다 댔다. 윤 형사도 그 아파트 출입문이 좀 불편하게 되어 있었던 걸 기억했다. 계단과 통하는 오른쪽 문은 고정되어 있고, 엉뚱하게 왼쪽 문이 열리게 되어 있었다.

"……춘석 씨는 왼쪽 문이 열린다는 걸 익히 알고 있는 사람마냥 자연스럽게 들어갔죠. 그런 것 같았어요. 집 안에도 제일 먼저 들어가 기웃거렸고."

"그러니까 최춘석 씨가 이미 양화영 씨 집에 가본 적이 있었다는 거죠, 금요일 저녁에."

윤 형사가 다시 이야기의 맥을 잡았다.

"양화영 씨가 그 시간 학원에서 수업 중일 줄로만 알고, 집이 비어 있을 거라고 철썩같이 믿었다. 그런데 며칠 전 학원을 그만둔 양화영 씨가 범행 도중에 들어왔다. 당황한 최춘석 씨가 양화영 씨의 입을 틀어막았는데 그만 질식해서 죽어버렸다……."

부검 결과 양화영은 강한 힘으로 입과 코가 눌려 질식사한 것으로 밝혀졌다. 불행하게도 양화영은 천식 환자였다. 호흡기에 대한 외부의 압박이 다른 사람보다 치명적이었다. 집 안에서 최춘석과 마주친 양화영이 소리를 질렀겠지. 최춘석은 비명을 막으려고 하다가 그만 양화영을 죽이게 된 거야. 생각하며 윤 형사는 고개를 끄덕거렸다.

말하다 보니 목이 탔는지 기숙이 요구르트 남은 것을 소리 내어 쪽 빨아 마셨다.

"흠, 그런데……."

턱을 괴고 이리저리 그날의 상황을 재현해보던 윤동영 형사의 머릿속에 곧 다른 결정적인 의문이 스치고 지나갔다.

"그렇다면 왜 두 남녀는 굳이 다음 날 그 집에 다시 갔을까요? 왜 굳이 바보처럼 되도 않는 그……."

윤 형사는 기숙의 눈치를 보았다.

"원주행요."

기숙이 말했다.

"네, 그래요, 원주행. 그걸 실행해서 현장에 다시 가는 위험을 감수한 겁니까? 사람을 죽이고 나와서 아닌 척…… 아주 고난도의 연기를 감당해야 했을 텐데?"

기숙은 한숨을 길게 쉬었다.

그 주에 기숙은 자영이나 춘석과 원주행에 대해 얘기를 나눌 기회조차 없었다. 그래서 금요일 저녁이 되었을 때 다음 날 원주에 가긴 가는 건지 확신을 하지 못했다.

그 둘도 그러했으리라.

11

"자영 씨, 어떡해! 비상키를 그 집에 두고 나온 모양이야!"

그날 저녁 자영의 시댁 근처 공터에서 춘석이 파랗게 질린 얼굴로 소리쳤다. 자영도 놀라 심장이 튀어나올 지경이었다. 춘석이 금고를 훔치다가 들어오는 양화영과 마주쳐 그만 죽여버린 것 같다는 말을 들었을 때보다 더 놀랐다.

"어떡해! 비상키는 그거 하나뿐이야!"

자영은 다급해진 목소리를 억지로 죽이며 윽박질렀다. 비상키에 춘석이나 자영의 지문이 묻어 있을지도 몰랐다. 춘석의 말로는 현장에는 장갑을 끼고 들어갔지만 비상키는 어차피 가지고 나올 거라 지문을 꼼꼼히 닦지 않았다는 것이다. 그런데 금고를 들고 나오다가 그만 주머니에서 빠진 것 같다고.

뎅뎅뎅.

인생 종 치는 소리가 들리는 것 같았다. 눈앞이 빙글빙글 돌며 아무 생각이 나지 않았다. 어떻게든 비상키를 다시 가지고 와야 해. 어떻게든. 자영과 춘석은 어둠이 내리는 공터에서 서로 마주 보며 졸도할 것 같은 순간을 견디고 있었다.

그때였다.

–내일 우리 원주행, 해?

춘석의 휴대전화에 도착한 직장 동료의 해맑은 문자 메시지.

원주행?

자영과 춘석은 삼 주 전 술자리에서 장난으로 계획한 그 우스운 작전을 기억해냈다. 알리바이 삼기에 딱 좋은 어리숙한 직장 동료. 임기숙의 얼굴이 떠오르자 자영은 마음속으로 환호했다.

휴. 정말 다행이었어.

일이 잘 해결되려고 그랬던 거지. 그래, 그런 거야. 자영은 지하 주차장에서 내려 자신의 투싼 승용차로 또각또각 걸어갔다. 근처까지 왔는데 차에 앉아 있어야 할 춘석의 모습이 보이지 않았다. 뒤에서 자영을 따라오는 발걸음 소리가 들렸다.

"조자영 씨."

자영은 처음에 남자를 알아보지 못했다.

"원주경찰서 윤동영 형사입니다. 양화영 씨 사건 때문에 전에 봤죠?"

자영은 윤 형사와 그 옆에 양 날개처럼 늘어선 덩치 큰 남자 둘을 어리둥절한 표정으로 바라보았다. 그다음에 이어진 말을 듣고 자영의 표정은 심하게 일그러졌다.

"양화영 씨, 강도살인 혐의로 체포합니다."

윤 형사가 체포 영장을 들이밀었다.

"뭐라고요? 이게 뭐 하는……."

윤 형사의 양옆에 서 있던 덩치 둘이 자영의 팔을 잡고 경찰 승합차가 있는 곳으로 질질 끌고 갔다. 놔. 놔. 이게 뭐 하는 짓이야? 뭐? 강도살인? 자영이 형사들의 손을 뿌리치려 파닥거렸다.

"당신들 무슨 근거로 이래? 양화영 죽은 날 나는 시댁에서 시어머니 손님 치르고 있었어. 확인해봐! 이거 안 놔!"

자영이 공중에서 발을 구르며 악을 썼다.

"아, 누가 아줌마가 죽였대?"

윤 형사가 따분한 표정으로 하품을 하며 경찰 승합차 문을 열어젖혔다.

승합차 좌석에는 최춘석이 고개를 수그린 채 수갑을 차고 앉아 있었다. 춘석이 울상이 된 얼굴을 돌려 자영을 외면했다. 틀렸어, 우리. 춘석의 행동이 이렇게 말하는 듯했다.

"죽인 건 이 양반이고, 조자영 씨는 공동정범으로 체포하는 겁니다. 아, 범행하던 날 둘 사이 전화통화, 문자 오간 증거 있고, 훔친 금고 따준 열쇠업자 진술 확보했고."

윤 형사는 입을 떡 벌리고 선 자영의 손목에 철컥 수갑을 채웠다.

"자, 애인 옆에 앉으셔."

자영이 목 놓아 울었다.

윤 형사는 승합차 앞 조수석에 올라타고는 혀를 쯧쯧 차며 자영에게 크리넥스 휴지를 건넸다. 승합차가 원주를 향해 출발했다.

윤 형사는 좌석에 몸을 깊게 파묻고 지난주 쭈뼛거리며 경찰서를 찾아온 임기숙을 떠올렸다. 그 여자가 원한 일이긴 했지만 정말 그 여자 공로를 이렇게 가로채도 되는 걸까.

12

"원주행은 이런 일이 일어날 거라 예상하기 전, 삼 주 전 술자리에서 계획된 거예요."

기숙은 바닥에 시선을 내리꽂고 말을 읊었다. 동료들이 평소 자신을 얼마나 바보 같다고 생각해왔던 걸까. 기숙은 속이 상했다.

윤 형사의 자리에는 어느덧 양화영 강도 살인사건을 같이 담당한 동료 형사 두 명도 바짝 모여들어 있었다. 형사 세 명이 기숙의 말을 경청했다.

"많은 서행물산 직원들이 우리 계획을 알고 심지어 응원까지 하고 있었다고요. 경찰이 뒷조사를 한다고 해도 아주 자연스럽죠."

"아주 자연스럽게 현장에 다시 갈 수 있는 계획이었구나!"

윤 형사가 소리쳤다.

기숙이 고개를 끄덕였다. 춘석은 당시 아파트 내부에도 제일 먼저 들어가 거실을 탐색하듯 기웃거렸다. 비상키를 어디에 흘렸을까, 하고 찾았던 것이다. 남들이 보기 전에 빨리 찾아서 회수해야 했다. 비상키는 시체 옆에 있었다. 주워 들려고 하는데 알리바이 삼아 달고 온 직장 동료 임기숙이 그 모습을 보고 말았다.

춘석은 재빨리 기지를 발휘해 비상키에 자기 지문을 묻히고, 기숙이 질겁하자 당황한 척 비상키의 지문을 싹싹 닦아냈다. 혹시나 완전히 닦지 못해 비상키에 자신의 지문이 묻어 있어도 이상할 거 없는 상황을 만든 것이다.

친구라고 생각했는데. 망할 술친구.

"저, 제가 말했다고 아무에게도 말하면 안 돼요. 네?"

기숙은 윤 형사에게 애원했다.

"임기숙 씨가 방금 한 진술을 공식적으로 안 하면, 앞으로 저는 어쩌라고요?"

윤 형사가 난처한 태도로 말했다.

"그러니까요. 둘의 통신 기록, 금융거래 기록 조사해보시고요. 요새 보니까 자영 씨가 돈을 평소보다 잘 쓰고 다녀요. 금고를 연 거예요. 자기들끼리는 못 열고 열쇠 아저씨를 불러다가 열었을 테니까, 열쇠집하고 통화한 기록이 있는지도 보시고요. 그리고 사건 당일 양화영 씨 아파트 근처의 통화 조회도 해보시면 되잖아요."

"통화 조회?"

"춘석 씨는 아마도 금요일에 승용차로 원주에 내려갔을 거예요. 금고를 통째로 옮겨야 했으니…… 범행 시간에 아파트 주변에 춘석 씨 휴대전화 발신 기록이 있는지 보세요. 아! 춘석 씨 승용차가 고속도로를 지나갔는지 그거 확인해봐도 되겠네. 용의자를 특정하지 못해서 문제지 일단 특정해놓고 증거를 잡으려면 얼마든지 잡잖아요. 그런 식으로 해보시고, 좀. 저는 상관없는 겁니다. 네?"

기숙은 급히 자리를 털고 일어났다.

"그럼 이만. 저 내일 출근해야 해서요."

"아, 저기. 그래도. 주요 제보자인데. 제가 나중에 연락을……."

윤 형사가 엉거주춤 일어나 말했다. 기숙이 양팔과 머리를 연거푸 내저었다.

"아니에요, 아니에요. 제발 연락하지 마세요. 제가 말한 게 아닌 걸로 해주시고요. 저 직장생활 계속해야 한단 말이에요. 벌어야 개도 키우고. 혹시나 저한테 무슨 상…… 같은 거, 그런 것도 주지 마세요. 네? 갑니다."

기숙이 핸드백을 집어들고 종종걸음으로 원주경찰서 형사과 사무실을 빠져나갔다.

벌어야 개를 키운다고?

윤 형사는 기숙이 사라진 복도 끝을 바라보며 저 아가씨는 대체 어떤 여자인가, 생각에 잠겼다.

이웃집의 별

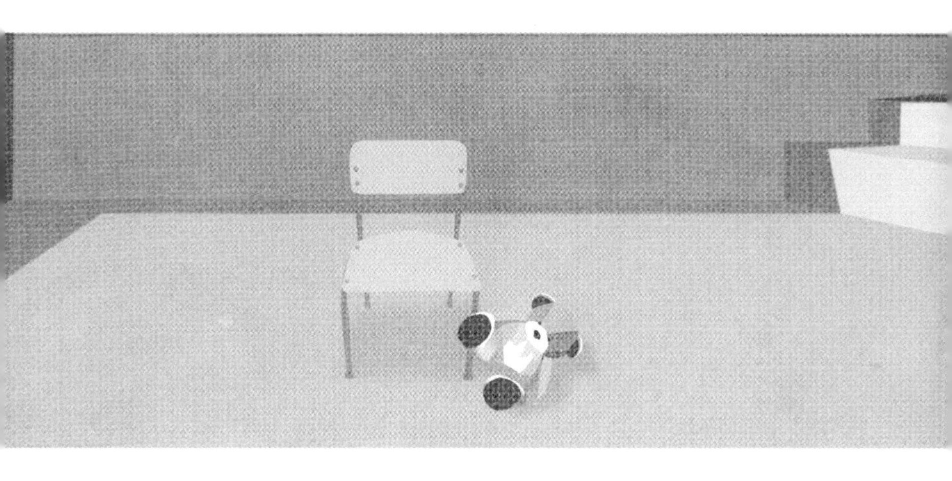

*

형사는 서글서글한 인상의 중년 남자였다. 얼굴에는 통통하게 살집이 잡혀 있었고 배가 나왔으며 고슬고슬한 머리카락을 바짝 치켜올려 깎았다. 그 나이대 남자의 흔한 얼굴이었다. 동네 편의점 사장으로 위장수사를 하기에 편리하겠다는 생각이 들었다. 예리함과는 거리가 멀어 보이는 형사의 용모에 나는 마음이 놓이기도 했고 그렇지 않기도 했다.

"위영훈 씨?"

형사는 사무실로 들어서는 나를 금방 알아보았다.

"이렇게 빨리 와주셔서 감사합니다. 제가 오전에 전화드린 주복동 경위입니다."

형사는 뒤뚱거리는 걸음으로 나를 조사실로 쓰는 작은 방으로 안내했다. 그는 뚜껑에 종이컵을 씌운 생수병을 내게 건네며 신분증을 제출해달라고 했다. 예의가 몸에 밴 듯 정중한 말투였다. 형사가 신분증을 복사한다고 오가는 동안 나는 벽의 페인트칠이 벗어진 부분을 바라보며 내가 해야 할 말을 생각했다.

안만태 전 교수는 지난 일요일 오후 2시 40분경 C대학교 경영대학 옥상에서 떨어져 죽었다. 교육감 선거에서 낙선한 지 17일째 되는 날이었다. 시신은 만취 상태였다. 가족들은 안 교수가 둘째아들을 둘러싼 사건으로 도덕적인 맹공에 시달리다 낙선하고 연일 술독에 빠져 지냈다고 했다. 자살이나 사고사를 의심할 수도 있는 상황이었다. 그러나 경찰은 이튿날 조교 서샛별을 안 교수 살인사건 용의자로 체포했다. 안 교수가 추락하고 십여 분 뒤 경영대학 건물을 빠져나가는 서샛별의 모습이 CCTV에 찍혔던 것이다. 당시 경영대학 안에 있었던 학생은 안 교수가 떨어지기 전 옥상정원 쪽에서 남녀의 다툼 소리와 비명 소리가 들렸다고 진술했다. 시신은 왼쪽 구두가 벗겨진 상태로, 양말이 발꿈치까지 말려 올라가 있었다. 오른쪽 팔뚝과 등허리에는 꽤 큰 범위의 찰과상이 있었다. 옥상정원을 둘러싼 펜스 안쪽에서 안 교수의 왼쪽 구두가 뒤집힌 채로 발견되었다. 서샛별이 몸싸움 끝에 술취한 안 교수를 떠밀었고, 저항하다 균형을 잃은 안 교수가 펜스에 팔과 등이 긁히고 왼쪽 구두가 벗겨지면서 떨어졌을 거라는 게 경찰의 가설이었다.

여기까지가 일반적으로 알려진 사실이었다. 경찰은 이제부터 알려지지 않은 사실에 대해 나에게 물을 것이다. 경찰이 나를 발견하는 데 3일의 시간이 걸렸다. 샛별이 그간 아무 말도 하지 않다가 오늘 아침에야 입을 열어 내 얘기를 했기 때문이다.

"소설을 쓰신다고요?"

주 경위가 신분증을 받아 드는 내 손에 눈길을 주었다.

"네."

"오호. '위성'이라는 이름으로…… 그걸 뭐라고 하지요?"

"필명입니다."

와, 하고 감탄사를 뱉으며 주 경위가 고개를 끄덕거렸다.

"죄송합니다만 제가 책은 잘 안 읽어서…… 그래도 글 쓰시는 분들은 대단한 것 같아요. 전 실제 있었던 일 그대로 쓰면 되는 보고서도 쩔쩔매는데. 허허. 그럼 제가 위 작가님이라고 불러야 하나 어쩌나……."

형사가 너스레를 떨었다.

"아니요. 본명으로 부르세요. 소설가로 여기 온 게 아니니까."

나는 지갑에 주민등록증을 밀어넣으며 불편한 표정을 지어 보였다. 형사가 소설을 더러 읽는 사람이었더라도 소설가 위성을 알지는 못했을 것이다. 대중들은 극소수의 인기 작가만 기억하니까. 나 역시 매년 팔리지 않는 소설을 쓰며 작가라는 정체성이라도 이어가려고 허덕이는 대다수의 비인기 작가 중 한 명이었다. 인세로 먹고사는 건 꿈도 못 꾸고, 출판사에서 리라이팅 원고를 받아 매만지거나 일 년에 몇 달씩 다른 아르바이트를 하며 생활비를 버는 작가. 소설 창작 모임의 강의를 대신 해달라는 친구의 전화가 하루 전에 걸려와도 거절하지 못하고 가서 하루치 강사료를 벌어오는 작가. 소설가 위성은 그런 작가다.

나는 오늘 위영훈으로 이곳에 왔다. 살인사건의 참고인 조사를 받기 위해서.

"서샛별 씨와는 어떤 관계인가요?"

주 경위가 컴퓨터 자판을 두드리며 무심한 듯 첫 질문을 흘렸다. 그 질문에 오늘 내가 이 자리에 온 핵심이 담겨 있었다.

"친구입니다. 제가 두 살 위니까…… 친한 오빠 동생 사이라고 해야 되겠죠."

자판 두드리는 소리가 멎었다.

"친구요?"

"중학교 때부터 한 동네에 살았습니다. 그러니까, 고향 친구라고 해야 하나."

이웃집 앨리스. 나는 24년 동안 앨리스의 옆집에 살았네. 머릿속에 구닥다리 팝송의 곡조가 흘렀다. 무려 24년이나 옆집에 살면서 기다렸는데. 모르는 남자의 리무진이 아니라 살인이 앨리스를 데려가려 하고 있었다.

"샛별이는 안만태를 죽이지 않았습니다!"

여전히 미심쩍은 표정을 짓고 있는 주 경위를 향해 나는 소리쳤다.

나는 안만태라는 역겨운 남자의 이름을 씹어 삼키듯이 이를 갈았다.

"……죽어도 싼 인간이긴 하지만."

거친 숨이 입술 사이를 비집고 나왔다. 그 이름 하나에 나는 순식간에 평정심을 잃고 흔들렸다.

"그런가요……."

"샛별이가 죽였다고 생각하시죠?"

나는 형사의 살집 두툼한 얼굴을 노려보았다. 주 경위는 난처한 듯 눈을 끔뻑끔뻑했다.

"샛별이는 뭐라던가요? 자기가 그랬다고 하던가요?"

만약 샛별이가 자백했다면 당신들이 강요한 거겠지. 나는 그런 원망을 숨기지 않았다.

주 경위는 바지 뒷주머니에서 손수건을 꺼내 이마에 배어나온 땀을 닦았다.

"사실…… 솔직히 저희는 잘 모르겠습니다."

중년의 형사가 어깨를 늘어뜨리며 슬픈 눈으로 나를 보았다. 상처받은 비글 같은 그 표정에 흥분했던 마음이 가라앉았다.

"위영훈 씨는 뭐 아시는 게 있습니까?"

도움을 청하는 말투였다.

"이렇다 저렇다 말을 안 해요, 피의자가. 오늘 아침에야 겨우…… 그날 학교를 나와 위영훈 씨 집으로 갔다고…… 위영훈 씨께 다 말했다고…… 그러길래 위영훈 씨는 뭐 들은 게 있을까 하고 이렇게 와주십사 했습니다."

나는 종이컵에 생수를 따라 마셨다. 샛별이 나에게 모든 진술을 미룬 모양이었다. 다행이었다.

"그날 외출을 했다가 집에 오니 샛별이가 와 있더군요."

주 경위가 또 미심쩍은 표정을 짓기에 나는 설명을 덧붙여야 했다. 샛별이 부모님과 함께 사는 집은 학교에서 멀고, 내가 혼자 사는 원룸은 아주 가까워서 놀거나 쉬고 싶을 때 샛별은 언제든지 내 집에 온다고. 친동생처럼 막역한 사이고 나 혼자 사는 집에 뭐 감출 것도 없어서 샛별이 자유롭게 제 집처럼 드나든 지 오래되었다고. 특히 고민이 있으면 제일 먼저 나를 찾아 내 원룸에 온다고 했다. 미리 연락 같은 건 안 한다.

"그럼 서샛별 씨가 언제 집에 들어왔는지는…… 못 보신 거네요?"

"그렇죠. 저는 낮에 열린숲문학상 시상식에 참석했다가 끝날 때쯤 나와서 집에 왔으니까요. 출판사에서 운영하는 '문학숲'이라는 카페에서 시상식이 있었는데 거기가 좀 멀어요. 문학숲에서 5시에 나왔으니까, 집에 왔을 때는 6시쯤 되었을 겁니다."

형사가 포동포동한 얼굴을 내 쪽으로 들이밀었다.

"어땠나요? 서샛별 씨는?"

"무슨 일이 있는 것 같았습니다. 대번에 그렇게 느꼈죠."

지난해 말, 안만태 교수에게 어떤 추악한 일을 당했는지 말하러 왔을 때도 그랬다. 그때도 샛별은 내 원룸에 들어와 소파 끄트머리에 몸을 세우고 앉아 넋 나간 얼굴을 하고 가느다란 손가락을 미세하게 떨었다. 오빠, 나 무슨 일을 겪었는데 그게 사실이 아닌 것 같아. 4일 전에도 샛별은 비슷한 표정을 하고 있었다.

오빠, 나에게 무슨 일이 벌어졌어.

"그날 일요일이었지만 아침 10시쯤 출근했다고 하더군요. 알고 계실 것 같은데, 샛별이가 4개월간 병휴직을 했다가 복직한 지 얼마 되질 않아서 밀린 일이 많았나 봅니다."

"아, 예. 그거 들었어요. 그 학교는 연구조교도 휴직을 할 수 있는 것 같대요?"

주 경위가 고개를 옆으로 갸웃거렸다.

"뭐…… 우울증이었다고 하던데……."

"일하다가 오후가 돼서 잠시 쉬려고 옥상정원에 나가 담배를 피우고 있는데 뒤에서 안만태가 갑자기 나타났다더군요. 술에 떡이 된 채로."

신문기사에 인용된 건물 경비원의 말에 의하면 안만태는 그날 오후 2시 20분경 경영대학에 들어올 때부터 술에 잔뜩 취해 비틀거렸다고 했다. 교육감 선거에 나가기 위해 수개월 전에 퇴직한 교수가 일요일에 만취 상태로 학교를 찾아온 걸 보고 경비원은 심상치 않다고 느꼈다. 그러나 거침없이 엘리베이터를 잡아타고 올라가는 전직 교수를 말릴 수는 없었다.

"안만태는 샛별이를 보자마자 다짜고짜 욕하며 달려들었다고 했어요. 앞뒤도 없이 알아들을 수 없는 쌍욕을 하면서요. 미친 사람 같았다고. 샛별이의 멱살을 잡았답니다."

나는 그날 샛별의 목을 길쭉하게 긁고 간 더러운 남자의 손톱

자국을 보았다. 검고 자잘하게 내려앉은 딱지가 샛별의 거친 호흡을 따라 울렁거렸다.

"다짜고짜요? 아무 이유도 없이?"

"'너지! 너 때문이야!'라고 했다네요. '네가 날 개좆같이 만들었어. 속이 후련하냐'라고도 하고. '넌 오늘 내 손에 죽어라' 하면서 살기가 등등해서 달려들었답니다."

형사가 찌푸렸던 이마를 쫙 폈다.

"너 때문이라고요……."

"빠져나오지 못하면 진짜로 자기를 죽일 것 같았대요. 샛별이는 그 순간 정말로 생명의 위협을 느꼈어요. 낮은 펜스만 달랑 둘러쳐진 옥상정원에서 미친 남자의 공격을 받았으니까요. 죽을힘을 다해 손을 뿌리치고 도망쳐 나왔대요. 그뿐입니다. 그 뒤에 안만태가 스스로 떨어져 죽은 것이든, 취해서 몸을 못 가누다가 자빠진 것이든 샛별이와는 상관없는 일입니다."

주 경위는 잠시 말없이 자판을 두드렸다.

그가 내 말을 얼마나 믿고 싶어 하는지 지금으로서는 알 수 없었다.

"서샛별 씨는 그러고 바로 도망쳐 나와 위영훈 씨 집으로 왔다고 하던가요?"

형사가 은근히 함정을 팠다. 안만태가 떨어지고 십여 분 뒤에야 샛별이 건물을 빠져나온 이유에 대해 내가 설명하지 못하길 바라는 걸까.

"바로는 아니죠. 옥상정원을 나와서 비상구로…… 아, 거기가 말이 옥상정원이지, 입구에서 폭이 3미터 정도밖에 안 되지 않습니까. 입구 바로 옆에 비상계단으로 통하는 철문이 있고요. 그 문으로 들어가 두세 층 정도 계단을 내려가서…… 안만태가 따라오지 않는다는 걸 알고 주저앉아 울었답니다. 한 20분쯤 그러고 있었을까요. 겨우 놀란 마음을 수습하고 일어나 비상계단을 따라 1층까지 내려간 거죠. 건물을 나오니 안만태의 시신 주변에 사람들이 모여 있었다고 했습니다. 그때서야 샛별이는 무슨 일이 벌어진 건지 안 거죠."

"그런데 그냥 현장을 나와 아는 오빠 집으로 갔다……."

주 경위가 중얼거렸다.

"형사님, 샛별이는 범인일 수가 없습니다."

주 경위가 눈짓으로 이유를 물었다.

"아무리 술에 취했어도 상대는 남자입니다. 샛별이처럼 마르고 왜소한 여자가 펜스 바깥으로 남자를 밀어 떨어뜨릴 수 있다고 보십니까? 상식적으로 불가능한 거잖아요. 그리고……."

"그리고?"

"만약 샛별이가 범인이라면 CCTV가 없는 지하 출입구로 나왔을 겁니다. 당당히 정문으로 나오지는 않았겠죠."

주 경위는 불룩하게 나온 배에 손을 올려놓고 나를 지긋이 바라보았다.

"위영훈 씨는…… 그 건물 구조를 아주 잘 아시는군요?"

"그야. 샛별이 만나러 자주 갔었으니까요."

"흠……."

주 경위가 손바닥으로 제 배를 툭툭 두드리며 말을 끌었다. 이리저리 생각을 굴려보는 듯했다.

"너 때문이다……라고 하며 달려들었다고요? 그게 무슨 뜻일까요?"

나는 흥, 하고 코웃음을 쳤다.

"선거 떨어지고 망가진 주정뱅이가 하는 소리. 무슨 의미가 있겠습니까."

"선거와 관련된 얘기였을까요?"

나는 냉소를 숨기지 않고 주 경위의 시선을 받았다. 중년 형사의 눈은 순수한 궁금증으로 가득 차 있었다.

"사실 둘 사이에 무슨 일로 다툼이 있었을까 궁금했는데요. 그거면 얘기가 되긴 하지만……."

주 경위가 중얼거렸다. 나는 속으로 쓰게 웃었다. 경찰은 역시 아무것도 파악하지 못한 모양이었다. 안 교수의 홍위병들이 주인이 죽은 다음에도 입을 열지 않은 것이다.

교육감 선거 초기, 안만태의 당선은 확실해 보였다. 안만태는 현재의 정권 출범과 동시에 정권의 입맛에 맞는 경영학 논리를 제공하며 대중적 인지도를 쌓았다. 전국 경영학과 학생들에게 공통 교재로 사용되다시피 하는 전공서적도 썼다. 보수적인 교육정책 공약을 강한 어조로 내세워 대다수 보수적인 학부모들의 표를 왕창 끌어모을 기세였다. 그러나 선거를 4일 앞두고 한 주간지 기자가 20년 전 안만태의 둘째아들이 연루되었던 성폭행 사건에 관해 폭로했고, 안 교수의 든든했던 지지도는 하루아침에 폭락하고 말았다. 20년 전 안만태가 강원도 모 대학의 초임교수로 있던 시절, 중3이었던 그의 둘째아들이 친구들과 공동으로 옆 학교 여중생을 윤간한 사건이 있었다. 피해 학생은 가난한 한부모 가정의 딸이었다. 심한 폭력이 동반된 윤간 사건이어서 그대로 두면 안 교수의 둘째아들은 소년원에 가거나 심하면 소년교도소로 끌려갈 판이었다. 꿈 많은 초임교수의 명예가 땅에 떨어지기 일보 직전이었다. 안 교수의 부인이 주도하여 피해 학생의 어머니를 돈으로 매수하고 피해 학생의 진술을 바꿔 사건 자체를 없던 일로 만들었다. 안만태의 둘째아들은 학교에서 징계조차 받지 않았고, 조금 뒤 중학교를 졸업하여 미국으로 도피 유학을 갔다.

안만태는 증거 없는 매도라며 사실관계를 필사적으로 부인했지만, 주간지 기자는 당시의 피해 학생과 그녀의 어머니까지 인터뷰를 마친 뒤였다. 기사의 내용을 증명하는 진술들이 안 교수가 부인하면 할수록 여기저기서 튀어나왔다. 상대 후보 측에서 반색을 하고 달려들어 맹렬한 공격을 가했음은 물론이다. 막판에 몰려 안 교수는 모두 자기 부인이 알아서 처리한 일이고 자기는 까맣게 몰랐다고 주장했으나, 비겁한 남편의 이미지가 더해지면서 역효과만 났다. 돈과 사회적 지위를 휘둘러 자녀가 저지른 윤간 사건을 은폐한 사람을 시민들이 교육감으로 뽑아줄 리 없었다. 국회의

원이면 몰라도 교육감은 될 수 없는 결함이었다.

안만태는 낙선했고, 축제는 끝났다. 몇몇은 안만태가 20년 전 나름 완벽하게 은폐했던 사건을 주간지 기자가 어떻게 그렇게 구체적으로 찍어 파고들 수 있었는지 궁금해했다. 기자는 보도 윤리를 지켜 취재원에 대해서는 함구했다.

"서샛별 씨가 기자에게 소스를 준 거라고 생각한 걸까요?"

주 경위가 말했다.

"샛별이가 왜요?"

나는 반문했다.

"네?"

"샛별이가 왜 그런 짓을 하는데요? 그 인간은 왜 그렇게 생각했대요?"

주 경위가 한숨을 길게 내쉬며 또 어깨를 늘어뜨렸다. 내게 답을 기대하는 눈치였으나 나는 먼저 입을 열지 않을 작정이었다. 경찰이 어디까지 알아냈는지를, 뭔가 알아낸 게 있기는 한지를 확인하고 싶었다.

"……안만태 교수가 서샛별 씨 박사과정 지도교수였다면서요."

어색한 침묵이 흐른 후 주 경위가 말했다.

"그런데요?"

"짐작건대 둘 사이에 불편한 일이 있었겠죠."

"짐작이요?"

마치 내가 형사가 되어 추궁하고 있는 것처럼 나는 말끝에 자꾸

꼬리를 물었다. 주 경위의 표정이 편치 않았다.

"성희롱…… 문제가 있었다고 하더군요."

주 경위는 내게서 뭘 얻어내려면 자기가 알고 있는 것을 먼저 말할 수밖에 없겠다고 생각한 것 같았다.

나는 경찰이 그 일을 알고 있다는 사실에 놀랐다.

"하! 누가 말하던가요? 윤미진? 최태호?"

"자세히는 모릅니다."

"그러시겠죠."

주 경위가 제 앞에 놓인 생수병을 들어 마셨다. 꿀꺽꿀꺽. 목젖을 타고 물이 넘어가는 소리가 요란했다. 그는 손수건으로 천천히 입술을 닦은 뒤 통통한 몸을 감싸듯 팔짱을 끼었다.

"위영훈 씨가 알고 계신 걸…… 말해주시겠습니까?"

"그들이 말하지 않으려고 하는 사실을 말입니까?"

"위영훈 씨는 서샛별 씨의 일이라면 누구보다 잘 알고 계신 것 같습니다."

물론 나는 작년 12월 안만태 교수실 송년회에서 무슨 일이 일어났는지 알고 있었다. 제자들이 곧 정치적 영향력까지 갖게 될 명망 있는 지도교수를 떠나보내는 자리였다. 3차까지 길게 이어진 술자리에서 모두들 많이 마셨고, 많이 취했다고 했다. 집에 가는 방향이 같은 안만태와 서샛별, 최태호가 한 택시를 탔다. 안만태가 먼저 서샛별의 손을 잡아 끌어 뒷자리에 나란히 앉았고, 서샛별의 대학원 후배인 최태호는 조수석에 앉았다. 샛별은 취한 척 몸을 기대오는 안 교수가 불편했지만 그날만 잘 넘기면 된다는 생각으로 견뎠다. 안 교수를 지도교수로 모신 2년 동안 그가 하는 말과 행동을 어색하게 받아치지 않기 위해 샛별은 갖은 노력을 다해왔다. 그 시간만 잘 보내면 앞으로 안 교수와는 좋았던 사이로 남을 터였다.

안 교수는 샛별이 맡고 있는 연구 과제와 학위 논문에 대해 말을 꺼냈고 몇 마디 조언을 했다. "내가 떠나더라도 네 뒤는 내가 봐준다. 내가 너 교수 자리 하나 못 만들어주겠냐." 안만태가 샛별의 손을 덥석 잡았다. "교수님밖에 없어요. 약속 지키세요." 샛별은 웃으며 받아쳤고 그 틈에 자연스럽게 손을 빼내 안 교수의 어깨에 얹었다. "엇, 교수님. 저는요?" 앞자리에서 최태호가 끼어들었다. "사내새끼들은 알아서 해!" 안만태가 소리쳤고 셋 다 그 상황을 화기애애한 분위기인 걸로 받아들이고 웃었다.

채 웃음이 가시기도 전에 안만태가 샛별의 몸을 덮쳤다. 그러니까 샛별이 너는 나 하자는 대로 하는 거야. 한층 더 혀를 꼬며 안 교수가 손으로 샛별의 상체를 더듬었다. 좁은 택시 뒷자리에서 샛별은 반쯤 넘어간 몸을 일으키기 위해 안간힘을 썼다. 내가 샛별이 너를 얼마나 예뻐하는데. 안 교수의 손이 샛별의 가슴에 닿았다. 곧 학교를 떠날 지도교수는 술 냄새 풍기는 얼굴을 제자의 목에 파묻고 뜨겁고 찐득한 숨을 뿜으면서 두툼한 손으로 여린 가슴의 굴곡을 쓰다듬었다.

"……나에게 문제가 있었던 것 같아."

그날의 일을 말하며 샛별은 가슴에 달라붙은 뭔가를 떼어내려는 듯 주먹으로 가슴을 내리찍고 훑었다. 그날 이후 안 교수의 손이 닿았던 가슴에 벌레가 우글우글 기어가는 느낌이 든다고 했다.

"난 어떻게 하면 그 손을 자연스럽게 떼어낼 수 있을까 생각했어. 어떻게 하면 민망하지 않게 이 순간을 넘길까……."

샛별은 가슴 앞으로 팔을 넣어 팔뚝으로 안만태의 손을 밀었다. 한 번에 확 뿌리치는 느낌이 나지 않게. 그만하라느니, 이러시면 안 된다느니, 라는 말은 나오지 않았다. 샛별은 앞좌석에 눈길을 주며 도움을 청했다. 방금까지 같이 농담을 주고받던 최태호의 얼굴은 정면을 향해 고정되어 있었다. 후시경을 통해 택시기사와 눈이 마주쳤다. 택시기사가 다소 거칠게 우회전을 했고, 그 힘으로 안만태의 몸이 떨어져나갔다. 최태호가 뚜벅뚜벅 걸어와 뒷좌석의 문을 열었다. 샛별이 평소 아끼던 듬직한 덩치의 남자 후배는 샛별과 눈을 마주치지 않으려고 고개를 푹 숙인 채 안만태를 부축하여 집으로 데리고 들어갔다.

"어허, 그런 일이 다 있었습니까? 정식으로 문제 제기는?"

바쁘게 내 말을 받아 적던 주 경위가 눈을 번뜩이고 물었다.

"연구조교 중에 윤미진이라고 만나보셨습니까?"

주 경위가 고개를 끄덕였다.

"샛별이 선배죠. 샛별이가 언니라고 부르며 잘 따랐고요. 샛별이는 그날 밤새 잠을 못 이루다가 다음 날 윤미진을 따로 불러내 상담을 했대요. 택시에서 안 교수와 그런 일이 있었다고. 교내 성폭력위원회에 신고를 해야 할까 모르겠고 하자니 두렵다고."

"윤미진 씨에게 상담을 했다고요……."

주 경위가 중얼거렸다. 연구실에서 후배 대학원생들을 총괄하는 새침한 왕언니, 윤미진을 떠올려보는 모양이었다.

"윤미진은 자기가 최태호와 얘기해보겠다고 했대요. 택시에서 정확히 무슨 일이 있었는지 태호의 말을 들어보고 앞으로 어떻게 할지 같이 생각해보자고요."

이쯤 되면 이야기가 어느 방향으로 이어질지 주 경위도 짐작했을 것이다. 이틀 후 윤미진은 샛별을 조용히 불러내 말했다. 태호는 잘 모르겠다더라. 취해서 기억이 안 난다는데. 샛별은 그럴 리 없다고 말했지만 윤미진은 딴소리를 했다. 교수님 오늘 사표 내셨어. 그날 같이 있던 애도 모르겠다고 하는데, 이 문제를 계속 끌면 누구보다도 너에게 안 좋은 거 아닐까.

최태호는 샛별의 전화를 받지 않았고 학교에도 나오지 않았다. 그날 송년회를 함께했던 조교들과 대학원 선후배들이 뭔가 어쩔 줄을 모르겠다는 태도로 샛별을 대했다. 그리고 며칠 후 윤미진이 할 말이 있다고 샛별을 밖으로 불러냈다. 약속 장소인 일식집 방문을 열고 들어갔을 때 샛별은 당황하여 그 자리에 얼어붙었다. 안만태가 대학원생들을 조르르 앉혀놓고 시끌벅적하게 술을 돌리고 있었다.

샛별이 왔니? 안만태의 맞은편에 앉아 있던 윤미진이 샛별의 손을 잡고 제 옆에 앉혔다.

"내가 그날 너무 취해가지고 3일 동안 운신을 못 했네, 이 사람들아!"

안 교수가 좌중을 향해 큰 소리로 외치며 도쿠리 병을 들었다. 잘록한 주둥이를 두툼한 손가락으로 집어 샛별의 잔에 기울이며 그는 지나가는 소리인 양 말했다.

"그래서 내가 그날 샛별이에게 뭐 실수한 거 없나 걱정이 되지 뭐야."

샛별은 넋이 나간 얼굴로 잔을 들어 술을 받았다. 교수님, 저도 완전 맛이 갔습니다. 새벽까지 토했어요. 누군가 말하며 웃었다. 안만태가 조금 떨어져 앉아 있던 최태호에게 고개를 돌렸다.

"어이, 태호! 그날 내가 샛별이에게 뭐라고 말실수한 거 있나? 응? 있으면 말해."

샛별은 벌겋게 굳어진 후배의 옆얼굴을 바라보았다.

"아뇨…… 저, 저도 취해서요, 교수님……."

최태호는 그날 택시에서처럼 뻣뻣하게 정면을 응시하고 있었다.

"근데 뭐, 별일 없었던 것 같습니다……."

샛별은 그 순간 안만태의 손이 가슴을 더듬을 때보다 훨씬 더한, 인간으로서 감내하기 어려운 굴욕감을 느꼈다고 했다.

오빠, 나 무슨 일을 겪었는데 그게 사실이 아닌 것 같아.

그때서야 샛별은 나를 찾아와 겪은 일을 털어놓으며 울었다.

나에게 무슨 잘못이 있었던 걸까. 나는 사람이 아닌 것 같아. 가축 같아. 마음 내킬 때 주무르고 만지고 버리는 가축.

얼굴을 덮은 손가락 사이로 샛별의 눈물이 새어나왔다. 내가 무슨 도움을 주기에는 너무 늦어버렸을 때, 모두 겪어버리고 난 뒤에 샛별은 왔다.

"안만태 교수가 제 발이 저렸던 거군요."

주 경위가 혀를 차며 말했다.

"서샛별 씨가 복수를 한 거라고 생각했나 보네요. 둘째아들 사건, 언론에 흘린 거요. 보아하니 서샛별 씨는 그 성추행 사건으로 충격을 받아 4개월이나 휴직을 한 거고. 안 교수는 서샛별 씨의 그런 상황을 들어서 알고 있었을 테고요."

"참 우스운 일이죠."

나는 코웃음을 흘리며 물을 마셨다. 많은 얘기를 쏟아냈더니 목이 탔다. 생수병 한 통이 다 비었다.

"잘못은 자기가 해놓고, 제 잘못을 알고 있는 피해자를 원망하는 거 말입니다. 하지만 헛다리 짚었죠. 샛별이가 20년 전에 안만태 둘째아들이 뭔 짓을 하고 다녔는지 알 게 뭡니까. 그냥 만만한 사람에게 화살을 돌린 거예요. 저 스스로 찔리는 짓을 했으니까, 자기에게 피해당한 사람을 증오한 거죠. 찌질한 새끼."

"서샛별 씨는 전혀 몰랐을까요?"

"어떻게 알았겠어요? 안만태가 샛별이에게 말했을까요? 설마요. 자기가 20년 전에 덮은 그 추악한 사건을? 제 자식이 걸려 있는 문젠데? 그 빌어먹을 둘째아들이 하버드 졸업했다고 자랑질을 했으면 했죠. 옛날의 그 구린 일을 말할 리가 없지 않습니까."

주 경위가 양 손을 모아 잡고 천천히 고개를 끄덕거렸다. 이어서 주 경위는 4일 전 안만태가 죽은 날, 샛별이 찾아와 얘기를 나누고 난 뒤의 상황을 물었다. 나는 공황상태에 빠진 샛별을 진정시켰고, 있었던 일만 솔직하게 말하면 아무 일도 없을 거라고 말해줬다. 샛별은 울다 잠이 들었다. 다음 날 일어나 같이 경찰서에 가기로 했다. 그러나 내가 새벽녘에 잠들었다 깨었을 때 샛별은 가고 없었다고, 나는 질문에 답했다.

샛별은 아침 일찍 자기 집으로 갔다가 집 앞에 대기하고 있던 경찰에게 체포되었다.

"그런 인간은 죽는 게 더 낫지 않습니까?"

나는 다시금 이를 갈았다.

나는 안만태에게 품은 반감을 숨길 생각이 없었다.

주 경위가 깍지를 끼고 팔을 위로 쭉 폈다. 뚝, 하는 소리가 났다. 그는 손목시계를 힐끔 쳐다보고는 깜짝 놀란 듯이 눈을 크게 떴다.

"아이쿠, 벌써 시간이 이렇게 됐네요?"

그는 불룩 나온 배 위에 손을 가져다 댔다.

"시장하시죠?"

"괜찮습니다."

중년의 형사가 멋쩍은 듯이 웃었다.

"저기, 제가 배가 고파서…… 우리 식사 간단히 하고 마무리하죠. 저희가 사겠습니다."

주 경위가 몇 가지 메뉴를 대며 무엇을 먹고 싶은지 물었다. 귀찮아서 설렁탕을 먹겠다고 말했다. 경찰서에서는 흔히들 설렁탕을 시켜 먹는 것 같았다.

"그런데 위영훈 씨는 무슨 소설을 쓰십니까?"

음식을 시키고 기다리는 시간에 주 경위가 가벼운 투로 물었다.

"별거 아닙니다."

별로 하고 싶지 않은 얘기였다. 작가랍시고 잘 모르는 사람에게 가볍게 치켜세워지는 건 질색이었다.

"아까 시상식에 갔다가 저녁에 집에 들어갔다고 하셨잖아요. 안 교수 사건 일어난 날에요. 무슨 상이라도 받으셨나 봅니다?"

"상은 무슨……."

조소가 흘러나왔다.

"안 가려다가 동기 작가가 출판사 직원이라, 시상식 행사를 그 친구가 준비하고 당일 사회도 보고 해서 의리상 얼굴만 비추고 온 겁니다. 아실지 모르지만 기정후 작가라고. 그 친구한테만 왔다는 표시 내고 제일 뒤에 앉아 있다가 끝나기 직전에 나왔어요. 출판사에서 기획해서 그 출판사에서 모시는 평론가들이 심사하고, 행사도 출판사에서 운영하는 카페에서 하는 시상식. 그 밥에 그 나물. 뻔하고 한심해서 원래 잘 안 갑니다. 무슨 말인지 잘 모르시겠습니다만."

"허허…… 그렇습니까. 원래 직업마다 밖에서는 잘 모르는 속사정들이 있지요."

주 경위가 배달 온 음식을 받아다 탁자에 놓았다. 자기는 동료 형사들과 먹겠다며 쟁반을 들고 나가는 그의 뒤뚱거리는 뒷모습을 나는 물끄러미 바라보았다.

피로가 밀려왔다. 시큼하게 익은 깍두기 냄새가 훅 끼치며 비위가 상했다.

차갑게 식은 국물에 기름이 엉겨 떠올랐다. 입맛이 없어 몇 숟가락 뜨다 말았다. 나는 기름막이 이루는 모양을 하염없이 바라보고, 또 바라보았다.

샛별은 오늘 이 차가운 곳을 나가 원래 있던 자리로 돌아갈 수 있을까. 형사가 내 말을 믿어주기를 나는 속으로 간곡히 기도했다. 기도하는 데 종교가 필요하다면 지금이라도 갖고 싶었다. 자포자기하고 무너져 그들이 바라는 말을 해주면 안 돼, 샛별아. 어제 처음으로 면회가 허락되었다. 나는 면회실의 투명한 플라스틱 판 너머로 하얗고 수척해진 샛별을 바라보며 오직 이 말만 했다. 그들에게 아무 말도 하지 마. 내가 알아서 할게.

돌이켜보면 진짜 하고 싶은 말은 꾹 삼키고 나는 늘 이렇게 말했다.

내가 알아서 할게.

기다림이 너무 길어진다 싶어 시계를 보았다. 주 경위가 방을 나간 지 한 시간 반이 흘렀다. 아무리 느긋하게 먹어도 밥이야 충분히 먹었을 테고 다른 볼일을 볼 거면 얘기를 해줘야지. 불쾌한 기분이 들어 항의할 심산으로 자리에서 일어서려는 순간 주 경위가 허겁지겁 들어와 앉았다.

"죄송합니다. 많이 기다리셨죠? 당장 처리할 일이 생겨서 그만."

서둘러 온 듯 그는 땀을 많이 흘렸다. 그는 손에 든 종이 뭉치로 부채질을 하다가 탁자에 내려놓았다.

참고인 진술조서.

식사를 하기 전 조사한 내용을 정리하여 출력해온 모양이었다.

"그런데 저에게 더 물어볼 게 있습니까?"

음식 쟁반을 신문지로 덮어 내가고 다시 들어오는 주 경위를 향해 나는 물었다.

"아, 네. 그래요……."

형사는 손수건을 넓게 펼쳐 세수하듯 얼굴의 땀을 닦았다. 땀이 밴 손수건을 정성스레 세 번 접어 다시 주머니에 넣었다. 숨을 고르는 것 같았다.

"위영훈 씨 말 듣고 찬찬히 한 번 더 생각해봤습니다. 자살이나 실족사일 가능성은 정말 없는가. 그런데 아니에요. 안 교수 구두가 벗겨져 있었던 것이나 몸에 난 상처를 보면 누군가에게 밀려서 떨어졌을 가능성이 큽니다. 과학수사팀 견해예요. 제 생각이 아니라. 그러니까…… 서샛별 씨가 위영훈 씨에게 한 말이 사실이라고 쳐도요. 안 교수는 서샛별 씨가 떠나고 나서 접근한 누군가에게 떠밀려 떨어진 거죠. 범인이 따로 있다는 얘기가 돼요."

"어쨌든 샛별이는 아닙니다."

"그럼 누구일까요?"

"글쎄요. 모르죠, 저는. 전 샛별이가 그러지 않았다는 것만 압니다."

주 경위는 건성으로 고개를 끄덕였다. 그는 정면을 향해 손바닥을 펼쳐 내밀고 엄지를 접었다.

"우선, 범인은 여자보다는 남자일 가능성이 아무래도 높겠죠. 위영훈 씨 말처럼."

형사가 내 눈을 정확히 직시하며 말했다. 통통한 얼굴에 작은 틈처럼 벌어진 눈꺼풀.

"네. 여자가 힘으로 남자를 밀어 떨어뜨릴 수는 없는 거죠."

나는 동의했다. 다름 아닌 내가 한 말이었다.

"둘째, 범인은 경영대학 건물의 내부 구조를 잘 아는 사람일 겁니다."

형사가 둘째손가락을 접으며 몸을 양옆으로 살살 흔들었다. 회전의자에서 삐걱 하는 소리가 났다.

"안만태 교수가 떨어지고 나서 경영대학 1층 정문과 후문을 통과한 사람들을 다 조사했어요. CCTV 녹화 테이프를 확보해서. 그런데 그중에선 범행이 가능한 사람이 없었어요. 서샛별 씨 빼고요. 범인이 따로 있다면 지하 출입구를 통해 나간 거죠. 그러니까 지하 출입구에는 CCTV가 없다는 사실을 아는 사람."

나는 가슴이 답답해지는 걸 느꼈다.

"……그렇겠네요."

"셋째, 안만태 교수에게 어떤 식으로든 안 좋은 감정을 품고 있는 사람이죠. 이건 계획된 범죄는 아니에요. 안 교수는 제 발로 술에 취해 옥상정원까지 올라갔고 그건 누구도 예상할 수 없는 일이었죠. 안 교수에게 평소 복수심이나 분노를 품었던 범인이 그를 죽일 수 있는 기회를 우연히 만나서 실행했다고 보는 게 맞습니다."

주 경위가 말을 멈췄다. 나는 뭔가 가슴을 조여오는 것 같은 느낌에 심장 부근에 손을 대고 헛기침을 몇 번 했다.

고개를 들자 나를 물끄러미 내려다보는 주 경위와 눈이 마주쳤다.

형사의 눈이었다.

"위영훈 씨가 그랬습니까?"

나는 이 순간 버럭 화를 내야 할지, 어이없는 웃음을 터트려야 할지 몰라 얼굴 표정만 일그러뜨렸다.

"뭐라고요?"

주 경위의 눈빛에는 흔들림이 없었다. 평범하고 어수룩한 용모, 예의 바른 말투에 가려진 중년 형사의 노련함이 뒤늦게 보이기 시작했다.

"장난하십니까? 그 시간에 저는……."

"기정후 작가에게 전화를 해봤습니다."

형사가 내 말을 자르고 치고 나왔다.

"기정후 작가가 말하기를, 지난주 일요일에 개최된 열린숲문학상 시상식은 행사 며칠 전 장소가 급히 바뀌었다는군요. 문학숲

카페에 당일 다른 행사가 중복 예약이 되어 있었던 거죠. 어이없는 실수였다고 했습니다."

아무 대꾸도 하지 못하고 앉아 있는 나를 향해 주 경위가 말을 몰아쳤다.

"그래서 기정후 작가가 시상식 며칠 전 참석자들에게 일일이 전화하여 바뀐 장소를 공지하고 메일을 보냈대요. 그러나 소설가 위성에게는 연락하지 않았다는군요. 위성 작가는 열린숲문학상의 심사기준에 대해 전반적으로 불만이 많아 처음부터 불참하겠다고 답해서 연락할 필요도 없겠다고 생각했대요."

"정후가……."

"그리고 기정후 작가는 당일 시상식에서 위성 작가를 본 적이 없다고 말했습니다. 참석자가 워낙 많아 정신이 없긴 했지만 위성 작가가 왔다면 당연히 기억에 남았을 거라고 하면서요."

마음속에서 무언가가 와르르 무너져 내렸다.

무너져 내린 곳은 캄캄한 어둠뿐이었다. 이렇게 될 수도 있겠다고 단단히 각오하고 왔지만 막상 파국이 닥치자 견딜 수 없이 두려웠다. 어쩌면 몸을 조금 떨었을까.

나에게 있는지도 몰랐던 못난 미련이 나를 조금 더 버티게 했다. 그러나 길지 않았다. 나는 막다른 곳에 몰렸다. 빠져나갈 곳이 없는 것이다.

나는 목을 뒤로 길게 젖히고 긴 한숨을 토했다.

"그날 샛별이 학교로 갔습니다…… 샛별이가 일요일에 출근할 거라고 했거든요…….”

한숨과 함께 미련이 사라졌고 나는 서둘러 내 죄를 고백하고 싶은 열기에 사로잡혔다. 두렵지 않았다. 고백은 기묘한 희열을 불러왔다. 나는 술에 취해 비틀거리며 경영대학을 들어가는 안만태를 보았다고 말했다. 어쩌면 그때부터 나는 내가 안만태에게 무슨 짓을 할지도 모른다는 예감을 느꼈던 것 같다고 했다. 나는 지하 출입구로 들어가 비상계단을 통해 15층까지 올라갔다. 10분 정도 걸렸다. 복도로 나가는 철문 앞에서 가쁜 숨을 가라앉히고 있는데 옥상정원 쪽에서 괴음이 들려왔다. 여자의 비명 소리가 들렸다. 철문이 덜컥 열리고 샛별이 놀라 혼비백산한 얼굴을 하고 층계참으로 들어왔다. 샛별은 나를 알아보지 못한 듯 내 어깨를 스치고 계단을 달려 내려갔다.

샛별을 좇아 내려가려고 하는데, 옥상정원에서 울부짖고 있는 남자의 소리가 발목을 잡았다. 순간적으로 무슨 일이 벌어진 건지 알 것 같았다. 정원으로 나갔을 때 나는 펜스에 엎드린 듯한 자세로 몸을 기댄 채 꺽꺽대며 울고 있는 안만태를 보았다.

짐승만도 못한 남자가 제 하찮은 야욕이 좌절되자 그게 속상해서 짐승처럼 울고 있었다. 샛별은 저 남자의 손장난 노리개가 된 수치심에 4개월 동안 우울증에 시달리며 끔찍한 나날을 보냈는데. 안만태란 남자는 도리어 샛별을 원망하며 제 자신이 세상에서 제일 억울하다고 유세하고 있었다. 가슴이 분노로 끓었다. 저런 남자는 죽음으로 응징해야 한다. 살아서는 제 잘못을 알지 못한다.

마침 안만태는 무방비 상태로 펜스에 바짝 몸을 기울이고 있었다. 조금만 힘을 쓰면 저 남자를 세상에서 완전히 사라지게 할 수 있겠다는 생각이 들었다고 나는 말했다. 그렇게 고백을 마쳤다. 주 경위는 아무 말도 하지 않고 들었다. 자판을 두드리지도 않았고 아무것도 기록하지 않았다.

무거운 침묵이 조사실을 채운 공기를 내리눌렀다.

"위영훈 씨?"

내가 잠시 딴생각을 한 모양이었다. 침묵을 깨고 주 경위가 불렀을 때 나는 어리둥절한 기분이었다.

"다 끝나셨습니까?"

그렇다고 말했다. 후련해서 나는 미소 지었다.

"위영훈 씨……."

주 경위가 깍지 낀 손으로 양 눈꺼풀을 비볐다.

"서샛별 씨가 자백했습니다."

무슨 말인지 알아듣기 힘들었다. 형사가 말을 이었다.

"아니 그전에…… 오늘 오전에 제가 서샛별 씨에게 위영훈 씨를 불러 얘기를 들어보겠다고 말했지요. 그러니까 서샛별 씨가 망설이더니 이 말을 하더군요. 영훈 오빠는 아마 자기가 했다고 할 거예요, 라고요."

평온을 찾은 가슴에 다시 심장이 뛰었다. 아, 안 돼. 샛별아. 아무 말도 하지 말라고 했잖아. 이들이 바라는 말을 해주면 안 돼.

"그런데 안 그러더군요, 위영훈 씨는."

주 경위는 측은한 표정을 지었다.

"자기가 했다고 안 그러고. 서샛별 씨는 범인이 아니라는 말만 강조하는 것처럼 보였어요. 그러면서 은근슬쩍 하나씩 정보와 의견을 흘렸습니다. 범인은 남자라는 거, 건물 15층 옥상정원의 구조를 알고 있다는 사실, 건물 지하 출입구에 CCTV가 없다는 걸 알고 있다는 사실, 그리고……."

"저, 형사님……."

겨우 말을 꺼냈지만 목소리가 이어지지 않았다.

"안만태 교수에 대한 분노를 전혀 숨기지 않았습니다. 아니, 일부러 드러냈죠. 그렇게 차츰차츰 저로 하여금 혹시 위영훈 씨가 범인이 아닐까 의심하게 만들었습니다. 사실 처음부터 위영훈 씨가 대뜸 자신이 범인이라고 고백했다면 저는 믿지 않았을 겁니다."

"저는 아, 알리바이가 없지 않습니까……."

"기정후 작가는 꼼꼼하고 성실한 사람 같더군요."

주 경위가 깍지 낀 손으로 턱을 괴었다.

"혹시 다른 참석자들이 시상식에서 위성 작가를 봤는지 물어보고 연락을 주겠다고 했습니다. 세 명의 작가에게 연락을 해봤는데 두 명은 못 봤다고 했고, 다른 한 명은 그날 자기도 참석을 안 했다고 했다는군요. 그 사람도 미리 불참한다고 말했던 작가인데, 기정후 작가가 깜빡 잊고 물어본 거죠. 그런데 그 작가가 말하기를, 그날 위성 작가는 자기가 맡고 있는 소설 창작 모임의 강의를 대신

하러 갔다고 하더랍니다. 원래 자기가 그 모임 때문에 시상식에 불참하겠다고 했던 건데, 다른 사정이 생겨 하루 전에 위성 작가에게 대신 해달라고 부탁했다고."

소설 창작 모임의 강의를 대신 해달라는 친구의 전화가 하루 전에 걸려와도 거절하지 못하고 가서 하루치 강사료를 벌어오는 작가. 소설가 위성은 그런 작가다.

"위영훈 씨는 그날 완벽한 알리바이가 있습니다. 완벽한 알리바이는 숨기고, 조금만 확인해보면 깨질 게 뻔한 다른 알리바이를 내세워서 스스로를 의심스럽게 몰아가는 거…… 서샛별 씨의 언질이 없었으면 속을 뻔했습니다. 하지만…… 강의를 부탁했던 작가나 강의 참석자들이 증언하면 언제라도 밝혀질 알리바이였는데. 무슨 생각이셨던 겁니까?"

무슨 생각이었냐고.

일단 샛별을 이곳에서 내보내야 했다. 내가 대신 갇혀 있는 동안 샛별은 어디 먼 곳으로 갈 수 있겠지. 단 며칠이라도, 운이 따르면 꽤 긴 시간을 샛별에게 줄 수 있을 터였다. 샛별이 자유로운 세상으로 나가면 편지를 보낼 생각이었다.

"식사를 핑계로 나가 있는 동안에요, 기정후 작가에게 전화한 거 말고도 서샛별 씨를 만났습니다. 위영훈 씨가 서샛별 씨를 위해서 무엇을 하고 있는지 말해줬죠. 그랬더니 서샛별 씨가 자백했습니다."

나는 눈을 꾹 감았다.

나는 그 사람을 아마 죽이고 싶었던 것 같아, 예전부터. 샛별이 말했다. 멱살을 잡고 욕설을 늘어놓던 안만태가 펜스 위로 몸을 굽히고 울부짖을 때 샛별은 그런 생각이 들었다고 했다. 나도 저 사람에게 뭔가 해를 끼치고 싶다.

내 모든 힘을 다해 그 사람의 어깨를 밀었어. 샛별이 계속 말하고 있었다. 균형을 잃고 헛발질을 하면서 그 사람이 등을 돌렸어. 그 사람이 나를 봤고 나는 또 밀었어. 그 사람은 버티려고 했지만 휘청거리면서 뒤로 넘어갔고 내 눈앞에서 사라지더라. 구두 한짝이 벗겨지면서 바닥에 툭 떨어졌어. 나는 거짓말같이 그 일을 해냈어. 그 사람에게 해를 끼쳤어.

"서샛별 씨는 앞으로 자기 문제는 자기가 감당하겠다고 했습니다. 위영훈 씨의 도움은 고맙지만 바라지 않는다고……."

형사가 말했다.

"그리고 기자에게 제보한 건으로 위영훈 씨를 전혀 원망하지 않는다고 전해달라고 했습니다. 그것이 이런 상황을 만든 건 아니라고. 혹시나 자책하지 않았으면 좋겠다고요."

나는 감았던 눈을 번쩍 떴다.

샛별이 알고 있었단 말인가.

일 년 전이었던가. 샛별이 안 교수와 함께 제주도에서 열린 학회에 참석했을 때 저녁을 먹고 둘이 술을 많이 마셨다고 했다. 하버드 로스쿨을 졸업하고 최근 귀국한 안만태의 둘째아들에 대하여 샛별이 칭찬을 늘어놓자 안만태가 으쓱하며 말했다. 그놈 사람

만드느라 내가 무슨 짓까지 했는지 알아? 어릴 때 큰 사고 쳤지.

샛별은 너무나 놀랐다. 멀쩡해 보였던 안 교수의 둘째아들이 어릴 적 그런 짓을 저지른 것에 놀랐고, 그럼에도 아무런 벌도 받지 않고 앞길 창창하게 살아가고 있다는 사실에 놀랐으며, 그 일을 자신이 성공적으로 은폐한 것을 자랑스레 떠벌리는 안 교수에 대해 가장 많이 놀랐다. 묘한 무기력감과 불쾌감이 가슴속에 둔중하게 내려앉았다고 했다.

샛별은 자신이 느끼는 불쾌감의 이유를 알지 못해 내게 상담을 청했다. 자기에게 그런 문제는 해결해야 할 말썽에 지나지 않는다는 걸 과시하고 싶은 거지. 그런 말을 듣고 샛별이 어떤 반응을 보이는지 즐기는 거야. 그것도 성희롱이라고.

안만태가 교육감 선거에 나가고 당선이 확실시되는 분위기에서 나는 결심했다. 저런 사람이 꿈을 이루는 걸 볼 수는 없다. 안만태의 낙선이 샛별의 고통을 덜어주지는 못하겠지만 세상의 이치가 부당하다는 생각은 더 들지 않게 해주리라. 나는 집요한 취재로 명성이 자자한 진보적인 시사전문지 기자에게 만남을 청했다.

샛별이 알고 있을 줄은 몰랐다.

"서샛별 씨에겐 많은 부분 정상이 참작될 여지가 있을 겁니다."

형사가 말했다.

나는 금성을 지키는 위성이 되고 싶었다.

어차피 원하는 만큼 가까이 갈 수 없다면, 일정한 거리를 두고 그 주변을 돌며 다가오는 위험에서 금성을 지켜주는 위성이 되고

자 했다. 십여 년 동안 그렇게 살았다.

“위영훈 씨의 솔직한 진술이 도움이 될 겁니다.”

주 경위가 출력해온 참고인 진술조서를 접어 반으로 찢고 다시 접어 반으로 찢었다. 그 뒤 발치에 놓인 휴지통에 조각난 진술조서 뭉치를 집어넣었다. 행동이 차분하고 조심스러웠다.

주 경위가 팔뚝 셔츠를 걷고 자판에 손을 올렸다.

“자…… 다시 시작할까요?”

금성에는 위성이 없다.

나보다 샛별이 먼저 그 사실을 깨달았다. 샛별은 언제부터 내 도움에 기대지 않고 살아야겠다는 생각을 하게 된 걸까. 언제부터일까. 이 사건이 벌어지고 난 이후일까, 그전일까.

샛별은 애당초 혼자 궤도를 돌아야 했다.

샛별이 할 수 있을까.

내가 위성이 되기를 포기할 수 있을까.

형사는 처음 봤을 때와 같은 표정으로 앉아 나를 기다리고 있었다. 지금까지의 일은 없었다는 듯이. 우리는 방금 만났고 이제 첫 질문을 시작할 거라는 듯한 표정이었다.

서샛별 씨와는 어떤 관계인가요? 형사가 다시 물었다.

잃어버린 아이에 관한
잔혹동화

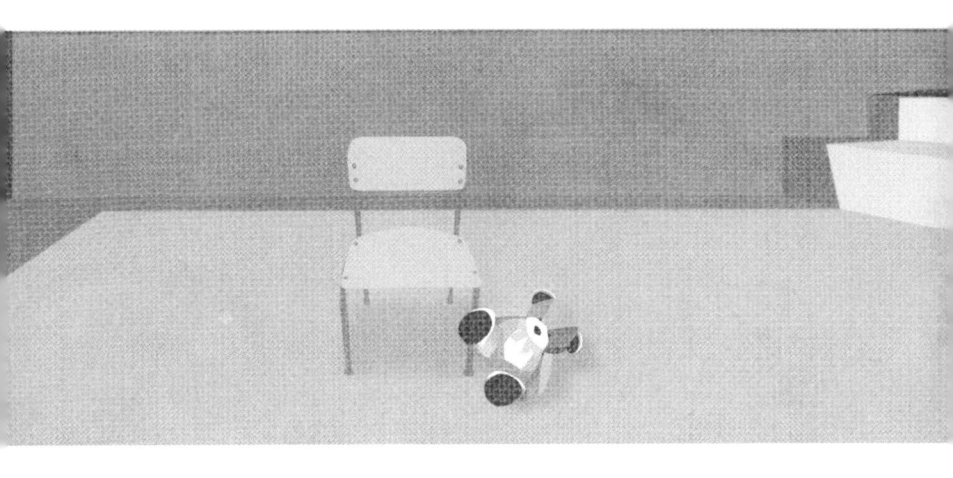

짠내 나는 홀어머니

옛날 옛날 멀지 않은 옛날 어느 시골 마을에 은둔형 외톨이가 살고 있었어요.

마을 사람들은 그를 틀어박힌 남자라고 불렀어요. 도시에서 살다가 갑자기 고향집에 나타난 그날부터 틀어박힌 남자는 방 밖을 단 한 발짝도 나오지 않았다고 해요. 7년이 흘렀고, 아무도 그 이유를 몰랐어요. 그저 바깥세상이 두려운 병에 걸린 거라고들 했지요. 짠내 나는 홀어머니가 시장에서 젓갈과 장아찌를 팔아 틀어박힌 남자를 먹였어요. 같이 산다기보다는 먹이고 있다는 말이 딱 맞았어요. 서로 얼굴도 볼 수 없고 얘기도 하지 못하는데, 같이 산다고 말하기는 어렵지 않겠어요?

때는 겨울이에요. 평화로운 시골 마을에 눈이 소복이 내리고 있네요. 매운바람이 나뭇가지 사이를 휘돌며 윙윙 소리를 내요. 찬 기운이 고요하게 집 안에 새어 들어오고요. 오늘도 짠내 나는 홀어머니는 부엌에서 팥죽땀을 흘리며 젓갈과 장아찌를 담그고 있어요.

짠내 나는 홀어머니가 소금 포대에서 굵은 소금을 한 바가지 퍼내 작은 물고기 무더기에 뿌려요. 켜켜이 버무린 물고기를 고무통에 담고, 물기를 빼낸 조갯살에도 소금을 살살 뿌려 조개젓을 완성해요. 다음엔 커다란 플라스틱 통에 꾸덕꾸덕 말린 무를 넣고요. 붉은 고추장을 위에 쏟아요. 고무장갑 낀 손으로 고추장을 무말랭이에 치대며 거친 숨을 내쉬네요. 사시사철 소금과 떨어질 날이 없는 손은 물이 빠져 가을 낙엽처럼 바싹 말랐어요. 너무 힘에 겨운 나머지 짠내 나는 홀어머니는 자리에 주저앉아 끄응, 신음 소리를 내었어요. 그 옆에선 반 이상 빈 소금 포대가 주름진 주둥이를 꺾고 한쪽으로 픽 쓰러졌고요.

이렇게 말고 다르게 사는 방법은 없을까.

갑자기 파고든 생각을 물리치며 짠내 나는 홀어머니는 몸을 일으켰어요. 다시 플라스틱 통에 손을 넣어 열심히 뒤적이네요. 언제부턴가 짠내 나는 홀어머니는 자기 자신에게든 누구에게든 질문을 하는 것을 그만두었어요. 소금 포대와 젓갈통은 왜 갈수록 무거워지는지. 아들은 왜 스스로를 가두었는지. 아들의 문제가 어머니인 자신에게서 비롯된 것은 아닌지. 애초에 사람들 사는 형편이라는 게 각자 지은 죄에 따라 달라지는 것인지 아닌지.

불평을 해봤자 변하는 건 없잖아요?

삶이란 발목을 잘라도 춤추는 동화 속 빨간 구두 같아요. 멈추지 않는 한 무언가는 해야 하는 것이죠. 그것이 늙어서까지 젓갈과 장아찌를 팔아 다 큰 아들을 먹이는 일이어서는 안 될 이유도 없었어요.

"아이를 찾으러 왔어요."

짠내 나는 홀어머니는 고추장이 덕지덕지 묻은 고무장갑을 벗고 불쑥 다가와 말을 붙인 사람을 올려다보았어요.

실종된 아이의 엄마가 또 찾아왔어요. 파마가 풀려 푸석해진 머리를 질끈 묶고 양 주먹을 꽉 쥔 채로 들어와 서 있네요. 아이가 실종된 후 초췌해졌지만, 여전히 이 마을에 살기에는 너무 젊고 아름다웠어요. 사람을 불안하게 하는 요상한 아름다움이었죠.

"생각할수록 전 우리 아이가 여기 있을 것만 같아요."

"아이는 여기 없어요."

"별채 문을 열어주세요. 열쇠가 있을 거 아니에요."

짠내 나는 홀어머니는 플라스틱 통을 바닥에서 식탁으로 힘겹게 들어올렸어요. 실종된 아이의 엄마가 그냥 빨리 가주었으면. 늘 하던 일을 계속 할 수 있도록 자신을 내버려두었으면. 짠내 나는 홀어머니의 마음속에 한숨이 더 늘었어요.

실종된 아이의 엄마는 벽에 쿵 등을 기대고 창백한 얼굴로 말했어요.

"우리 아이는 말을 할 수 없어요. 안에 있어도 소리를 지르지 못한다고요."

"그건 아이가 여기 있을 때 얘기죠."

"그럼 우리 아이는 대체 어디 있다는 말이에요!"

실종된 아이의 엄마와 짠내 나는 홀어머니는 서로 버티고 서서 엊그제도 했고 지난주에도 했던 대화를 반복했어요.

"이럴 시간에 밖에서 아이를 찾으세요. 제발요."

짠내 나는 홀어머니의 주름진 이마에 굵은 땀방울이 뚝 떨어졌어요. 젓갈을 담글 때 쓰는 소금과 흘러내리는 땀 때문에 짠내 나는 홀어머니의 몸에서는 늘 짠내가 풍겼어요.

"동네에서 오직 틀어박힌 남자의 방만 뒤지지 않았잖아요."

실종된 아이의 엄마가 주먹을 꽉 쥔 채 말했어요. 감귤만 한 주먹 위에서 뭔가가 반짝 빛을 발했어요. 실종된 아이의 엄마가 애지중지하는 다이아몬드 반지가 이 와중에 제 화려한 아름다움을 드러낸 거예요.

"높은 집에 사는 여자가 아이가 없어진 날 이 근처에서 아이를 봤다고 말했어요."

실종된 아이의 엄마는 주먹 쥔 손을 흔들어댔어요.

"다른 곳에서도 누군가가 아이를 봤을 거예요. 아이는 하루 종일 혼자 있었다면서요."

짠내 나는 홀어머니는 등을 돌리고 고무장갑에 다시 손을 찔러 넣었어요. 작은 플라스틱 통에 고추장무장아찌를 한 덩어리씩 던져 넣고 힘차게 꾹꾹 눌렀어요.

실종된 아이의 엄마는 손발을 부르르 떨었어요. 그리고 맹수의 발처럼 오그린 손으로 짠내 나는 홀어머니의 어깨를 잡아 돌려세웠어요. 짠내 나는 홀어머니의 앙상한 어깨 위에서 반지가 또 한번 번쩍 빛났어요.

"나 같으면 문을 한번 열어주겠어요. 당신도 엄마니까 또 다른 불쌍한 엄마의 마음을 생각해준다면. 잠깐만 들여다보면 되잖아요. 보고 아이가 없으면 다신 찾아오지 않을 거고요."

실종된 아이의 엄마 얼굴은 어느새 눈물범벅이 되어 있었어요. 아이를 잃어버린 엄마의 애타는 마음이겠지요.

"……당신은 아이가 살아 있을지도 모른다는 희망이라도 있지요."

짠내 나는 홀어머니가 멍한 표정으로 말했어요. 짠내 나는 홀어머니가 늘어뜨린 손에서 시뻘건 고추장이 뚝뚝 떨어졌어요.

그 표정이 너무나 쓸쓸해 보여서 실종된 아이의 엄마는 순간 할 말을 잃었어요. 동시에 실종된 아이의 엄마는 짠내 나는 홀어머니의 한 많은 차남에 대한 소문을 떠올렸어요.

4년 전 틀어박힌 남자의 집에 방송국 사람들이 온 적이 있었어요. 바로 그 직후 한 많은 차남은 집을 나갔어요. 먼 바다에 나가는 고깃배를 탔다고도 하고 도시로 나가 나쁜 일을 하는 남자들의 모임에 들어갔다고도 했어요. 한 많은 차남은 틀어박힌 남자가 계속 틀어박혀 있는 꼴을 볼 수가 없었던 거지요. 험한 일을 하다가 얼마 못 가 흉한 사연으로 죽었대요. 얼마나 흉한 사연인지 마을 사람들은 묻지 못했어요. 짠내 나는 홀어머니도 말하지 않았고요. 짠내 나는 홀어머니는 매년 때가 되면 시장에서 제수거리를 사서 죽은 아들의 제사를 지내며 슬피 운다고 해요. 부모보다 먼저 죽은 자식의 제사는 지내는 법이 아닌데 말이지요. 제 자신이 슬퍼서 제사를 지내는 거지, 라고 수군대며 마을 사람들은 혀를 찼어요. 멀쩡한 아들은 죽고 죽을 때까지 먹여살려야 할 아들과 세상에 단 둘이 남은 거니까요.

"한 아들은 죽었고, 또 한 아들은 살아도 죽은 거나 다름없어요. 나도 몇 년 동안 아들의 얼굴조차 본 적이 없다고요."

"이봐요. 우리 딸은 겨우 일곱 살이에요. 게다가 벙어리예요."

"방송국 사람들이 가고 난 후 아들이 그랬어요. 한 번만 더 강제로 방문을 열려고 하면 문이 다 열리기 전에 죽어버리겠다고요. 아들은 꼭 그렇게 할 거예요."

틀어박힌 남자가 있는 별채의 문은 딱 한 번 열린 적이 있었어요. 4년 전 짠내 나는 홀어머니가 방송국으로 편지를 보냈을 때요. 은둔형 외톨이에 대해서 취재하길 원하는 방송국 사람들이 카메라를 매고 달려왔어요. 무언가 변할 수도 있다는 희망이 짠내 나는 홀어머니의 마음에 남아 있을 때였어요. 짠내 나는 홀어머니는 방송국 사람들이 아들을 고쳐주고 갈 거라고 기대했던 거예요. 정말 헛된 기대였지요.

"아주 잠깐만 들여다보고 다시 닫을게요. 몇 초면 충분해요."

"당신의 이상한 의심을 풀어주려고 하나 남은 아들을 죽게 할 순 없어요."

"그날 아이는 이 집에 왔어요. 높은 집에 사는 여자가 봤다니까요."

엄마들의 목소리는 점점 커졌어요.

급기야 짠내 나는 홀어머니는 별채가 있는 방향을 가리키며 발을 굴렀어요.

"그렇더라도 아이는 별채 방에 들어갈 수 없어요. 저 문은 절대로 열리지 않아요."

"당신이 어떻게 알아요! 그날 하루 종일 집에 없었으면서! 시장에 있었잖아요! 이 냄새 나는 것들을 파느라!"

실종된 아이의 엄마가 화를 내며 씩씩거렸어요. 실종된 아이의 엄마는 아이가 실종된 불쌍한 사람이니까 누구에게든 화를 낼 수 있는 권리가 있다고 느꼈어요.

그렇다면 짠내 나는 홀어머니는요? 화낼 수 있는 권리가 불행의 양에 달려 있다면 짠내 나는 홀어머니도 결코 그 점에서 남에게 뒤지지 않는걸요.

"그럼 댁은 어디서 뭘 하고 있었나요?"

짠내 나는 홀어머니는 실종된 아이의 엄마의 눈을 뚫어지게 바라보며 물었어요.

실종된 아이의 엄마의 얼굴이 붉으락푸르락 달아올랐어요.

"내가 냄새 나는 젓갈과 장아찌를 팔고 있는 동안 댁은 아이를 돌보지 않고 뭘 하고 있었냐고요."

"……다 아이를 위한 거였어!"

실종된 아이의 엄마가 집이 떠나가라 소리를 쳤어요. 당신이 뭘 알아! 정신병자의 엄마가 뭘 아냐고. 난 아이를 위해서 갔던 거야.

미친 사람처럼 변해버린 실종된 아이의 엄마는 고함을 지르며 뛰어나갔어요.

짠내 나는 홀어머니는 드디어 혼자 남아 안도의 한숨을 쉬었어요. 부디 이게 끝이기를 바라면서요. 그리고 다시 장아찌를 뒤적거렸어요. 늘 그랬던 것처럼.

높은 집에 사는 여자

높은 집에 사는 여자는 실종된 아이의 엄마가 틀어박힌 남자의 집에서 나오는 걸 보았어요. 옥상에 빨래를 널고 뜨거운 커피를 후후 불며 마시던 중이었지요. 실종된 아이의 엄마가 불이라도 붙은 듯 새빨개진 얼굴로 틀어박힌 남자의 집 대문을 박차고 눈길을 퍽퍽 밟아나갔어요. 거칠고 하얀 입김을 펄펄 피워올리면서요. 오늘은 무슨 요구를 하다가 실패한 걸까요. 틀어박힌 남자의 집은 다른 집과는 뚝 떨어진 곳에 있었지만 높은 집에서는 내려다볼 수 있었어요.

"경찰이 실종된 아이의 엄마 집은 뒤져보았을까?"

얼마 전 높은 집에 사는 여자는 친구와 전화통화를 하며 말했어요.

"나는 실종된 아이의 엄마가 아이를 죽여 벽장 속에 넣었다고 해도 놀라지 않겠어."

높은 집에 사는 여자는 상상력이 풍부했어요. 높은 집에 살기 때문에 많은 것을 보았지만 본 대로 다 믿지는 않았죠. 하지만 다른 사람들은 높은 집에 사는 여자가 본 것을 전해 듣고 자기가 믿고 싶은 걸 믿어버렸어요. 실종된 아이의 엄마가 그랬지요.

실종된 아이의 엄마가 자꾸만 찾아와 귀찮게 하는 바람에 높은 집에 사는 여자는 그날 아이가 틀어박힌 남자의 집 앞을 지나가는 걸 봤다고 말해줬어요. 겨우 그 말을 듣고 실종된 아이의 엄마는 틀어박힌 남자가 아이를 방으로 데리고 들어갔다고 믿는 모양이에요.

"그럴 리는 없어. 나는 7년간 틀어박힌 남자의 방문이 열리는 걸 본 적이 없거든. 방송국 사람들이 왔던 날 빼고는 말이야."

높은 집에 사는 여자는 손톱을 다듬으며 수화기 너머의 친구에게 말했어요.

짠내 나는 홀어머니는 아침저녁으로 하루 두 번 별채 문 앞에 음식과 옷을 가져다 두어요. 그러면 한참 후 틀어박힌 남자는 살짝 문을 열고 손만 내밀어 그것을 들여가지요. 버릴 게 있으면 내놓고요. 이걸 가리켜 방문이 열린다고 말할 수는 없어요. 밖에 나오는 건 틀어박힌 남자의 손뿐이에요. 틀어박힌 남자가 그때 누군가와 마주치거나, 문밖으로 몸을 내미는 걸 높은 집에 사는 여자는 본 적이 없어요. 그런데 어떻게 아이가 그 방 안으로 들어갈 수 있겠어요?

"하지만 네가 모든 것을 본 건 아니잖아."

높은 집에 사는 여자의 친구가 말했어요. 그건 그렇지. 내가 모든 것을 다 볼 수는 없어. 내려다보는 게 나의 일은 아니니까, 하고 높은 집에 사는 여자는 생각했어요.

높은 집에 사는 여자도 경찰에게 자신의 높은 집을 보여줬어요. 마을 사람 모두 자진해서 경찰에게 자기의 집을 뒤져보게 했지요. 경찰은 마을의 모든 방을, 지하실과 창고를, 다락과 부엌을, 화장실과 마루 밑을, 외양간과 돼지 우리와 닭집과 개집을 들여다봤어요. 오직 단 한 곳만 빼고 말이에요.

마을 밖으로 나가는 길은 단 하나뿐이에요. 아이가 실종되던 날 아이는 그 길을 지나가지 않았대요. 아이는 마을 밖으로 나가지 않고 사라졌어요. 그렇다면 뒤져보지 않은 단 한 곳에 아이가 있다고 생각하는 것도 무리는 아니지요. 아이에게 나쁜 일이 일어났다면 그건 실종된 아이의 엄마가 한 일일 거야, 하고 막연하게 추측했던 높은 집에 사는 여자는 생각을 고쳐먹었어요. 대신 또 다른 상상을 했어요. 아이가 틀어박힌 남자의 방에 있다고 해도 그게 아이에게 꼭 나쁜 일일까? 높은 집에 사는 여자는 남이 하지 않는 상상을 하는 버릇이 있었어요.

상상이 지나쳤던 걸까요. 그날 밤 높은 집에 사는 여자는 꿈을 꾸었어요.

작은 방에 틀어박힌 남자와 실종된 아이가 마주 앉아 있어요.

그들은 대화를 해요. 사람들이 나를 싫어해. 틀어박힌 남자가 말하죠. 아무도 내 잘못이 아니라고 말해주질 않아. 말을 하지 못하는 아이는 벽지에 그림을 그려요. 물풍선 같은 사람을 그려놓고 까르르 웃네요. 머리에 뿔이 달린 사람, 엉덩이에 꼬리가 달린 사람을 그려요. 그리고 어떤 얼굴은 검게 칠해요. 아빠! 검은 얼굴을 가리키며 아이가 입을 뺑긋하네요. 아빠, 아빠. 아이는 통통 뛰어다니다 틀어박힌 남자의 품에 쏙 안겨요. 틀어박힌 남자는 벽지를 떼어내 구멍을 뚫어 아이에게 옷을 만들어주어요. 서로 옆구리를 간질이며 그들은 삐뚤삐뚤한 그림으로 가득 찬 벽지 옷을 서로 입혀주어요.

높은 집에 사는 여자는 잠을 자면서 빙긋이 웃었어요. 꿈속의 그들이 퍽 행복해 보였거든요.

구멍가게 여자와 국어 선생님

"방송국 사람들, 참 대단했어요."

구멍가게 여자가 난로에 조개탄을 넣으며 말했어요. 방금 실종된 아이의 엄마가 잔뜩 화난 얼굴로 구멍가게 앞을 지나가는 걸 봤거든요. 그러다 보니 실종된 아이와 틀어박힌 남자에 대해 얘기하게 되었고, 4년 전 틀어박힌 남자를 찍으러 왔던 방송국 사람들 얘기까지 나오게 된 거죠.

"직접 보셨어요?"

뜨거운 녹차를 받아 든 국어 선생님이 물었어요. 국어 선생님은 읍내로 나가는 버스시간을 기다리며 구멍가게에서 몸을 녹이는 중이었어요.

"그럼요. 담장 밖에서 다들 지켜봤어요. 글쎄, 그 사람들이 문을 열었다니까요."

국어 선생님은 방송국 사람들이 다녀간 이후 이 마을에 왔어요. 그래서 그때 무슨 일이 있었는지 궁금해했죠. 구멍가게 여자는 국어 선생님에게 자세하게 설명하기 시작했어요.

처음에는 전문가라는 사람이 별채 문 앞에 쪼그리고 앉아 틀어박힌 남자를 설득했지만 잘 되지 않았어요. 짠내 나는 홀어머니가 떨리는 손으로 열쇠를 건네주었죠. 방송국 사람들은 강제로 문을 따고, 한 많은 차남에게 제 형을 데리고 나오라고 시켰어요. 평소 형에게 화가 많이 나 있던 한 많은 차남은 울부짖는 제 형을 주먹으로 때려가며 밖으로 끌어내려 했어요. 이 쓸모없는 인간아, 나와서 일을 하란 말이야. 장남이라고 받을 건 더 많이 받아놓고. 고기 반찬도 너만 주고 대학도 너만 보내줬잖아. 카메라맨이 방 안에 뛰어 들어가 형제의 주위를 맴돌며 카메라를 휘저었어요. 멀리서 보면 셋이 흡사 격정적인 왈츠를 추는 것 같았다고 하죠. 원 스텝. 코피가 바닥에 떨어지고 머리카락이 한 줌 손아귀에 뽑혀 흩날리고요. 투 스텝. 옷깃이 후드득 뜯기고 틀어박힌 남자는 입을 커다랗게 벌려 울고 카메라는 그 모습을 찍고요. 쓰리 스텝. 틀어박힌 남자는 딱따구리처럼 벽에 쿵쿵쿵 제 머리를 찧고 작은아들은 욕을 하고 촬영은 끝이 났어요. 모두가 빠짐없이 상처받은 채로.

방송된 화면에는 해설이 붙었죠. 제작진은 결국 은둔형 외톨이를 방 밖으로 나오게 하는 데 실패했다고. 그는 가족과 제작진의 간곡한 바람에도 불구하고 밖으로 단 한 발짝도 나오지 않았다고.

"하지만 그날, 아이가 없어진 날이요. 틀어박힌 남자는 밖으로 나와 아이를 데리고 들어갔을 거예요."

구멍가게 여자가 난로의 재를 털어 양철통에 버렸어요. 양철통에서 검은 연기가 훅 피어올랐어요. 국어 선생님이 입가에 주먹을 대고 기침을 했어요.

"그랬을까요?"

"네. 그리고 저는 제 생각을 실종된 아이의 엄마에게 말했어요."

윙윙 바람 소리와 함께 눈발이 어지럽게 날렸어요. 차가운 바람이 문을 드르륵 흔들고 들어오네요. 먹구름이 몰려오는 것 같아요.

구멍가게 여자는 일어나 새시 문을 꼭 닫았어요.

"사실 그날…… 아이를 봤거든요. 선생님은 기억 안 나세요?"

국어 선생님은 깜짝 놀라 찻잔 위로 숙였던 고개를 들었어요.

"네?"

"아이가 가게에 왔을 때 선생님도 계셨잖아요."

구멍가게 여자는 잠시 그날을 떠올렸어요.

구멍가게에 물건을 대주는 사람이 물건 값을 받기 위해 찾아왔을 때였어요. 점심으로 먹으려고 불에 올려놓은 찌개가 부엌에서 끓어 넘치고 있었고요. 국어 선생님이 들어와 급히 가정방문을 가야 한다며 음료수를 빨리 달라고 재촉했어요. 성격 까다로운 시어머니가 거는 것으로 짐작되는 전화벨이 울렸고, 여전히 앞에 버티고 선 물건 대주는 사람에게 물건 값을 치르기 위해 돈을 세다가 그만 바닥에 동전을 와르르 흘리고 말았지요. 딱 그 시점에 구멍가게 여자는 옆에서 기웃거리며 손짓 발짓을 하는 아이를 보았어요.

"얘가 뭐라고 하는 거야? 정신없어. 저리 가."

구멍가게 여자는 걸리적거리는 아이를 밀친 다음 동전을 줍고, 물건 대주는 사람을 보내고, 부엌에 들어가 가스불을 끄고, 국어 선생님에게 주스를 팔고, 시어머니에게 전화를 걸어 사죄를 드렸어요. 그리고 둘러보니 아이는 어딘가로 가고 없었어요.

이 모든 상황을 경찰에게 자세히 말하는 대신 구멍가게 여자는 아이가 그 뒤 어디로 갔을까를 골똘히 생각했어요. 그러다 역시 틀어박힌 남자에게 갔을 거라는 결론에 이른 거지요.

국어 선생님도 뜻밖의 사실에 놀란 가슴을 쓸어내리고 생각에 빠졌어요.

그날 구멍가게에서 아이를 본 기억은 정말 없었어요. 국어 선생님은 다른 일에 정신이 팔려 있었거든요. 구멍가게 여자가 주스를 빨리 주지 않아 답답했었죠.

그날 국어 선생님은 구멍가게를 나와 반장의 엄마 집에 갔어요. 혼자 사는 반장의 엄마에게 주스를 선물한 다음 방에 마주 앉아 학교의 일을 상의했어요. 서로의 말이 잘 들리지 않아 조금 가까이 붙어 앉았지요. 이 비슷한 가정방문이 그날 처음은 아니었어요. 국어 선생님과 반장의 엄마 사이에는 그들만이 통하는 어떤 공감대가 있었죠. 본래 도시 출신인 그들은 둘 다 시골생활에 무척 외로웠고, 서로 위로가 필요한 처지라는 점에서 의견을 같이했어요. 국어 선생님은 반장의 엄마가 나이보다 아주 젊어 보이며, 모르고 보면 도저히 반장을 낳은 엄마라는 생각이 들지 않는다고 말했어요. 반장의 엄마는 볼을 붉히며 수줍게 웃었고, 직접 담근 사과주가 알맞게 익었는데 맛을 보라고 권하며 국어 선생님의 무릎을 손으로 툭 쳤어요.

그때 방 창문을 두드리는 소리가 나서 국어 선생님과 반장의 엄마는 깜짝 놀라 동시에 벌떡 일어섰어요. 창밖에는 아이가 우두커니 서 있었어요. 아이는 커다란 눈으로 국어 선생님과 반장의 엄마를 바라보다가 이내 무슨 손짓을 했어요. 문을 열어달라는 것 같았지요.

그러나 국어 선생님과 반장의 엄마는 아무 짓도 하지 않았는데 꼭 무슨 짓을 한 것 같은 분위기를 만든 아이에게 화가 났어요. 조그만 아이가 왜 이렇게 사람을 이상하게 만드는 거지요? 당장에 화가 치민 나머지 고함을 질러 아이를 쫓아 보냈어요. 아니, 쫓아 보냈다기보다는 나중에 오라고 한 거지요. 정확하게 말하자면요.

"제가 생각하기에도……."

국어 선생님은 조심스럽게 말을 꺼냈어요. 하지만 말을 마칠 즈음에는 그 말이 사실인 것만 같은 생각이 들었어요.

"……아이가 틀어박힌 남자에게 갔을 것만 같군요."

그날 아이가 반장의 엄마 집을 나와 갈 수 있는 곳이 틀어박힌 남자의 집 말고 또 어디가 있겠어요? 구멍가게 여자와 국어 선생님은 고개를 끄덕이며 서로의 생각에 확신을 더했어요.

구멍가게 여자의 얼굴이 매우 어두워졌어요. 구멍가게 여자도 딸을 키우고 있으니까요. 끔찍한 생각을 하고 싶진 않지만 자꾸만 그쪽으로 상상이 나아가고 있었어요.

"아이는 틀어박힌 남자의 방에서 어떻게 지내고 있을까요?"

구멍가게 여자는 결국 끔찍한 의문을 던지고야 말았어요. 그리고 무서워 몸을 떨었죠. 어젯밤 낮은 곳에 임한 목사님이 한 말이 떠올라서요.

낮은 곳에 임한 목사님은 교회 행사에 쓸 콩기름을 사면서 말했어요. 우리가 틀어박힌 남자를 이렇게 방치하는 게 아니었어요. 낮은 곳에 임한 목사님도 구멍가게 여자와 같은 생각을 하는 것 같았어요. 7년 동안이나 좁은 방에 처박혀 나오지 않는 사람이라면, 차마 입에 담을 수 없는 괴이한 습벽을 갖고 있다고 해도 놀랄 일이 아니죠. 구멍가게 여자는 무슨 말인지 알면서도 그 괴이한 습벽이란 게 뭔지 물었어요. 어른 여자보다는 아무것도 모르는 어린아이를 꾀어내 어른 여자처럼 대하며 희롱하는, 악마의 습성을 가진 사람들이 있다더군요. 구멍가게 여자는 손을 모아 기도했어요. 아아, 목사님. 인간의 죄란 정말 끝을 알 수 없는 구렁이군요.

"살아…… 있긴 하겠죠?"

강풍이 불었어요. 구멍가게 문 앞에 친 비닐이 시끄러운 소리를 내며 뜯겨져 나갔어요. 굵은 눈발이 어지럽게 흩날렸어요. 사방에서 눈이 내리는 것 같았어요. 먹구름이 깔린 하늘은 한층 어두워졌고요.

어딘가에서 바람이 새어들어 오는지 난로 불꽃이 휘청휘청 춤을 추었고, 양철통에서 까만 재티가 날렸어요. 조금 전 구멍가게 여자가 더 꼭 닫을 틈이 없이 구멍가게 문을 닫았는데 말이에요.

구멍가게 여자는 두려움에 젖은 표정으로 국어 선생님을 바라보았어요.

"우리가 이러고 가만히 있어도 괜찮을까요?"

실종된 아이의 엄마

빨간모자야, 빨간모자야, 절대로 모르는 사람을 따라가면 안 돼. 늑대에게 잡아먹힌단 말이야.

잠들기 전마다 그렇게 동화를 읽어주며 가르쳤건만! 실종된 아이의 엄마는 쓰린 한숨을 쉬며 손가락에 낀 다이아몬드 반지를 매만졌어요. 불안이 온몸을 뜨겁게 채우고 몸 안을 마구 돌아다녔어요. 갑자기 귀가 뜨거워졌다가 등이 뜨겁다가 그다음엔 발끝이 달아올라서 실종된 아이의 엄마는 가만히 앉아 있기가 어려웠어요.

그날도 실종된 아이의 엄마는 불안한 낌새를 채고 행동을 서둘렸던 거예요. 예, 아이를 잃어버린 그날이요. 그 사람이 애당초 사랑한 적조차 없었던 지금의 아내와 이별하고 아이의 정식 아빠가 되어주겠다는 약조를 또다시 연기하거나 약속의 내용을 수정하려는 눈치를 보였거든요. 실종된 아이의 엄마는 서둘러 그 사람이 살고 있는 서울로 향했어요. 그 사람의 마음을 붙드는 건 결국 아이를 위한 일이었으니까요.

"배고프면 구멍가게에 가서 먹을 걸 사먹으렴."

실종된 아이의 엄마는 아이에게 말했어요. 그러나 길 떠날 채비를 하는데 마음이 바빠 아이에게 돈을 쥐여주는 걸 깜빡했어요. 대신 이런 말도 했죠.

"아니면 친구 집에 가서 밥을 달라고 하고 놀고 있어도 돼."

아이는 아무 대답도 하지 않았지만 그건 아이가 말을 할 수 없기 때문인 줄 알고 실종된 아이의 엄마는 서둘러 서울로 떠났어요.

그날 밤 실종된 아이의 엄마가 집으로 돌아왔을 때 아이는 사라져버렸어요. 마을 밖으로 나갔다는 흔적도 없이 아이는 어디로 간 것일까요. 틀어박힌 남자의 방에 있겠죠. 마을 사람 모두 그렇게 말해요. 심지어 어젯밤에는 낮은 곳에 임한 목사님까지 그 말에 동의했어요. 실종된 아이의 엄마가 이 마을에 왔을 때부터 그녀를 눈 아래로 보며 상대도 하지 않았던, 낮은 곳에 임한 목사님까지 이제 실종된 아이의 엄마를 동정해요.

그 문을 열어야 해!

실종된 아이의 엄마는 주먹을 불끈 쥐고 일어섰어요.

처음에 실종된 아이의 엄마는 아이가 틀어박힌 남자의 방에 있을 거란 말을 믿지 않았어요. 그러나 몇 번 같은 말을 듣다 보니 그럴 수도 있겠구나 하는 생각이 들었어요. 한번 기운 의심은 점점 확신으로 변했어요. 높은 집에 사는 여자까지 그 확신을 보탰어요.

확신이 강해질수록 실종된 아이의 엄마는 그 문을 너무나 열고 싶기도 하고, 또 열고 싶지 않기도 했어요. 그 문을 열었는데 만약 아이가 없다면 어떡할까요. 꼭 있을 거라 생각했던 단 하나의 장소에 아이가 없으면요. 그다음엔 무엇을 해야 하죠? 실종된 아이의 엄마는 그런 두 가지 마음을 모두 가진 채 지금껏 짠내 나는 홀어머니를 만나러 갔고, 계속 거절을 당했던 거예요. 하지만 이제 문을 열고 싶은 절박함이 다른 두려움을 이기고 말았어요.

낮은 곳에 임한 목사님에게 가자. 도와주실 거야!

실종된 아이의 엄마는 낮은 곳에 임한 목사님의 사택으로 향했어요. 낮은 곳에 임한 목사님이 어제 그랬거든요. 이건 마을 전체의 문제라고요.

마을 사람들

마을 사람들이 몰려와요.

실종된 아이의 엄마를 앞세우고 낮은 곳에 임한 목사님의 뒤를 따라서요. 눈 쌓인 길을 저벅저벅 밟아오고 있어요. 구멍가게 여자와 국어 선생님도 있어요. 반장의 엄마도 있고요. 높은 집에 사는 여자도 호기심 품은 얼굴로 높은 집에서 내려와 무리에 따라붙었어요.

"틀어박힌 남자를 그대로 둔 것은 우리 모두의 죄입니다!"

낮은 곳에 임한 목사님이 하얀 입김을 피워올리며 말했어요. 실종된 아이의 엄마 옆에 서서 모두에게 행동하라고 외쳤어요. 마을 사람들이 모여들었죠. 그들은 처음엔 낮은 곳에 임한 목사님과 실종된 아이의 엄마가 나란히 서 있는 모습이 신기해서 모였어요. 실종된 아이의 엄마가 대놓고 자신은 회개할 것이 없으며 교회에도 나가지 않겠다고 말한 후로 낮은 곳에 임한 목사님은 실종된 아이의 엄마에게 말도 붙이지 않았거든요.

같은 차원에서 낮은 곳에 임한 목사님은 그날, 아이가 실종되던 날 저녁 사택으로 찾아온 아이를 쫓아 보냈던 거예요. 부정한 여자에게서 태어난 아이를 하나님과 가까운 공간에 들여 목사의 아이들과 어울리게 하는 문제에 대해 좀 더 종교적인 성찰이 필요하다고 느꼈거든요.

"네 집에 가거라."

아내가 저녁상을 차리는 사이 낮은 곳에 임한 목사님은 아이에게 말했어요.

"밥은 네 집에 가서 먹어."

낮은 곳에 임한 목사님은 아이의 팔에 매달리려는 막내아들을 안아 들었어요. 아이 엄마에게 엄마로서의 의무를 다하게 하는 것이 하나님의 말을 전하는 사람의 의무였으니까요.

그리고 아이가 실종된 지금, 낮은 곳에 임한 목사님은 마을 사람 모두가 지닌 더 근본적인 책임에 대하여 말을 해야 할 필요를 느꼈어요.

마을 사람들이 틀어박힌 남자의 집 마당을 가득 채웠어요. 웅성거리는 사람들 소리를 듣고 짠내 나는 홀어머니가 파랗게 질린 얼굴로 뛰어나왔어요.

"저 문을 여세요."

낮은 곳에 임한 목사님이 낮은 목소리로 명령했어요.

"내 아들이 죽을 거예요!"

짠내 나는 홀어머니가 절규했지만 마을 사람들은 별채 문을 둘러쌌어요.

"아이는 거기 없어요! 내버려둬! 우릴 내버려둬!"

짠내 나는 홀어머니가 몸을 던져 사람들에게 달려들었어요. 마을 여자들이 짠내 나는 홀어머니의 팔을 잡고 끌어냈지요. 열쇠를 주지 않으면 사람들이 강제로 문을 열 거예요. 실종된 아이의 엄마가 짠내 나는 홀어머니의 한쪽 팔을 잡고 속삭였어요. 그전에 스스로 열어주는 게 어때요.

짠내 나는 홀어머니가 마을 여자들의 손을 뿌리치고 낮은 곳에 임한 목사님의 옷자락을 와락 잡았어요.

"내 아들은 죄를 지었어요!"

낮은 곳에 임한 목사님은 짠내 나는 홀어머니의 손에서 옷자락을 빼내기 위해 눈길 위에서 비틀거렸어요.

"알아요. 그걸 확인하려는 거잖아요."

"죄를 끌어안고 혼자 속죄하고 살게 내버려두세요. 아들이 원하는 건 그것뿐이에요. 제발. 세상 밖으로 꺼내지 말아요. 그럼 아들은 죽어요."

"내 딸은 죽어도 된다는 거야 뭐야!"

실종된 아이의 엄마가 짠내 나는 홀어머니의 가슴을 발로 찼어요. 짠내 나는 홀어머니는 몸을 웅크리고 마당을 굴렀어요.

동시에 사람들이 별채 문을 발로 차고 두드리기 시작했어요. 문을 열어. 문을 열라고. 누가 더 세게 두드리나 시합을 하는 것처럼 사람들은 문에 발길질을 했어요.

"으아아악!"

안에서 남자의 비명 소리가 들려왔어요. 비명 소리는 지옥에 끌려가는 사람의 목소리처럼 크고 소름끼쳤어요. 사람들은 잠시 발길질을 멈췄죠. 비명 소리는 집을 흔들고 주변의 공기를 흔들고 사람들의 머릿속을 흔들었어요. 그리고 쿵쿵쿵. 벽에 무언가가 부딪치는 소리가 났어요.

"빨리 문을 따요! 어서요!"

낮은 곳에 임한 목사님이 소리쳤어요. 마을 사람들 중에 장터에서 열쇠를 깎는 노인이 불쑥 나와 공구를 펼쳤죠. 모두가 동그랗게 모여든 가운데 장터에서 열쇠를 깎는 노인이 재빨리 할 일을 했어요. 그동안에도 비명 소리와 쿵쿵쿵 소리는 멈추지 않았죠. 짠내 나는 홀어머니는 여전히 마당에 쓰러져 일어서지 못했고요. 애벌레처럼 몸을 굽혔다 펴며 끝내 울었어요. 실종된 아이의 엄마는 문 바로 앞에서 손을 모아 쥐고 서 있었어요.

딸깍.

모여든 사람 모두 침을 꿀꺽 삼켰어요.

모두의 앞에서 드디어 비밀의 문이 스르르 열리고 있었어요.

자, 안에는 무엇이 있을까요? 정녕 아이가 있을까요?

"으으으……으으으……."

비밀의 방 안쪽 구석에서 남자가 벽에 머리를 찧고 있었어요. 쿵쿵쿵. 쿵쿵쿵. 남자의 머리에서 흘러나온 피가 벽에 튀어 아래로 흘러내리고 있었죠.

그리고 아이는 어디에도 없었어요. 작은 방 안에는 머리에 피 흘리는 남자뿐이었어요. 오랫동안 자르지 않아 긴 머리에 새빨간 피를 묻히고 남자는 벽에 기대 울었어요. 아이는 없었어요. 짠내 나는 홀어머니의 말이 맞았어요. 마을 사람들 모두 틀렸고요.

대신 방 가운데에는 거대한 소금산이 있었어요.

짠내 나는 홀어머니가 젓갈을 담그는 데 쓰는 소금이 피라미드처럼 방 한가운데 쌓여 있었어요. 음식이 썩는 것을 막아주고 나쁜 균을 없애주는 소금 가루가 산을 이루고 있었다고요.

모든 사람의 얼굴이 소금처럼 하얗게 질렸어요.

그러나 그중 눈 밝은 사람이 바들바들 떨며 울고 있는 남자를 가리키면서 소리쳤어요.

"재는 한 많은 차남이잖아!"

방 안을 들여다보고 동시에 말을 잃었던 마을 사람들이 하나둘씩 웅성거리기 시작했어요. 뭐라고? 한 많은 차남이라고? 한 많은 차남은 죽었잖아.

그리고 마을 사람들은 이내 머리에 피를 흘리며 벽에 기대 울고 있는 남자가 이 마을에서 나고 자란 한 많은 차남이라는 것을 알아보았어요. 틀어박힌 남자의 동생, 짠내 나는 홀어머니의 막내아들, 한 많은 차남이요. 방송국 사람들이 왔다 가고 나서 곧 집을 나가 객지에서 흉하게 죽었다던 그 사람 말이에요.

"그럼…… 틀어박힌 남자는 어디 있는 거지?"

누군가 물었어요. 당연히 해야 할 질문이었어요. 죽었다던 사람이 살아 있는 건 그렇다 치고, 그럼 원래 이 방에 있어야 할 틀어박힌 남자는 어디로 간 것일까요.

사람들의 시선이 일제히 소금산으로 향했어요.

"나는…… 밖으로 나오라고…… 나오라고 그랬던 건데……."

피 흘리는 남자가 입을 열어 말을 했어요. 사람들은 추위에 물을 끼얹은 듯 얼어붙었어요. 오싹 소름이 돋은 얼굴로 사람들은 소금산을, 방 안에 쌓인 소금산을 바라보았어요.

모두의 시선을 받고 낮은 곳에 임한 목사님과 국어 선생님이 방 안으로 들어갔어요. 그들은 무릎을 꿇고 앉아 천천히 소금산 밑 부분을 손으로 쓸어내기 시작했죠.

"죽으라고 때린 게…… 아니었는데……."

소금산 밑둥에서 바짝 말라 쪼그라진 사람의 발바닥이 모습을 드러냈어요. 오랜 시간 수분이 빠지고 빠져 미라처럼 말라버린 어른의 발바닥이었어요.

실종된 아이의 엄마가 그 자리에서 쓰러졌어요. 다른 사람들도 여럿 자리에 주저앉았어요.

"이번엔 작은아들이 방에서 나오려고 하질 않았어요……."

짠내 나는 홀어머니가 마당에 엎드려 흐느꼈어요. 짠내 나는 홀어머니는 딱딱하게 언 바닥을 손으로 마구 긁으면서 말했어요. 4년 전 방송국 사람들이 왔다 간 직후 한 많은 차남이 제 형을 때려 죽였다고. 그리고 방 벽에 등을 기대고 앉아 제 형의 시체를 하염없이 바라보며 방에서 나오려고 하질 않았다고. 시체도 치우지 못하게 해서 할 수 없이 짠내 나는 홀어머니가 틀어박힌 남자의 몸에 소금을 쌓았다고 말이에요.

소금은 죽은 것을 썩지 않게 하니까. 이 집에 소금은 얼마든지 있었으니까. 이 집에 많은 건 소금뿐이니까.

사람들은 비밀의 문을 둘러싸고 오랫동안 그 자리를 떠나지 못했어요.

아이가 없었거든요. 방에는 오래전에 죽은 엉뚱한 시체 하나가 소금에 절여져 바싹 말라 있었을 뿐이에요. 이런 결론은 아무도 원하지 않았단 말이에요. 비밀의 문을 열기 전 실종된 아이의 엄마가 한편으로 두려워한 상황이 모두에게 한꺼번에 닥치고 말았어요.

사람들은 불안한 표정을 숨기지 못하고 서로가 서로의 얼굴을 바라봤어요. 낮은 곳에 임한 목사님이, 실종된 아이의 엄마가, 높은 집에 사는 여자가, 반장의 엄마가, 국어 선생님이, 구멍가게 여자가, 장터에서 열쇠를 깎는 노인이, 그리고 다른 많은 사람들이.

그들은 조용히 서로에게 물었어요. 우리가 과연 잃어버린 아이를 남김없이 찾을 수 있을까.

우리가 과연 저 자신의 잘못이 아닌 이유로 인하여 우리 곁을 떠난 아이를 찾아낼 수 있을까. 동시에 우리가 왜 아이를 잃어버린 것인지 그 이유도 알아낼 수 있을까. 서로가 서로에게 궁금해하며 그들은 서 있었어요.

옛날 옛날 그리 멀지 않은 옛날에.

어느 연극배우의 거울

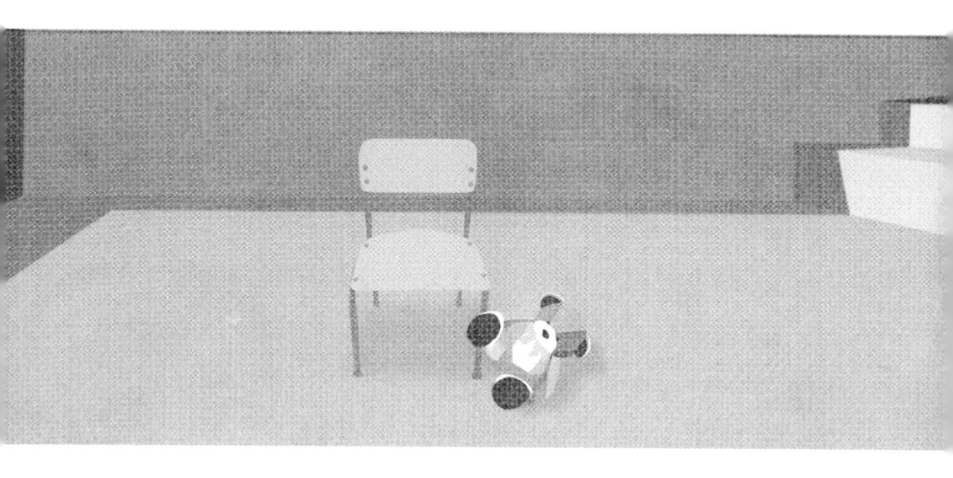

1

이미현은 북악스카이웨이로 차를 몰았다.

조수석에 앉은 김지윤은 줄곧 손톱만 물어뜯었다. 아랫입술이 터져 붉은 딱지가 내려앉았고 안색이 창백했다.

"미현 씨."

몇 번이나 입술을 씰룩이며 머뭇거리던 지윤이 입을 떼었다.

미현은 굽이진 길을 따라 핸들을 돌리며 지윤을 힐끗 보았다. 지윤은 반쯤 열린 차창에 머리를 기대고 울상을 짓고 있었다. 오늘 꼭 만나달라는 지윤의 전화를 받고 미현은 썩 내키지 않았지만 거절하지 못했다. 차를 끌고 나와 서울대병원에서 퇴근하는 지윤을 태웠다. 지윤은 아무 데나 한적한 곳으로 가달라고 했다.

"시열이가 전화했을 때…… 정말 다른 특별한 말 없었나요?"

미현은 말없이 중앙선을 넘어 앞차를 추월했다. 맞은편에서 달려오던 트럭이 위협적인 엔진 소리를 내며 미현의 차 옆을 빠르게 지나갔다. 불어 들어오는 바람에 지윤의 단발머리가 헝클어졌다.

"배경으로 무슨 소리가 들렸다거나…… 누구랑 같이 있는 것 같았다거나…… 뭐 그런 거 있잖아요."

지윤이 곧 스러질 희망을 품고 다시 물었다.

미현은 한숨을 쉬었다. 지윤의 약혼자인 한시열은 3일 전인 일요일 오후 9시 23분 혜화역 근처에서 미현에게 마지막으로 전화를 걸고 사라졌다. 통화시간은 36초. 시열은 몹시 취한 목소리로 미현에게 조만간 서울에 자리 잡고 사는 대학 동창들과 같이 만나자는 얘기를 했다. 그냥 술김에 거는 안부전화 같았다. 단지 그것뿐이었다고 얼마나 더 말해야 할까. 미현은 핸들을 잡지 않은 손으로 머리카락을 쓸어올렸다.

"특별한 거 없었어요."

미현은 팔각정 휴게소에 차를 세우고 소리 내어 핸드 브레이크를 올렸다.

미현이 테이크아웃 커피 두 잔을 사 들고 돌아왔을 때 지윤은 차 안에서 이마를 싸쥐고 괴로워하고 있었다.

"그날 심하게 싸웠어요……."

지윤이 흐느꼈다.

"기다리는 걸 질색하는 사람이에요. 하지만 어쩔 수 없었다고요…… 응급수술 환자가 들어왔는데 교수님은 안 계시고…… 정신없이 왔다 갔다…… 늦는다고 연락할 짬도 없었어요. 5시에 만나기로 했는데 7시 다 돼서 겨우 전화를 했거든요. 그때 벌써 취해서 불같이 화만 내는 거예요. 이 결혼을 해야 하는지 모르겠다는 말까지 하더라고요."

"그깟 두 시간 늦었다고 그래요?"

"그날 결혼반지를 찾아가지고 대학로에 와서 날 기다리고 있었거든요. 안쪽에 서로의 이니셜을 새긴…… 우리에겐 정말 특별한 반지였는데…… 결국 그날 그렇게 만나지도 못하고 서로 화내고 소리 지르며 통화한 게 마지막이에요……."

속 좁은 놈.

미현은 속으로 시열을 욕했다. 떠올려보면 스무 살 때도 시열은 그랬다. 약속을 지키지 않는 걸 참지 못했고 분명하지 않은 것을 싫어했다. 자존심도 강하고 가부장적인 졸렬함도 있었다. 혼자 결혼반지를 찾아 들고 일요일에도 근무하는 여자의 직장 근처에 와서 기다리다가 퇴짜를 맞았으니 단단히 화가 났던 모양이었다.

"경찰이 수사하고 있잖아요. 기다려봐요."

미현이 말했다.

"요즘 우리 안 좋았어요. 결혼 날짜 잡고부터 만나기만 하면 싸웠어요. 하지만!"

지윤은 얼굴을 바락 쳐들었다.

눈동자가 새까맣고 물기를 잔뜩 머금은 지윤의 눈. 순수하면서도 총명함이 깃든 저 눈에 시열이 반한 거겠지. 미현은 애처로움을 느꼈다.

"차라리 나랑 결혼하기 싫어서 도망친 거라면 좋겠어요! 그게 아니잖아요! 네? 무슨 일이 있는 거잖아요. 그렇죠? 그런 거죠?"

지윤의 눈에서 굵은 눈물이 뚝뚝 떨어졌다. 결국 울음이 터지고 말았다.

미현은 운전석에서 몸을 돌려 울고 있는 지윤의 어깨를 어색하게 안았다. 괜찮을 거예요. 미현은 지윤의 등을 토닥이며 위로했다. 그러나 스스로도 그 말을 믿지 않았다. 그래. 무슨 일이 생긴 거지. 무슨 일이란 건 항상 예고 없이 생기는 거야. 내게 잘못이 없어도 그냥 벌어지는 거라고. 미현은 그것을 경험으로 알았다.

"내일부터 일주일 휴가를 냈어요."

지윤이 감정을 추스르며 휴지로 눈물을 찍어냈다.

"경찰만 믿고 있을 수는 없어요. 제가 직접 찾아봐야겠어요. 그렇게라도 해야겠어요."

해거름이 졌다. 미현의 차는 왔던 길로 돌아갔다. 혜화역에 지윤을 내려주며 미현은 또 말했다. 괜찮을 거예요. 지윤은 힘없이 한번 웃어 보이고 역으로 들어갔다. 지윤은 내일부터 대학로 곳곳을 다니며 시열의 흔적을 찾을 거라고 했다. 자기와 마지막으로 통화했던 곳이 어디인지부터 알아볼 작정이라고.

미현은 저녁 모임 장소를 향해 차를 출발했다.

마로니에 공원에서 전기기타 소리와 운집한 사람들의 환호 소리가 들렸다. 록 공연이라도 하는 모양이었다. 신호를 기다리는 동안 미현은 공원 쪽을 바라보며 아득하고도 씁쓸한 표정을 지었다.

대략 3개월 전이었다. 미현은 마로니에 공원에서 8년 만에 시열을 다시 만났다.

2

"저…… 혹시, 미현이?"

등 뒤에서 부르는 소리를 미현은 긴가민가하며 무시했다. 자기를 부르는 소리라고는 생각하지 않았다. 미현이란 이름은 흔하니까. 미현은 눈앞에서 진행되는 마임 공연을 계속 집중해서 바라보았다.

번역 사무소에서 일감을 받아 집에 오는 길이었다. 마로니에 공원에 유난히 사람이 많이 모여 있기에 기웃거려 보았다. 노천 무대에서 삐에로 복장을 한 사람이 마리오네트 인형을 손으로 놀리며 무언극을 하고 있었다. 미현은 무심코 바라보다가 자기도 모르게 재미를 느꼈다. 배우의 손놀림을 따라 인형의 커다란 눈꺼풀이 끔뻑거리고 표정이 변하는 것이 신기했다. 미현은 계단에 오종종하게 앉은 관객들 옆에 선 채로 공연을 구경했다.

"죄송합니다만, 이미현 씨 아니신가요?"

목소리가 조금 더 가까이 다가왔다. 그제야 미현은 고개를 돌렸다. 양복을 입은 젊은 남자가 호기심 가득한 표정으로 서 있었다.

미현은 그동안 서울 바닥에서 예전에 알던 사람과 마주친 적이 없었다. 이것은 미현에게 너무나 생경한 상황이었다. 인형극에 몰입해 있던 터라 정신이 다소 몽롱하기도 했다. 와중에 남자의 이름 석자가 선명하게 떠올랐다.

"한시열?"

내뱉고 나서 아차, 했지만 돌이키기에는 늦었다. 시열이 함박웃음을 지으며 큰 걸음으로 다가왔다.

"미현이 맞구나! 이게 얼마 만이야?"

플래시백 효과. 짧은 순간 미현은 오렌지색 티셔츠에 힙합바지를 입은 스무 살 청년이 다가오는 환영을 보았다. 미현의 생애 첫 남자친구. 작달막한 키와 곱슬머리. 젖살이 빠진 얼굴은 단단해 보였다.

"못 알아볼 뻔했네. 너…… 많이 날씬해졌구나."

시열이 미현을 아래위로 훑으며 말했다.

둘은 한쪽으로 비켜섰다. 서로에 대한 신속한 탐색이 이루어졌다. 시열은 행정고시에 패스해 현재 과천에 있는 모 청사에서 근무하고 있다고 했다. 미현이 자신은 번역 일을 하며 혼자 살고 있다고 말했다. 그때 가까운 곳에서 시열을 부르는 카랑카랑한 목소리가 들렸다. 미현과 시열은 동시에 목소리의 주인공을 쳐다보았다.

연푸른색 투피스 정장을 입은 단발머리 여자가 걸어오고 있었다. 시열이 여자를 향해 환하게 웃으며 손을 들어 보였다. 커다란 눈망울이 두드러진 여자였다. 시열이 미현에게 여자친구를 소개했다. 김지윤. 서울대병원 레지던트라고 했다.

"이쪽은 이미현. 대학 1학년 때 내 여친."

시열이 말했다. 지윤이 커다란 눈을 휘둥그레 떴다가 이내 깔깔 웃었다.

지윤은 씩씩한 태도로 미현에게 악수를 청했다.

"반가워요. 이렇게 만난 것도 인연인데 우리 같이 저녁 먹을래요?"

처음 본 사람을 망설임 없이 자기 공간으로 끌어들이는 지윤이 미현은 당황스러우면서도 신선했다. 시열도 같이 갈 것을 권했다.

"카레 좋아하세요?"

지윤이 앞장섰다. 미현은 순간적으로 지윤이 그 날씬한 몸에 새하얀 의사 가운을 걸치고 대학병원 안을 거침없이 활보하는 모습을 상상했다. 미현은 기시감에 몸을 떨었다. 미현이 알고 있던 한 사람. 미현의 작은 세상에서 제일 멋졌던 여자. 총명하고 적극적이고 믿음직했던 그녀. 지윤은 그녀를 닮았다.

미현은 그들과 성균관대 정문 앞에 있는 이란식 카레 전문점에 갔다. 미현이 시열의 옛 여자친구라는 사실을 지윤은 퍽이나 재미있어했다.

"둘만 노는 것도 이제 지겨웠는데. 이렇게 만나다니. 미현 씨 너무 반가워요."

지윤이 매운 카레를 먹고 혓바닥에 바람을 불어대며 말했다.

"내가 지겨워?"

옆에서 시열이 장난스럽게 눈을 흡뜨며 응수했다.

"결혼하면 평생 붙어 있을 거잖아. 나 다른 사람하고도 좀 놀래. 미현 씨 우리 자주 만나요. 네? 같이 이 사람 욕도 하자구요."

지윤이 깔깔 웃었다. 스물아홉 살 동갑내기인 둘은 올가을에 결혼할 예정이라고 했다.

미현은 시열과 보낸 날들을 떠올렸다. 대학 1학년 2학기 때부터 약 6개월. 사고가 있기 전까지 시열과 사귀었다. 사고 이후 주변과 연락을 끊고 학교에 가지 않았으니 시열의 입장에서는 헤어지자는 말 한마디 없이 어느 날 갑자기 여자친구가 사라진 꼴이 되었겠구나. 미현은 문득 놀랐다. 그 사고가 타인에게 미친 영향을 그 사람의 입장에서 돌이켜 생각해본 것이 처음이었다. 그때 시열은 상처받았을까. 미현은 현재의 여자친구와 나란히 앉아 즐겁게 카레를 떠먹는 시열을 바라보았다.

"참, 이모는 잘 계셔?"

시열이 마땅히 했어야 할 질문을 이제야 한다는 듯 물었다.

"어…… 그게……."

미현은 우물쭈물했다.

"미현이가 대학 때 이모랑 살았었거든. 이모라고 해도 미현이보다 겨우 다섯 살 위였어. 그치?"

시열이 지윤에게 설명하다가 다시 미현 쪽으로 고개를 돌렸다.

"우리 같이 네 이모가 하는 연극도 보러 갔었잖아. 성이 특이해서 아직도 기억나. 목단희. 맞지? 네 이모 이름 듣고 우리나라에 목씨가 있다는 걸 처음 알았어."

"돌아가셨어."

미현이 말했다.

"대학 2학년 올라가던 해에 교통사고로."

밝은 표정으로 조잘대던 시열이 난처해하며 입을 닫았다.

미현은 지윤을 향해 담담하게 덧붙였다.

"부모님이 일찍 돌아가셔서 이모랑 살았거든요."

"……그러셨군요."

지윤은 살며시 고개를 끄덕였다.

시열은 이내 뭔가를 납득했다는 듯한 표정을 지었다. 미현이 아무 기별도 없이 사라졌던 이유를 한꺼번에 이해한 듯했다. 미현에게는 부모보다 더 큰 존재이자 구원이었던 이모에게 들이닥친 사고, 유일한 가족으로서 사고의 고독한 수습, 방황과 칩거, 미등록으로 인한 자동 제적처리, 새출발을 위한 상경上京. 굳이 설명하지 않아도 사고 이후 미현의 삶의 궤적을 상상할 수 있을 터였다.

맞아. 그랬었지. 미현은 시열의 손을 잡고 이모가 주연을 맡은 연극을 보러 갔던 날을 떠올렸다. 제일 앞줄에 앉아 이모가 무대 위에서 마음껏 열정을 불태우는 것을 바라보았다.

"이모님이 연극배우였어요?"

지윤이 물었다.

"지방 아마추어 극단에 계셨어요. 직업은 따로 있었죠."

미현보다 다섯 살 많은 이모. 미현은 엄마의 장례식장에서 이모를 처음 만났다. 고등학교 2학년 때였다. 장례 둘째 날, 전날엔 외삼촌 내외만 우거지상을 하고 앉아 있던 상주 방에 처음 보는 젊은 여자가 들어앉아 있었다. 검은 정장을 입은 작고 깡마른 여자였다. 여자는 미현을 보더니 쪼르르 나와 대뜸 말을 걸었다.

"너 나 알아보겠니? 네 이몬데."

미현은 고개를 저었다. 미현은 자신에게 이모가 있는지도 몰랐다.

"뭐야. 애기 때 내가 언니 집에 종종 드나들면서 예뻐해줬었는데……."

이모는 토라진 목소리로 중얼거렸다.

평생 조울증을 앓다 결국 스스로 목숨을 끊어버린 미현의 엄마에게는 조문 올 사람도 변변히 없었다. 어차피 텅 빈 빈소에 미현은 이모와 같이 퍼더앉았다. 이모는 미현의 엄마나 외삼촌과는 어머니가 다르다고 했다. 평생 난봉꾼이었던 미현의 외할아버지가 환갑을 바라보는 나이에 밖에서 본 늦둥이였다. 그래도 어린 시절에는 배다른 형제끼리 가끔 교류를 했으나 미현의 외할아버지가 돌아가신 후로는 남처럼 제각기 살아왔다고 했다.

"그래도 서류상은 친동생인데 애한테 나를 없는 사람 취급 한 거야?"

이모는 샐쭉한 표정을 지으며 중얼거리다가 말했다.

"조카야. 너 나랑 살래?"

미현은 너무 놀라 대답을 하지 못했다.

"우리 어머니도 작년에 돌아가시고 나도 혼자야. 너도 혼자고 나도 혼자니 괜찮지 않겠어? 오빠 집에 가서 진짜 자식들하고 섞여서 차별받고 사느니 너도 그편이 나을 거 같고."

외삼촌을 상쾌하게 비웃는 이모가 미현은 무척이나 멋있다고 생각했다. 선택의 여지가 있을 리 없었다. 미현은 고개를 끄덕였고 그 순간부터 자신의 모든 것을 이모에게 맡겼다.

이모는 미현의 엄마와는 완전히 다른 사람이었다. 이모는 깊이를 알 수 없는 심연의 악마에 자신의 영혼을 내주고 무책임하게 휘청거리지 않았다. 이모는 눈의 초점이 또렷했고 자신감이 넘쳤으며 무엇보다 똑똑한 사람이었다. 명문대학의 통계학 석사 학위가 있었고 지방에 세운 대기업 산하 경제연구소에서 전임 연구원으로 근무했다. 일반인이 얼핏 봐서는 알 수 없는 복잡한 데이터와 수식을 다루는 사람이었다. 미현은 이모 방 책장에 꽂혀 있는 두툼한 전공 책들을 바라보며 안심했다. 이렇게 어려운 공부를 하는 사람이라면 정신도 말짱하리라.

사실 난 배우가 되고 싶었는데.

두꺼운 책 속에 파묻혀 있다가도 종종 입버릇처럼 말하더니 이모는 어느 날 아마추어 극단에 가입했다. 낮에는 연구소에서 컴퓨터를 붙들고 앉아 복잡한 수식을 정리하고, 밤에는 배우가 되어 여러 인격을 넘나드는 자유를 누렸으며, 틈틈이 학부모 역할도 했다. 무엇을 하든 이모는 사는 데 두려움이 없었다. 그날, 그 사고만 없었다면. 모든 것을 송두리째 날려버린 그 교통사고만 없었다면.

이모를 생각하니 눈물이 핑 도는 것을 미현은 꾹 참았다.

"미현아, 아직도 프로야구 좋아해?"

시열이 물었다. 내가 야구를 좋아했던가, 알 수 없었지만 미현은 그렇다고 대답했다.

"토요일에 잠실구장 표를 구할 수 있는데, 같이 갈래요?"

이번에는 지윤이 말했다. 이 둘 사이에 계속 끼어드는 것이 현명한 짓일까. 과거의 나는 버리고 살기로 결심했고 이제껏 그렇게 잘 살아왔는데. 찜찜한 생각도 잠시, 미현은 빙그레 웃는 지윤의 얼굴을 보며 고개를 끄덕였다.

그렇게 미현은 매혹과 불안이 뒤섞인 혼란을 안고 위태로운 삼자관계 속으로 뛰어들었다.

지윤을 내려주고 미현은 정릉에 있는 극단 사무실로 갔다. 극단 사무실이라고 해서 따로 장소가 있는 게 아니라 단장이 운영하는 출판디자인 사무실을 빌려 쓰는 것이었다. 직장인 아마추어 극단으로서는 그 정도도 호사였다.

오늘 모임은 지난주에 했던 연례공연을 결산하는 자리였다. 관객의 대부분이 단원들의 가족과 지인으로 채워지긴 했으나 어쨌든 만석이었다. 티켓 판매비로 3일간의 대학로 소극장 임대료를 넘어 뒷풀이 비용까지 남았다고 총무가 발표하자 단원들이 박수를 쳤다.

단원들은 근처 호프집으로 자리를 옮겼다. 열두 명의 단원이 다 모인 자리에서 단장은 벌써 다음 작품으로 염두에 두고 있는 희곡이 있다고 말했다. 술이 약한 단장은 맥주 한 잔에 얼굴이 불콰해져 이것저것 떠들어댔다.

"그거 알아? 단장님이 다음 주연은 언니로 점찍었어."

막내 단원이 팔꿈치로 미현의 옆구리를 콕 찔렀다.

"무슨 말이야?"

미현은 영문을 모르고 물었다.

"전에 몇 명만 따로 모인 자리에서 단장님이 살짝 흘렸어. 창작 희곡인데 정신병원이 배경이고. 심리 스릴러래. 진짜 연기력 짱 필요한 역할인데 언니가 그 역에 딱이래."

막내 단원은 좋은 소식을 먼저 알고 전해주는 것에 기쁨을 느끼는 듯했다.

"어허. 지방 방송은 끄고 오늘은 술이나 마십시다!"

나이 지긋한 남자 단원이 소리치며 건배를 제의했다. 일제히 잔을 마주치고 난 뒤 좌중의 분위기는 이런저런 잡담으로 빠르게 휩쓸려갔다. 미현은 굳은 표정을 감추려 애쓰며 맥주를 홀짝였다.

지금 나보고 정신병자 역할을 하라는 거야? 미현은 거부감에 먹은 음식이 다 올라올 것 같았다.

미현의 엄마는 미혼모였다. 미현이 초등학교에 입학할 때에도 미현의 엄마는 아직 20대였다. 20대 초반부터 발병한 엄마의 조울증 증세는 미현이 자라면서 점점 심해졌다. 황홀한 조증이 찾아오면 엄마는 잠도 안 자고 바쁘게 돌아다니며 필요 없는 물건을 잔뜩 사댔다. 돈도 없으면서 고급 옷가게를 개업한다고 부동산중개소를 휩쓸고 다녔고, 오가다 알게 된 청년에게 터무니없는 연정을 품고 문제를 일으켰다. 그러고 나면 약속처럼 찾아오는 우울증. 그 시기가 오면 미현의 엄마는 초점 없는 눈으로 방구석에 누워 인생을 비관하는 것 외에는 아무것도 하지 않았다. 증세가 심해지면 곧잘 그만두곤 하던, 마트 캐셔나 요구르트 배달 따위의 노동으로 얻어지는 불안한 수익에 기대어 엄마와 미현은 반지하 월세방에서 단둘이 살았다. 엄마와의 사이에 아무런 바람막이 없이, 미현은 엄마가 파고 있는 감정의 수렁에 덩달아 빠지지 않기 위해 안간힘을 썼다.

엄마가 처음 자살 시도를 한 것은 미현이 중학교 1학년 때였다. 응급실에 실려가 약을 게워내고 난 뒤 엄마는 미현을 다른 지방 도시에 사는 외삼촌 집에 들여보내 놓고 제 발로 걸어가 정신병원에 입원했다. 엄마의 유일한 일가붙이라는 외삼촌은 방 두 개짜리 임대 아파트에 살았고, 미현 또래의 아들이 둘이나 있었다. 미현은 거실에 어줍게 짐을 내려놓고 며칠 지내다가 외사촌오빠가 외숙모에게 집이 좁다고 투덜대는 것을 잠귀로 들은 다음 날 집으로 올라왔다. 엄마의 퇴원을 기다리며 하루하루를 버티듯 살았다.

엄마는 퇴원을 하고 얼마 동안은 썩 괜찮았다. 평상심을 되찾았고 일자리도 구했으며 나름 성실하게 일했다. 그러다 어느 시점부터 약을 끊었고 몇 개월 지나지 않아 재발했다. 재발하기까지 걸리는 기간은 점점 짧아졌다. 입퇴원을 반복할수록 상태는 더 악화되기만 했다. 생애 마지막 1년간 엄마는 존재하지 않는 것을 보고, 남에게는 들리지 않는 소리를 들었다. 미현은 엄마가 빨리 잠깐이나마 정신을 차려서 정신병원에 들어가기를 간절히 바라게 되었다. 미성년자인 미현은 엄마를 강제로 입원시킬 권한이 없었다.

엄마가 집 안에서 죽지 않은 것만큼은 엄마에게 진실로 감사해야 할 일이었다. 엄마는 미현이 학교에 간 시간에 동네 산에 올라가 그럴 때를 대비하여 모아둔 약을 소주와 함께 털어먹고 죽었다. 학교에서 돌아온 미현이 방 안에 놓인 엄마의 시체를 발견하는 일까지는 없어서 다행이었다.

'나는 절대로 미치지 않을 거야! 나는 멀쩡해야 해!'

미현은 다짐했다. 정신병자 역할은 할 수 없었다. 미현은 엄마를 닮지 않기 위해 매 순간 순간을 투쟁하는 기분으로 살아왔다. 일견 강하고 질긴 듯이 보이지만 한순간 너무나 어이없이 무너지기도 하는 정신의 균형을 절대로 놓쳐서는 안 된다는 강박의 힘으로 살았다. 미현은 황홀과 우울의 절벽을 타며 제정신을 잃고 곁에 있는 사람을 괴롭히고 싶지 않았다. 자기 목숨을 자기가 끊고 싶지 않았다. 보이지 않는 것을 보인다 하고, 들리지 않는 소리를 들린다 하며 공포에 젖어 헛발질을 하고 싶지 않았다. 침대에 사지가 묶여 꿈틀대고 싶지 않았다. 허상의 조각으로 쌓아올린 자기만의 세계 속에서 천진하게 뛰놀다가 어느 순간 자기혐오에 빠져 방구석에 처박히고 싶지 않았다.

이모처럼, 똑똑한 이모처럼 살고 싶었다.

난 멀쩡할 거야! 미현은 마음속으로 소리쳤다. 고비가 있었지만 다 지나갔어. 괜찮을 거야. 모든 것이 원래의 자리를 잡고 가지런해질 거야. 난 나 자신을 지킬 수 있어. 그래야만 해. 나를 구원해준 이모를 위해서라도.

"참, 언니. 언니도 일반인 팬이 있던데요?"

막내 단원이 다시 말을 걸며 미현의 상념을 깼다.

"……팬이라니?"

"일요일에 마지막 공연 할 때요. 공연 중간에 어떤 남자가 티켓박스에 와서 언니 프로필을 묻던데요. 팬이라면서."

막내 단원이 말했다. 신입 단원인 그녀는 지난주 공연 때 티켓을 팔았다.

"몰라요? 끝나고 사인해달라는 사람 없었어요?"

"글쎄. 그런 사람은 없었는데."

막내 단원은 고개를 갸웃거렸다.

"어. 공연 끝나고 입구에 서 계시는 걸 내가 또 봤는데. 언니 만나려고 기다리는 것 같았는데요?"

3

지윤은 이틀째 시열의 사진을 들고 대학로 일대를 돌아다니고 있었다.

마지막 통화 때 시열은 자신이 있는 장소를 말하지 않았다. 술

집도 겸한 카페나 레스토랑이었을 것이다. 지푸라기라도 잡는 심정으로 지윤은 시열과 한 번이라도 같이 갔던 장소를 빼놓지 않고 찾아다녔다.

시열은 왜 미현에게 마지막으로 전화를 했을까?

의심하지 않으려 애써도 지윤은 그 점이 영 개운치 않았다. 시열은 지윤과 싸우고 난 뒤 왜 하필 미현에게 전화해서 대학 동창들을 같이 만나자는 둥 특별할 것 없는 얘기를 늘어놓았을까.

미현이 말한 통화 내용은 사실일까?

지윤과 시열은 공통으로 알고 지내는 친구가 없었다. 레지던트 2년차였던 작년까지만 해도 지윤은 무척 바빴고, 시열은 시열대로 신임 사무관으로서 업무에 적응하느라 시간을 내기 어려웠다. 가끔 만나 애틋했던 사이가 올해 들어 둘 다 여유가 생겨 자주 만나게 되면서 달라지기 시작했다. 서로 잘 몰랐던 단점도 보이고 종종 다투는 일도 생겼다. 마침 그때 미현을 만났다. 무난한 사람 같았다. 시열과의 사이에 적당한 완충 역할을 해주는 것 같아 좋았다. 자연히 셋이 같이 만나는 날이 잦아졌다.

그러나 지윤은 갈수록 미현이 항상 무언가를 감추고 있다는 것, 속내를 내보이지 않는다는 것을 느꼈다. 사람에게 당한 상처가 많아서 그런 걸까. 편하게 웃고 즐기는 동안에도 타인에 대한 최소한의 경계심을 놓지 않는 것 같았다. 그래서일까, 동갑인데도 미현과는 왠지 말을 놓을 수가 없었다.

"그게 미현이 매력이지 뭐."

미현과의 관계에 드리워진 보이지 않는 장막에 대해 얘기하자 시열이 말했다. 그땐 웃고 넘겼지만 점차 신경 쓰였다. 본격적으로 결혼을 준비하면서부터 더 염려가 되었다. 결혼을 앞두고 생겨나는 크고 작은 의견 차이와 다툼. 혹시 시열이 이런 상황에서 미현에게 다시 다른 감정을 느끼게 되는 건 아닐까. 어릴 때 잠깐이라지만 어쨌든 둘은 한때 연인이었으니까. 타인에 대한 경계심이 높은 미현이 우리와 어울린 것도 외로워서는 아닐까. 시열을 그리워한 것은 아닐까.

"일요일 저녁에 오셔서 소극장 위치 물어봤던 그 아저씨 같은데요?"

돌아다닌 지 세 시간 만에 지윤은 드디어 시열을 알아보는 사람을 만났다. 동숭아트센터 근처에 있는 작은 카페였다. 시열과 딱 한 번 같이 온 적이 있었다. 아르바이트생으로 보이는 청년은 지윤이 건네준 사진을 빤히 바라보며 말했다.

"혼자 맥주 드시다가…… 꽤 많이 드셨는데. 전화로 막 시끄럽게 싸우시더라구요. 조금 조용히 해달라고 제가 그랬어요. 다른 테이블에서 항의가 들어와서."

"소극장 위치를 물어봤다는 건 무슨 말이죠?"

시열의 흔적을 제대로 발견한 것 같았다. 지윤은 희망에 가슴이 뛰었다. 경찰이 찾지 못한 단서를 지윤이 찾은 것이다.

"전화 끊고 맥주 더 시켜 드시면서 연극 팸플릿을 보셨어요."

아르바이트생은 카운터 앞에 있는 플라스틱 진열대에 줄줄이 꽂힌 팸플릿을 가리켰다. 대학로에 있는 다른 많은 카페들처럼 여기도 근처 소극장 공연 팸플릿을 비치해놓고 있었다.

"팸플릿 하나 들고 8시쯤 나가셨어요. 현금으로 계산하셨는데…… 계산하시면서 K 소극장 위치가 어딘지 물으셨어요."

시열이 왜 갑자기 연극을 보러 갈 생각을 했을까? 짐작도 할 수 없었지만 일단 행적을 따라가 보는 것이 중요했다. 지윤은 즉시 K 소극장을 찾아갔다.

K 소극장 입구는 오늘 공연할 연극 포스터로 도배되어 있었다. 공연시간이 아직 일러 티켓 박스는 텅 비어 있었고 주변에는 아무도 없었다.

지윤은 당황스러워하며 소극장 주위를 맴돌았다. 시열이 연극을 좋아했던가? 지윤의 직장이 대학로에 있다 보니 몇 번 같이 연극을 본 적은 있었다. 가까우니까 몇 번 갔을 뿐 시열은 소극장에 가는 걸 그다지 좋아하지 않는 눈치였다. 최소한 약혼녀와 결혼을 깨니 마니 하며 싸운 뒤에 혼자 보러 갈 만큼 열광하지는 않았다. 그런데 왜?

지윤은 스마트폰으로 공연 티켓 판매 사이트에 들어가 지난 일요일에 K 소극장에서 공연했던 작품을 찾았다. 3일간 짧게 세워진 연극이었고 지난 일요일이 마지막 공연이었다. 상세정보를 누르고 연극 소개를 보았다. 출연배우를 소개하는 부분에서 지윤은 스크롤하던 손을 멈추고 스마트폰을 눈앞으로 가져다 댔다.

미현의 얼굴이 그곳에 있었다. 작은 액정 화면으로 보는 것이지만 틀림없었다. 그러나 사진 아래 이름은 이미현이 아니었다.

목단희. 들어본 이름 같은데 어디서 들었는지 당장 떠오르지는 않았다.

지윤은 공포감마저 느꼈다. 미현은 시열과 지윤에게 자기가 연극배우로 활동하고 있다는 얘기를 한 번도 한 적이 없었다. 그렇게 자주 만나는 동안 얘기를 하지 않았다는 것은 의도적으로 숨긴 것이나 다름없었다.

지윤은 뛰는 가슴을 진정시키고 생각에 집중했다. 지난 일요일, 시열은 지윤과 싸우고 잔뜩 화가 난 채 술을 마시다가 우연히 미현의 사진이 담긴 연극 팸플릿을 발견한다. 미현의 사진 아래에는 다른 이름이 적혀 있다. 당연히 호기심이 생겼을 것이다. 시열은 그길로 K 소극장을 찾아간다. 공연이 한참 진행되고 있을 시간이다. 시열은 아마 그때 미현을 만났을 것이다. 미현은 거짓말을 하고 있다.

지윤은 흥분해서 미현에게 전화를 하려다 말고 멈칫했다.

미현의 거짓말에는 이유가 있을 것이다. 그 거짓말이 시열의 실종과 관련되어 있는 것은 아닐까. 뭐라도 좀 더 알아봐야 했다.

지윤은 목단희라는 이름이 달린 미현의 사진을 다시 들여다보았다. 배우들이 소속된 극단의 신입 단원 모집 글귀도 발견했다.

극단 샛별.

사무실 연락처와 주소가 나와 있었다.

4

마트에 갔다가 돌아오는 차 안에서 미현은 전화를 받았다.

"여보세요. 전화 괜찮아요?"

극단 단장이었다.

"네, 단장님. 운전 중이긴 한데. 급한 일이세요?"

미현은 의아했다. 미현의 기억에 단장이 미현에게 개인적으로 전화한 적은 여직까지 없었다. 단원들에게 연락하는 건 총무의 일이었다.

"아, 그래요. 그럼 간단히 얘기합시다. 목단희 씨 혹시 다른 이름이 또 있어요?"

미현은 핸들을 틀어 길가에 급하게 차를 세웠다.

"……무슨 말씀이세요, 그게?"

"몇 시간 전에 어떤 아가씨가 사무실에 다녀갔는데 말이에요. 이름이 뭐라더라…… 김지원? 지윤? 지원? 뭐 그 비슷한 이름인데…… 그 아가씨가 말이에요. 목단희 씨가 이름이 목단희가 아니라던데? 나이도 스물아홉이고. 아무튼 그런 말을 하다가 끝에는 자기가 뭐 잘못 알았던 것 같다고, 단희 씨에게는 말하지 말라고 당부하고 갔어요. 그런데 생각할수록 아무래도 이상해서. 뭐예요? 아는 사람이에요?"

미현은 경련이 일 듯 미간을 모았다.

"아니요. 그런 여자 몰라요…… 좀 이상한 여자 같은데요."

서둘러 전화를 끊고 미현은 집을 향해 갔다.

가지런하게 정리해둔 삶이 다시 와르르 흔들리고 있었다. 그 내용이 무엇이든 결말부터 알았으면 좋겠다는 생각을 했다. 빌라 주차장에 차를 세우고 조수석에 놓아둔 마트 봉지를 집어들었다.

연극은 지난 일요일에 끝났다.

결론도 이미 난 것일까? 엄습해오는 무기력감과 싸우며 미현은 빌라 현관으로 다가가 비밀번호를 꾹꾹 눌렀다.

"미현 씨."

현관 유리문이 열리는 것과 동시에 미현은 뒤를 돌아보았다.

"저, 할 얘기가 있어서 기다리고 있었어요."

지윤은 셔츠에 청바지를 입고 배낭을 둘러맨 차림이었다. 땀 흘린 얼굴에는 결연함이 깃들어 있었다. 뭐라고 얼버무린들 그냥 돌아갈 분위기는 아니었다. 미현은 손에 든 마트 봉지를 물끄러미 내려다보다가 집을 향해 턱짓을 했다.

"들어가요."

미현이 앞장섰다. 지윤은 잠깐 주저했으나 이내 단단히 각오한 듯 배낭끈을 고쳐 잡고 미현을 따라 계단을 올라갔다.

지윤은 언젠가 시열과 함께 차로 미현을 집까지 데려다준 적이 있었다. 그때는 데려다만 주고 밖에서 헤어졌다. 미현의 집 안으로는 처음 들어가는 거였는데, 거실에 들어서자마자 지윤은 벽에서 또 다른 사람이 불쑥 튀어나오는 것을 보고 깜짝 놀랐다.

이인용 소파를 마주 보고 벽 전면에 거울이 붙어 있었다. 놀란 지윤의 얼굴이 지윤을 바라보았다. 그 옆으로 미현의 모습이 다가왔다.

"집에서도 시간 날 때마다 연기 연습을 하거든요."

미현이 말했다.

지윤은 흠칫 서늘한 기운을 느끼며 미현을 돌아보았다. 지윤이 몇 시간 전 무엇을 알게 되었는지 미현은 알고 있었다. 이미 다 알고 있는 상태에서 지윤을 이 집에 들였다.

"그날 시열이가 미현 씨 연극을 보러 갔죠?"

지윤이 소파에 털썩 주저앉으며 앞뒤 가릴 것 없이 물었다.

"글쎄요. 저는 못 봤어요."

팔짱을 끼고 선 채 미현은 팽팽하게 쏟아지는 지윤의 눈길을 받았다.

그날 자신의 역할을 다하고 퇴장하기 직전, 미현은 관람석 제일 뒷줄 가장자리에 삐뚜름하게 앉아 있던 시열을 닮은 남자를 보았다. 시열이 맞는지 확신할 수는 없었다. 무대는 밝았고 관람석은 어두웠다. 커튼콜을 하러 나갔을 때 시열을 닮은 남자는 이미 자리를 비우고 없었다.

"목단희는 이모님 이름이죠? 그…… 돌아가셨다던 미현 씨 이모님이요."

지윤이 자꾸만 타들어가는 목을 가다듬으며 물었다.

"그래요."

미현의 표정은 태연했다.

"시열이가 미현 씨에게 전화했을 때 왜 이모 이름으로 연극배우 생활을 하는지 물어봤을 거예요. 그래서 시열이가 전화한 거죠?"

"아니요."

그날 연극을 마치고 미현은 무척 피곤했다. 뒤풀이를 건너뛰고 집으로 돌아가던 중 시열의 전화를 받았다. 시열은 지윤과 크게 싸웠고 이 결혼을 깨버릴 작정인데 미현의 집에 잠시 들러 얘기를 나눌 수 있는지 물었다. 그때 어떻게든 싫다고 했어야 했다. 적어도 이 집에 시열을 들이지는 말았어야 했는데. 미현은 후회하는 빛을 표정에 비치지 않으려 애쓰며 깊이 후회했다.

"거짓말하지 마세요. 시열이가 그날 K 소극장으로 갔다는 걸 증명해줄 사람이 있어요."

"그렇다고 한들 그게 시열이가 실종된 거랑 무슨 상관이죠?"

미현이 언성을 높였다. 지윤이 눈을 둥그렇게 떴다.

"미현 씨…… 뭔가 숨기고 있잖아요. 그날 일, 솔직하게 말하지 않았죠. 누가 생각해도 이상하지 않아요?"

"연극배우 생활 하는 거, 다른 사람에게 말하고 싶지 않았어요. 지윤 씨는 남에게 말하고 싶지 않은 사생활 없어요? 시열이가 소극장에 찾아왔건 말건 전 그날 시열이를 못 봤어요."

시열은 그날 미현의 집에 취한 몸을 밀고 들어와 소파에 앉아 긴 한숨을 내쉬었다. 그러고는 시시껄렁한 대학 시절 추억담을 두서없이 늘어놓다가 저 혼자 감상에 빠져버렸다. 여자들은 참 알 수가 없어. 잘해주면 원하는 게 끝도 없단 말이야. 투덜대더니 시열은 미현의 손목을 잡고 소파 위로 쓰러지려 했다. 시열아, 아니야. 미현은 외쳤다. 나는 그런 사람이 아니야. 나는 네 불안함을 일시적으로 해소해줄 탈출구가 아니야. 일탈의 대상이 필요하다면 다른 곳에서 찾아. 네 여자에게 가.

미현은 더러운 물건을 내던지듯 시열을 밀치고 부엌으로 갔다. 숨을 고르고 다시 거실로 갔을 때 시열은 상처 입은 눈으로 미현을 보며 물었다. 너, 왜 이모 이름으로 연극을 하는 거야?

"당신…… 왜 이모 이름으로 연극을 하는 거죠?"

지윤이 물었다.

"저는 항상 이모처럼 되고 싶었어요. 이모처럼 똑똑하고 멋진 여자를 이제껏 본 적이 없어요. 만약 그때의 우리 이모를 지윤 씨가 만났더라면 저와 같은 생각을 했을걸요. 이모의 삶이 그렇게 허무하게 끝났다는 걸 받아들이기 힘들었죠. 그래서 내가 이모가 되기로 했어요. 내가 이모가 되어 이모가 살아야 했던 삶을 잘 살아줘야겠다고 생각했어요."

놀라서 입을 벌리고 있는 지윤에게 미현은 덧붙였다.

"저는 지금 이미현이 아니에요. 목단희예요. 시열이와 지윤 씨 앞에서만 다시 이미현이 되었을 뿐. 이해해줬으면 좋겠네요."

지윤은 지난 일요일의 시열처럼 멀뚱멀뚱 눈을 굴리며 미현을 쳐다보았다.

푸하하하하핫.

그날 시열은 웃었다. 거절당한 모욕감까지 잊어 마음껏 미현을 비웃으며 낄낄 웃었다. 배를 잡고 침을 튀기며 웃었다. 미쳤군. 미쳤어. 어떻게 그런 생각을 해? 머리가 어떻게 된 거 아냐? 목단희씨라고. 너 목단희야? 내가 아는 이미현이 아니고? 푸하하하하핫. 언제부터 그렇게 살아온 거야?

거실 협탁 위에 마침 파이프 렌치가 놓여 있었다. 언젠가 집을 수리하러 온 설비기사가 놓고 간 묵직한 설비용 공구였다. 파이프 렌치는 정확히 시열의 관자놀이를 강타했다. 시열은 더 이상 나불댈 수 없게 되었다.

"당신의 삶은 어떡하고요! 이미현이라는 사람의 삶은……."

지윤은 다행히 웃지 않았고, 안타까운 표정으로 소리쳤다.

"말했잖아요. 전 이모 같은 사람이 되고 싶었다고요. 나는 그걸 이뤘으니까 괜찮아요."

"아……."

지윤은 힘이 빠져 소파에 깊게 몸을 묻었다. 이해할 수 없는 현상을 만나 넋이 나가버린 얼굴이었다.

"차를 좀 내올게요."

미현이 부엌으로 갔다.

지윤은 크게 숨을 몰아쉬었다. 부엌에서 미현이 냉장고를 여는 소리, 그릇을 꺼내는 소리가 들렸다.

지윤은 정면 거울에 비친 하얗게 질린 자신의 얼굴을 보았다. 거울에서 시선을 피하며 몸을 일으키려다가 무심코 소파의 방석 틈새로 손을 집어넣었다. 무언가 손끝에 걸리는 게 있었다. 지윤은 손가락을 움직여 그 작은 물건을 꺼내 들었다.

중앙에 다이아몬드 알이 박힌 굵은 반지였다. 낯이 익었다.

지윤은 반지의 테를 돌려 안쪽을 들여다보았다.

J.W

지윤의 이니셜이 새겨진 시열의 결혼반지였다. 지윤은 시열과 같이 가서 반지를 맞췄다. 지윤의 의견에 따라 시열의 반지에는 지윤의 이니셜을, 지윤의 반지에는 시열의 이니셜을 새겼다. 시열이 실종된 날 시열은 이 반지를 혼자 찾으러 갔다.

"녹차, 괜찮아요?"

지윤은 반지를 황급히 바지 주머니에 넣으며 고개를 돌렸다.

미현이 부엌으로 이어지는 거실 입구에서 쟁반을 받쳐 들고 서 있었다. 지윤은 저도 모르게 정면 거울을 흘깃 보았다.

반지를 주머니에 넣는 모습을 들킨 것 아닐까?

지윤은 확신할 수 없었다. 공포로 눈밑 살이 떨렸다.

"네. 저 잠깐 화장실 좀."

지윤은 미현을 지나쳐 뛰다시피 화장실로 갔다. 문을 잠그고 변기 뚜껑을 올린 다음 그 앞에 쪼그려 앉았다. 정신이 아찔할 정도로 심장이 쿵쾅거렸다.

이제 어떻게 해야 하지?

일단 이곳을 빠져나가야 했다. 그날 시열은 이 집에 왔다. 그리고 무슨 일이 생겼다.

똑똑똑.

화장실 문을 두드리는 소리에 지윤은 비명을 지를 뻔했다. 급히 입을 틀어막고 셔츠 가슴팍을 모아 쥐었다.

"지윤 씨?"

문 밖에서 미현이 지윤을 불렀다.

"앗…… 네. 네?"

"세면대는 쓰면 안 돼요. 수도꼭지가 고장 났어요. 샤워기 물을 쓰세요."

"아…… 네. 알았어요."

대답하며 지윤은 변기 물을 내리고 세면대 쪽을 보았다. 세면대 밑 파이프 연결 부분이 풀려 있고 수도꼭지 부품이 헐거워져 있었다. 한동안 세면대를 쓰지 못한 듯 세면대 물받이가 지저분했다. 지윤은 샤워기 물을 틀어 손을 적셨다.

하나 둘 셋. 지윤은 결심하고 문을 열었다. 화장실 문 앞에 미현이 창백해진 얼굴로 서 있었다. 지윤은 고개를 뒤로 당기고 우뚝 섰다.

"수도꼭지가 고장 나서 혼자 갈아보려고 했는데……."

미현이 싸늘한 목소리로 묻지도 않은 것을 해명했다.

"파이프 렌치가 너무 커서…… 풀기는 했는데 조여지지가 않네요."

"미현 씨, 저 그만 가볼게요."

지윤의 목소리가 떨려 나왔다. 그녀는 소파로 가서 배낭을 집어 들고 현관으로 향했다.

"렌치가 너무 커서 맞지가 않아요. 하다가 포기하고 놔뒀어요."

미현은 텅 빈 눈으로 화장실 문 앞에 서서 중얼거렸다.

"그냥…… 저게 잘 들어맞기만 했어도……."

지윤이 밖으로 나가 한달음에 계단을 달려 내려갈 때까지 미현은 그 자리에 서서 중얼거렸다.

5

미현은 면회실 입구로 걸어오는 간호사를 보고 살짝 목례를 했다. 미현과 익히 안면이 있는 간호사가 미소를 띠고 다가왔다.

"지금 나오고 계세요."

간호사가 다정하게 말을 건네고 몸을 비켰다. 그 뒤로 이모가 걸어오고 있었다.

푸른 줄무늬 환자복을 입은 이모는 안 본 사이 살이 더 쪘다. 입 주위에는 흘러내린 침이 하얗게 말라붙어 있었다. 머리를 너무 짧게 잘라 남자처럼 보였다.

미현은 있는 힘껏 미소를 지었다. 이모가 초점이 어긋난 눈으로 터벅터벅 걸어와 맞은편 의자에 앉았다.

"오랜만이지? 미안."

미현이 말했다. 이모는 미현의 말에는 아랑곳없이 몸을 끄덕끄덕하며 무슨 말인가 중얼거리기 시작했다. 한 문장도 맥락이 이어지지 않는 주문 같은 말이었다.

미현은 이모 가까이 의자를 끌어당겨 앉았다. 살며시 이모의 손을 잡았다.

8년 전 그날도 이모는 평소와 다름없이 출근했다. 일을 끝내고 극단 연습실로 가는 길에 횡단보도를 건너다가 과속으로 달려오던 지프에 정면으로 들이받혔다. 이모는 머리를 크게 다쳐 의식이 없는 상태로 마취도 없이 심각한 골절 부위의 수술을 받아야 했다. 생과 사의 갈림길에서 이모는 예닐곱 살의 지능을 가진 아이로 다시 태어났다. 그것을 다시 태어났다고 말할 수 있다면.

긴 병원 치료를 마치고 새로 이사한 집에서 미현이 이모를 돌보기 시작할 무렵 이모의 망상증이 시작되었다.

파란 옷을 입은 사람이 나를 죽이려고 쫓아와. 칼 들고 달려들어. 옆집 사람에게 나 죽이라고 말해.

이모는 온몸에 담요를 둘둘 말고 방구석에 박혀 벌벌 떨었다. 이모를 차로 친 사람이 파란 옷을 입었던가. 언젠가 이모에게 큰 해를 입힌 사람이 파란 옷을 입고 있었을까. 무엇이 원인인지 알 수 없었고 알아봤자 소용없었다. 이모의 정신병은 나아지지 않았다. 그러나 미현은 나아질 거라고 믿었다. 다시 돌아올 거야. 이모는 엄마와 달라. 극복할 수 있어. 이모가 밥을 우물거리다 미현의 얼굴에 뱉으며 달려들 때까지도 미현은 포기하지 않았다.

어느 날 미현이 집을 비운 틈을 타 이모는 밖으로 나가 동네를 배회했다. 이모를 보호하고 있다는 연락을 받고 파출소로 갔을 때 어떤 관계냐고 묻는 경찰의 질문에 미현은 겨우 붙들고 있던 희망의 끈을 놓으며 말했다.

"제 조카예요."

미현은 유일한 보호의무자로서 이모의 정신병원 입원에 동의했다.

그날부터 정신병원에 입원한 이모는 미현이 되었고, 미현은 이모가 되었다.

"여기도 나쁜 사람 있어…… 먹으면 졸린데…… 밤마다 내 귀에 와……."

이모가 중얼거렸다.

당신은 우리 이모가 아니야. 미현은 생각했다. 우리 이모는 이런 모습이어서는 안 돼. 당차고 총명했던 이모. 예술적 열정에 가득 차 무대를 활보하던 아름다운 이모의 원래 모습은 이 여자에게 한 군데도 남아 있지 않았다. 조카야, 너 나랑 살래? 미현을 보자마자 통 크게 제안했던 젊은 이모. 세상에 대한 그 용기는 이모의 몸을 빠져나가 어디로 간 것일까.

"오늘 나랑 집에 가자. 의사 선생님에게 외박한다고 허락받았어."

미현은 애써 웃어 보이며 이모가 갈아입을 옷을 내놓았다.

정신병원을 나와 산 밑으로 차를 달렸다. 민가 하나 없는 깊은 산. 굽이굽이 이어진 산길을 내려오며 미현은 조금 울었다. 차창 밖으로는 울창하게 들어찬 나무숲 때문에 그 깊이를 알 수 없는 협곡이 이어져 있었다.

미현은 119 구급대와 경찰 승합차 차량이 길목을 막고 진을 치고 있는 지점에 다가갔다. 검은 조끼를 입은 남자들이 절벽 끄트머리에 모여 서서 아래를 내려다보고 있었다. 그중 한 명이 경광봉을 휘두르며 미현에게 길옆으로 비켜가라고 신호했다.

"언니, 우리 어디 가?"

뒷좌석에서 이모가 물었다. 미현이 새로 사온 노란색 옷을 입고 무릎을 모아 쥐고 앉은 이모는 잔뜩 겁을 먹은 표정이었다. 이모는 다친 뒤로 여자를 보고는 모두 언니라고 불렀다.

미현은 속도를 줄이며 경찰차 옆을 천천히 지나갔다.

절벽 아래에서 시신 한 구가 끌어올려지고 있었다. 시열이 죽고 말았을 때 시신을 버릴 곳으로 이 산길 말고는 생각나는 곳이 없었다. 마침 너무 이르지도, 너무 늦지도 않게 발견되었구나.

"안전한 곳으로 갈 거야. 파란 옷 입은 사람이 못 쫓아오는 곳."

미현은 한 손을 뒤로 뻗어 이모의 손을 잡았다.

"……진짜?"

이모는 믿기지 않거나 혹은 여전히 겁먹은 듯 눈을 크게 떴다.

"그래."

"지금?"

미현은 다시 산 위로 올라가는 샛길로 차를 몰았다.

"응, 지금."

지윤이 연락을 받고 이곳으로 오고 있을까. 미현은 문득 궁금해졌다. 그러나 곧 그렇게 빨리 일이 처리되지는 않을 것 같다는 생각을 했다.

"……나 혼자?"

이모가 양 손가락을 쥐었다 펴며 불안한 목소리로 물었다. 미현은 눈물이 마른 눈으로 돌아보며 살며시 미소 지었다.

"아니. 나랑 같이."

이모가 손을 무릎에 올려놓으며 헤헤거리고 웃었다. 크게 안심한 것 같았다. 미현도 소리 내어 웃었다. 끝이 어떻게 날지 이제 알 수 있게 되어 기뻤다. 이모와 나는 결국 같은 사람이니까, 삶을 나누어 살았으니까, 끝도 같이 내야 되는 거겠지.

미현의 차는 자갈이 박힌 좁은 산길을 굽이굽이 올라갔다.

누구의 돌

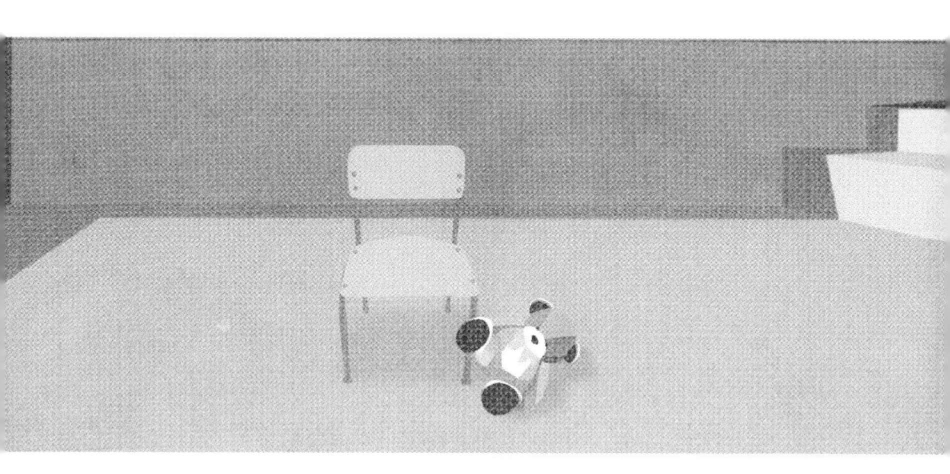

*

오늘은 종일 청소를 했어. 안방부터 시작해서 눈에 보이는 모든 곳을 쓸고 닦아가며 주방을 거쳐 현관에 이르렀지. 신발장을 열어 선반 하나하나 청소기로 먼지를 빨아들인 다음 걸레로 훔치고 신발을 죄다 다시 배치했어. 역시 내가 정리해둔 방식과 뭔가 달라져 있더라. 내 짐작이 맞았지 뭐야. 그러니까 김시준 너, 나보고 자꾸 염려증 환자라고 하지 마. 나도 다 이유가 있어서 걱정하는 거라고. 너는 진작 내 말에 귀 기울였어야 했는데.

신발장이 마치 오렌지색 불빛을 뿜어내고 있는 것 같아. 신발장에 내 신발이라곤 고만고만한 디자인의 스니커즈 몇 켤레뿐이고 대부분 네 오렌지색 운동화로 채워져 있으니까. 시준이 네가 다른 건 몰라도 오렌지색 운동화에 유독 집착한다는 걸 우리를 아는 사람들은 다 알고 있어. 사놓고는 아까워서 딱 하나만 찍어서 잿빛으로 변해 닳아 떨어질 때까지 신곤 했잖아. 이제 백 퍼센트 새 운동화만 남았네. 고무 냄새와 본드 냄새를 잔뜩 풍기는 빳빳한 새 운동화만. 헌 오렌지색 운동화를 신은 남자는 엊그제 그만 죽어버렸으니까 말이야.

그래, 내가 죽였지.

듣기 싫어하는 거 알아. 그래도 고개 돌리지 마. 한번은 되짚고 넘어가야 하잖아?

청소를 마치고 네 작업실에 들어가 음악을 틀었어. 이런, 스트라토바리우스의 〈포에버〉가 나오네. 1990년대 어느 드라마 무드곡으로 나와 인기를 끌었다지. 핀란드 헤비메탈 그룹의 이례적인 발라드. 결코 어디에도 머무른 적이 없는 먼지 같고 바람 같은 나를 언제까지나 기다려줄 거냐고 묻는구나. 작업실에 펼쳐놓은 키보드 건반을 괜히 한 번씩 톡톡 두드려가며 노래를 들었지. 아마도 이 키보드에서 다시 소리가 날 일은 없을 거라는 생각을 하면서.

너는 도대체 왜 김시준 같은 남자를 사랑하는 거니?

모두들 내게 궁금해했어. 20대 중반이 되도록 허황된 가수의 꿈만 좇고 있는 철없고 무능한 남자와 왜 그토록 일찍 결혼하여 네 인생을 허비하는 거냐고. 뭐라고 대답해야 좋을까. 대안을 몰랐다고, 나는 뭔가 한번 정하면 그걸 고수하는 사람이라고 했지. 날 걱정하는 사람들은 미련하다고 했고, 조금 떨어져 있는 사람들은 지고지순하다고 했어. 그래도 흔히들 그걸 사랑이라고 해석해주더구나. 난 잘 모르겠어. 생각해본 적 없어. 남들이야 말하고 싶은 대로 말하라고 해. 다만 그들이 모르는 게 있지. 때론 검은 비밀이, 떠올리고 싶지 않은 죄의 기억이 서로를 옭아맨다는 사실을 말이야.

물론 널 좋아하기는 해, 시준아. 네가 나를 앉혀놓고 기타를 치며 〈포에버〉를 불러줄 때면 너는 세상 어떤 가수보다도 노래를 잘하는 것 같아. 그렇게 자기애로 가득 찬 가사를 러브송이랍시고 불러주는 것이 꼭 김시준다운 짓이긴 하지만. 아무렴 어때. 그런 줄 알고 들으면 되지.

그런데 말이야. 내겐 너의 노래가 가장 감미롭고 멋지긴 했지만, 네가 정말 가수가 될 수 있을 만큼 노래를 잘하는지에 대해선 크게 자신이 없었어. 네가 좋아하니까 응원해줬을 뿐이지. 그래서 네가 오디션 프로그램에 나간다고 했을 때부터 걱정이 많았어. 말려도 듣지 않았겠지만 말려나 볼 걸 그랬나. 하지만 그러기는커녕 난 너랑 텔레비전에 출연하기까지 했잖아. 난 가수 지망생 남편을 내조하는 착한 아내로 등장해서 주변 사람들로 하여금 너를 더 한심하게 여기게 만들었지. 방송사에서는 식당까지 들어와 내가 일하는 모습을 찍어갔어. 회사 구내식당 영양사로 일하며 가수 지망생 남편을 먹여살리는 헌신적인 아내. 대학 신입생 때 만난 첫 연인. 아내는 남편 대신 척박한 현실에 발을 담그고 조용히 남편의 꿈을 응원합니다.

예상 외로 너는 반짝 인기를 끌었어. 진짜 그때는 나도 네가 이제 뜨는구나 싶었다니까. 본선 직전에서 미끄러지긴 했지만 너의 노래하는 동영상과 개인사 자료화면이 몇 차례 인터넷 기사에 뜨고 유튜브에 올라가고. 네 목소리에 뭔가 매력이 있긴 있었나 봐. 심사위원 한 명은 뭐라더라, 너보고 수플레같이 감미로운 발라더라고 했지. 길 가는 사람도 '수플레 남편'을 알아보고 호들갑을 떨어대는 통에 너나 나는 당장 뭔 일이 나도 날 줄 알았어. 여러 기획사에서 음반을 내자고 달려들고 우리는 그중 좋은 곳을 선택해야 하는 상황이 곧 올 것만 같았지.

그러나 실제는? 아무 일도 벌어지지 않았어. 어쩌면 그렇게 아무 일도 벌어지지 않을 수가 있을까. 얼마 전 잠시 흥분된 시간이 있었다는 게 거짓말 같았지. 우리가 어리석었던 거야. 조금만 현실을 들여다보면 바로 답 나오는데 말이야. 가수가 되길 원하는 어리고 재능 있는 친구들은 얼마든지 있고, 그들의 절박함을 구경거리 삼아 시청자들에게 강자의 지위를 선물하려는 오디션 프로그램도 차고 넘칠 정도로 많잖아. 잠깐 주목받고 사라지는 한때의 출연자를 그 누가 신경이나 쓰겠어.

나는 금방 정신을 차렸지만 너는 아니었지. 잠깐이나마 인기의 단맛을 본 것이 너에겐 독이 된 거야. 엎친 데 덮친 격으로 너랑 어울려 다니며 카페에서 같이 공연하던 네 친구는 드라마 주제곡 하나로 갑자기 유명해졌고.

"삼 옥타브도 빌빌거리는 게 무슨 가수야! 사생활은 또 어떻고? 변태 같은 로리콘 새끼."

너는 가요 프로그램에 나온 친구의 얼굴을 향해 먹던 과자봉지를 집어던졌지. 이유 없이 화를 냈고, 낮부터 술에 취했고, 한밤중에 꽝꽝 키보드를 두드려 화가 난 이웃들에게 내가 대신 사과하러 나가게 만들었고, 현실에선 바랄 수 없는 보상을 얻으려 몇 날 며칠 컴퓨터 게임에 빠져들어 어깨와 손목을 망가뜨렸고.

아, 나도 될 수 있으면 너를 좋게 말하고 싶어. 남편이 근사한 사람이면 좋잖아. 하지만 아니니까 어쩔 수 없었지. 네가 평정심을 되찾을 때까지 기다리는 수밖에. 내가 출근할 때까지 잠들어 있거나 그 전날 나가서 들어오지 않은 너를 향해 나는 가끔 장문의 편지를 남겼어. 난 네가 가수가 되지 않더라도 네가 좋아. 결론적으로 이 얘기를 하기 위해 나는 편지지 가득 글을 채워 부엌 식탁에 펼쳐놓고 서로 꼭 안고 있는 인형 모양으로 생긴 소금통과 후추통으로 눌러놓았지. 마음에 들지는 않았겠지만 넌 내 편지를 읽기는 읽는 것 같았어. 다 읽은 편지지를 뒤집어놓고 '나갔다 온다' '오늘 늦어' '너무 애쓰지 마' 따위 멋대가리 없는 문장 하나를 갈겨 써놓는 것이 너의 답장이었잖아.

네가 그러고 있으니 나도 결코 행복하지는 않았지만, 그냥 그런 식으로 시간이 흘러갔다면 좋았을 거야. 사실 네가 가수가 되겠다고 나서는 거 자체가 말이 안 되는 일이었지. 그런 짓을 해놓고 많은 사람들에게 얼굴과 이름을 알리고 관심과 사랑을 받겠다고 달려드는 게 말이야. 그때부터 너의 마음을 눈치챘어야 했는데.

네가 그 일을 다 잊었다는 것을, 기억에서 일부러 지워버렸다는 걸 말이야.

두 달 전인가. 시준이 네가 대뜸 석 사장을 데리고 집에 오겠다고 전화했을 때 내가 얼마나 놀랐는지 아니? 화장을 지우고 펑퍼짐한 옷을 입은 채 텔레비전을 보다 막 잠들려던 참이었는데. 이 근처라고 10분 안에 들이닥친다고 통보하면 나보고 어쩌라는 거야. 허겁지겁 옷을 껴입고 냉장고 문을 몇 차례 열었다 닫으며 안절부절못하고 있는데 벨이 울리더라.

앞장서 들어오는 너의 상기된 얼굴 뒤로 넓고 까만 어깨가 보였어.

"수현아, 우리 사장님이셔."

너는 손에 든 종이가방을 내 품에 안기듯 건네줬어. 재빨리 한쪽으로 비켜서며 뒤따라 들어오는 사람에게 날 소개했지. 연예인을 꿈꿀 수 있게 한 제법 잘생긴 얼굴에 홍조를 띠고. 석 사장을 만난 후로 너는 밤이나 낮이나, 술에 취하나 안 취하나 그런 얼굴이었어. 찐득한 막장 탄도를 걷던 사람이 갑자기 구름 위를 걷게 되었으니까.

나는 환영의 의미를 담은 미소를 띠고 네가 소개하는 남자를 바라보았어. 당연히 궁금했지. 20대 중반의 유부남 가수 지망생을 대뜸 키워주겠다고 나선 기획사 사장이 누구일까. 사기꾼이 아니고서야 영화 속에서만 나오는 캐릭터잖아. 이미 꽤 이름이 알려진 가수 몇몇과 전속 계약을 체결한, 떠오르는 신생 연예기획사의 사장이라고 하니 사기꾼은 아닐 테고. 너의 어떤 특별한 점이 이 남자를 끌어당긴 것일까. 특별함을 알아볼 수 있는 사람이야말로 정말 특별한 거겠지, 하고 기대가 되었단 말이야.

내 남편을 깊은 우울에서 구해준 사람. 남편에게 길을 열어준 은인. 바람같이 나타난 후원자.

"스캇 석입니다."

까만 슈트를 입은 어깨가 넓은 남자가 반듯한 태도로 손을 내밀었어. 누가 봐도 딱 재미 교포 사업가같이 생겼더라. 나이는 마흔 언저리. 옆머리는 바짝 치고 앞머리는 그보다는 조금 길게 길러 뒤로 넘긴 것이 깔끔하면서도 맵시 있었어. 각진 얼굴에 눈썹이 짙고 콧방울이 컸지.

'누군가와 닮았어.'

막연한 느낌이었지. 알고 있는 누군가와 눈 코 입이 닮은 건 아니야. 뭐랄까. 전체적인 인상이 어떤 먼 기억과 닿아 있었어. 고급스럽고 말쑥한 차림의 재미 교포 사업가라는 후광을 거둬내면 남는 그 사람 본연의 얼굴생김이 말이야.

"사장님 거야. 우리 집에서 한잔 더 하자고 말씀드려서 갖고 왔어."

네가 종이가방을 가리키며 말했어. 안에는 갈색 액체가 반쯤 담긴 호리병 모양의 양주병이 있었지. 비싼 술 같더라.

부엌 식탁에 석 사장을 앉혀놓고 내가 비스킷에 치즈와 방울토마토를 올려 어설프게나마 카나페를 만드는 동안 너는 연신 냉장고와 싱크대 문을 열고 닫으며 참견했어. 육포는 없어? 양주잔 이거 말고 없나? 그날 유명 작곡가에게 곡을 받기 위해 만난다고 신이 나서 나가더니 어쩌다 사장과의 술자리로 이어진 건지. 하긴 그 무렵 너는 매일같이 석 사장이 소개해주는 가요계의 유명인들과 만나느라 바빴어. 오늘은 누구를 만났네, 오늘은 무슨 곡을 연습했네 하고 밤마다 흥분해서 떠드는 네 말만 들어봐도 음반 제작이 착착 진행되고 있다는 걸 느낄 수 있었어. 오디션 프로그램보다 훨씬 더 현실적이고 구체적이었지.

"얼음이 없다니. 말이 돼?"

네가 냉동실을 열어보고는 짜증을 냈어. 기가 막혔지. 내가 바텐더도 아니고 집에 얼음이 없을 수도 있지 언제 그렇게 얼음을 챙겼다고 말이야.

"사장님, 잠시 계세요. 제가 금방 사올게요."

"밖에 애들 시키지."

석 사장이 재킷 속주머니에서 휴대전화를 꺼내며 말했어. 하지만 넌 이미 오렌지색 운동화를 발에 꿰고 있었지. 차라리 잘됐어요. 편의점에서 파는 얼음이 집에서 얼린 것보다 더 단단하고 잘 안 녹는다고 하대요, 따위의 말을 주워섬기며.

말릴 틈도 없이 네가 나가버리니 석 사장과 내가 단둘이 얼마나 어색했겠니. 난 더 내올 안주도 없으면서 괜히 냉장고와 조리대 쪽을 서성거렸고, 석 사장은 헛기침을 한 번 하고 주위를 둘러보았어.

"성함이 유수현 씨라고 했나요? 텔레비전에서 봐서 그런지 낯이 익습니다."

그가 먼저 말을 꺼냈지. 오디션 프로그램 얘기였어. 석 사장이 그 프로그램을 보고 너를 점찍은 다음 방송국을 통해 연락을 해온 거라며. 라이브 카페에서 아무 희망 없이 기타를 튕기고 있다가 전화를 받았다고 했잖아. 이 카페를 나가면 자살을 할까, 하고 진심으로 생각하고 있었다고.

"아, 네…… 말씀 많이 들었어요. 저희 시준 씨를 알아봐 주셔서 감사합니다. 앞으로도 잘 부탁드려요."

석 사장은 자리에서 일어나 주방 겸 거실 벽에 장식해놓은 사진들을 감상하기 시작했어. 우리 결혼사진이나 놀러 갔을 때 찍은 사진들 말이야.

"아니요. 제가 감사하죠. 시준이는 부드러우면서도 밑이 단단한 목소리를 가졌어요. 남자 발라드 가수로서는 정말 정확하게 아름다운 목소리입니다. 왜 아직도 데뷔를 못 했는지 이상할 뿐이에요."

스캇 석이라. 영어 이름과 한국 성을 그렇게 붙여놓으니까 발음 참 까다롭고 이상하다. 나는 그때 그런 생각을 했던 것 같아. 순간 '석'이라는 그다지 흔치 않은 성이 머릿속에서 두드러지면서 말이야.

불길해졌어.

"두 분이 여행 자주 다니시나 보죠?"

석 사장이 벽에 걸린 사진 중 하나를 유심히 들여다보며 물었어. 작년이었던가. 너와 둘이 제주도 올레길을 걷다가 해변을 배경으로 찍은 사진이었지.

"아, 자주는 아니고요…… 가끔……."

빨리 돌아오지 않는 너를 원망하며 난 애꿎은 현관문만 바라보았지.

"대학 1학년 때 처음 만나 사귀고 결혼까지 했다고 들었습니다."

석 사장이 입술 끝에 미소를 머금고 다시 식탁 의자에 앉았어. 난 고개를 끄덕였지. 오디션 프로그램 자료화면으로 다 나온 사연이니까 알려고만 들면 전 국민이 알 수 있는 사실 아니겠어. 대학 잔디밭에 앉은 나에게 네가 기타를 치면서 〈포에버〉를 불러주는 장면까지 나갔잖아. 진짜 우리가 다녔던 대학에 가서 거기서 가장 특징 있는 건물을 배경으로 찍었으니까 어느 대학인지도 대충 알려졌겠지. 넌 제대 후 음악을 하겠다고 자퇴를 해버렸지만.

"그럼 대학 때도 종종 같이 여행 다니셨겠습니다. 그때도 시준이가 노래 불러줬습니까?"

"네?"

"스트라토바리우스 노래요. 텔레비전에 나왔던 것처럼. 한창 연애할 때 여행지에서도 사랑하는 여자를 향해 불러줬을 것 같아서 말입니다."

순간 그토록 바라던 현관문이 열렸어.

"많이 기다리셨죠? 가까운 편의점엔 없어서 더 가서 사느라고요."

거친 숨소리와 함께 네가 다시 등장하는 바람에 난 석 사장의 물음에 답하지 않아도 되었지. 넌 우묵한 그릇에 얼음을 담고 직접 위스키를 온더록스로 만들어 석 사장에게 건넸어. 내가 어리바리 멍한 표정으로 있어서 그랬을 거야.

네가 눈치를 줬지만 난 도저히 대화에 섞일 수가 없었어.

"걱정 마. 나는 원래 호기심이 많은 사람이니까."

한편 너희 둘의 대화는 석 사장이 왜 김시준을 선택했는지에 이르렀지. 네가 실망시킬까 두렵다고 말하자 석 사장이 호기로운 말투로 다독였어.

"시준이 네가 나에게 돈 벌어줄 거라고 솔직히 안 바래. 그럼 너 안 키우지. 말했잖아. 넌 재밌는 목소리, 재밌는 가수라고."

나는 식탁에서 일어나 네가 양주잔을 찾는다고 꺼내 벌여놓은 유리컵들을 다시 싱크대 위 찬장에 넣기 시작했어. 알다시피 나 정리벽이 좀 있잖아. 정신이 산만하면 정리하는 데 더 집착하게 돼. 내가 정리해둔 방식이 흐트러져 있는 걸 못 참고 말이야.

"이건 우리 가족 유전자야. 재미있는 일이 벌어질 것 같은 곳에, 우리 석씨들은 겁없이 달려들지. 그곳이 처음이라도, 처음 보는 사람들과 함께라도 말이야."

석 사장이 입을 한껏 벌려 미소 짓는 것을 컵을 치우면서 힐끗 보았어. 입이 뒤집은 하트 모양으로 헤벌쭉 벌어지며 약간 익살스러운 얼굴이 되었지.

순간 그런 입 모양을 한 어린 얼굴이 머릿속을 불쑥 헤집고 들어와 입을 달싹였어.

"너희 재밌겠다. 나도 끼워주면 안 돼?"

와장창.

나는 손에 쥔 유리컵을 떨어뜨렸고 컵은 부엌 바닥에서 산산이 부서졌지. 그 뒤로 어떻게 됐니? 네가 내 피 흘리는 손가락에 행주를 감아줬던가? 그랬나 봐. 정신을 차려보니 난 손에 감은 행주를 붙들고 서 있고, 네가 깨진 유리 조각을 치우며 내겐 걱정의 말을, 석 사장에겐 사과의 말을 늘어놓고 있었어. 석 사장이 그만 가야겠다고 일어섰고 네가 배웅을 나갔지.

베란다에서 석 사장이 차에 타는 모습을 지켜봤어. 까만 세단의 운전석과 조수석에서 덩치 큰 남자 두 명이 내려 직각으로 인사한 뒤 뒷문을 열어주더라. '밖에 애들 시키지' 하고 말했을 때의 그 애들인가 봐. 그 모습이 꼭 조직폭력배들 하는 짓인 것 같아 이상했지만, 네가 나중에 말해주었지. 미국에서부터 데리고 온 석 사장의 경호원들이라고.

"시준아, 넌 뭐 떠오르는 거 없어? 넌 모르겠어?"

배웅을 마치고 돌아온 너의 가슴팍을 잡고 난 발을 동동 굴렀어. 피 묻은 행주가 풀어져 네 셔츠 위에 떨어졌지. 너는 미친 여자를 본다는 듯 날 봤고. 버럭 짜증을 내고 싶은 걸 내 기세에 눌려 참고 있는 것 같았지. 석 사장 그 남자 누굴 닮지 않았어? 닮지 않았냐고? 네가 이맛살을 잔뜩 찡그렸어. 난 이렇게 말하면 안 된다는 걸 느꼈지. 생긴 게 닮은 건 아니니까. 서로 닮진 않더라도 가족이라면 공유하기 마련인 분위기나 인상 같은 것. 내가 말하는 건 그거였는데.

“유수현! 무슨 소리야? 왜 이러는 건데?”

네가 결국 참지 못하고 소리쳤어. 난 네가 얼음을 사러 나갔을 때 석 사장이 내게 무슨 얘기를 했는지 말해줬어.

“……그게 뭐 어쨌다고?”

“기억 안 나? 6년 전 그 식당…… 산 밑의 그 식당 말이야. 네가 식당 주인에게 기타를 빌려 〈포에버〉를 불렀잖아. 도열이도 있었고 또…….”

네가 얼굴을 굳히며 눈썹을 꿈틀했어. 네 표정이 너무 무서워 끝까지 말하지 못할 뻔했지만 난 내뱉고 말았어.

“걔도 있었잖아. 걔도…… 석씨였다고. 미국에 산다고 했고.”

난 식탁 의자에 허리를 부딪히고 비틀거렸어. 네가 내 어깨를 잡고 있던 손을 놓고 날 떠밀었거든.

“미쳤구나, 너.”

넌 양 주먹을 꽉 쥔 채 꼿꼿이 서서 눈을 부라렸어.

“미국에 사는 석씨 가족이 한둘인 줄 알아? 무슨 근거로 그 얘길 입에 올려?”

“시준아, 그 식당에서 네가 노래…….”

“식당? 그게 뭔데! 난 알지도 못하는 얘기야.”

너의 눈은 증오에 차 있었어.

그날의 사건을 다시는 꺼내지 말자고 우리 사이에 약속한 적은 없지만, 그 일은 약속보다도 더 강한 침묵으로 봉인되어 있었지.

침묵을 먼저 깨버린 내가 원망스러워 너는 어쩔 줄을 몰랐어. 비밀의 상자가 한번 깨져 균열이 생기면 잊고 싶었던 비밀의 부분들이 줄줄 새기 시작할 테니까.

너는 앞으로 다시는 그 얘길 하지 말라고 했어. 네 목소리는 생명의 위협을 받고 궁지에 몰린 산짐승의 포효처럼 들렸어. 한 번만 더 판도라 상자의 뚜껑을 건드린다면 그 자리에서 날 죽여버리기라도 하겠다는 듯 단호했지.

난 도열을 찾기 시작했어.

그날 이후 잊었던 이름, 임도열. 우리들의 대학 동창생 말이야. 여자처럼 몸집이 작고 어깨가 좁으며 얼굴은 울긋불긋한 여드름과 장난기로 가득 차 있던 녀석. 어린이 만화 주인공의 성실한 단짝 친구처럼 생겼다고 우리 만날 놀렸잖아. 그 사건 이후 학교에서 도열을 볼 수가 없었어. 자퇴하고 다른 학교에 갔다는 소식만 나중에 건너 들었던 것 같네.

진지하게 찾았던 건 아니야. 네 엄포가 무서워서가 아니라 나도 석 사장의 정체에 대해 확신을 했던 건 아니니까. 석 사장이 별 생각 없이 떠든 말을 가지고 나 혼자 제 발 저려 공상에 빠져 있는 거라고 생각했고 또 그러길 바랐어. 그래서 그냥 페이스북 사용자 검색만 한번 해본 거거든. 동명이인들 중에 있더라. 사진이나 학교는 공개되지 않았지만 나이와 고향이 내가 아는 사람과 일치하는 임도열이 있었어. 개설만 해놓고 거의 신경을 쓰지 않았는지 1년 전에 남긴 짧은 영화 감상평을 마지막으로 비슷한 내용의 글이 세 개 올라와 있을 뿐이었어. 그것으로는 도열의 현재 하는 일이나 근황을 추측할 수 없었지. 친구맺기한 사람들 중에도 내가 아는 사람은 없었고, 이메일도 공개되어 있지 않았어. 난 망설이다 역시 개설하고 한 번도 글을 올리지 않은 내 페이스북 페이지에 잡다한 글을 올리면서 슬쩍 한마디 끼워넣었어. 동창들 중 2009년도에 우리 학교 사학과에 다니다 자퇴한 임도열의 소식을 아는 사람이 있으면 말해달라고.

그래, 생각나네. 그 여행을 제안했던 사람이 바로 도열이었지. 도열은 그 한창 나이에 커플 사이에 끼어 여행 가는 걸 꺼려하지 않을 만큼 넉살 좋고 열정적인 아이였어. 넌 기억나지 않는다고 했지만, 정말 다 잊은 것 같지만 내 머릿속엔 아직 생생해. 본격적으로 산을 올라가기 전에 들렀던 그 허름한 식당. 문명 세계와의 마지막 접촉이라고 했었잖아. 머리가 반쯤 센 아저씨 혼자 솜씨 없는 맛의 찌개와 막걸리를 팔던 곳. 그래도 근방에 식당이라곤 하나뿐인지라 우리 말고도 손님이 두 팀 더 앉아 있었지.

구석에 놓인 주인 아저씨의 기타를 빌려 네가 그 좁은 식당에서 노래를 부르기 시작했을 때 난 무척 기분이 좋았어. 창피하다고 손사래 쳤던 거 다 내숭이었단 말이야. 그럴 나이였잖아. 구경꾼들 몇 있는 데서 우리 연애한다고 마구 자랑하고 싶은 나이.

"이 노래를 나의 사랑하는 수현에게 바칩니다."

낯 간지러운 멘트와 함께 너는 〈포에버〉를 멋들어지게 불렀어.

노래가 끝나자 옆에서 부추기던 도열도, 주인 아저씨도, 옆 탁자에 앉아 있던 등산복 차림의 남녀 세 명도, 그 옆에 혼자 앉아 밥을 먹던 우리 또래의 남자애도 모두 박수를 치며 관중의 예를 다했지.

그땐 세상에 두려운 게 없었지 뭐야. 우리가 얼마나 대단한 존재들인지 큰소리로 떠들고 싶었고 함부로 말하고 싶었어. 우리 셋이 하나라는 걸 확인했겠다, 창피한 것도 없어졌겠다, 우리는 허풍과 객기를 섞어 여기에 왜 왔고 무엇을 할 건지에 대해 떠들어댔어. 그 옆에서 혼자 발길 닿는 대로 고국의 곳곳을 여행하고 있었던 재미 교포 아이, 나중에 자신을 석장훈이라고 소개한 그 아이가 눈을 빛내며 우리 대화를 엿듣고 있다는 건 알지 못한 채.

질문 하나 할까.

호기심에 만용이 섞이면 어떻게 되지?

죽는 거야.

재미있는 일이 벌어질 것 같은 곳에 우리 석씨들은 겁없이 달려든다고? 그곳이 처음이라도, 처음 보는 사람들과 함께라도?

스캇 석은 석장훈과는 달라. 그 차이가 나이 때문인지 알 방법은 없어. 나는 스무 살의 석장훈과 40대의 스캇 석을 아주 조금 알고 있을 뿐이니까. 석 사장은 사업가이기 전에 예술가라고 네가 그랬지. 본래 미국에서 클래식 음악을 전공했고 조각에도 조예가 깊다고. 대중예술을 지원하는 것에 뜻한 바가 있어 고국으로 건너왔고, 신생 연예기획사를 인수하여 키워오고 있다고 말이야. 석 사장을 두고 너는 직관에 의해 움직이는 탐미적인 기획자라고 묘사하길 좋아했어. 너를 선택한 것도 직관과 충동에 의한 거라고 하면서.

아니야. 처음부터 내 느낌은 너와 달랐어. 석 사장은 호기심도 용기도 대단한 사람이지만 즉흥적인 사람은 아니야. 그 짙은 눈썹 아래 머릿속에는 철저한 계산이 숨어 있었어. 그가 하는 모든 말에는 이유가 있었지.

4일 전 네 생일 날의 이야기를 안 할 수가 없네. 소속 가수의 생일 파티를 해주겠다며 석 사장이 나까지 술집으로 불러냈어. 난 그다음 날 회사의 1박 2일 워크숍에 참석해야 해서 부담스러웠지만 석 사장과 네가 안 나갈 수 없게끔 만들었잖아.

방이 나뉜 술집이었어. 주인이 영화광인지 영화 음악을 다소 볼륨을 높게 잡아 틀어주고 있었고. 우리 부부와 석 사장 외에 기획사 스태프 다섯 명이 더 참석해서 방 하나를 차지했어. 생일 케이크에 불을 붙이고 폭죽을 터트리고 네 얼굴에 생크림을 찍어 바르는 것까지 마치고는 줄곧 술을 마셨지. 네 데뷔를 앞두고 기대와 희망으로 가득 찬 들뜬 대화가 오가면서 모두 적지 않게 취했을 때였는데.

영화 〈킬 빌〉의 사운드트랙이 나오기 시작했던 거 기억나? '우후 우후후' 하는 그 노래 먼저 나왔잖아. 일본 3인조 여성 밴드가 부른 거. 청엽정의 결투 장면에 나오지 왜. 우마 서먼이 달랑 칼 하나 들고 야쿠자 소굴인 청엽정에 쳐들어가 루시 리우의 부하들을 싹둑싹둑 잘라 죽인 다음 설원을 배경으로 여두목 루시 리우와 결투하는 거. 〈우 후〉란 제목의 그 노래는 우마 서먼이 청엽정을 피바다로 만들기 전, 밴드의 공연 장면과 함께 경쾌하게 흐르는 곡이야.

"차원이 낮은 복수야. 청엽정의 결투는."

자연스레 영화의 내용이 화제에 올랐고, 석 사장이 말했어.

"왜요? 너무 피칠갑을 해서요?"

이 사람 저 사람에게 받아 마신 술 때문에 개개풀린 눈을 하고 네가 물었지.

나는 우마 서먼이 최종 일격으로 루시 리우의 머리꼭지를 파인애플 뚜껑 따듯이 가로로 썰어 날려버리는 장면을 떠올렸어. 눈발 날리는 정원에 소복이 내려앉던 야쿠자 여두목의 머리 뚜껑.

"죽여버리니까."

한마디 내던지고 석 사장은 입을 힘주어 닫았어.

어느덧 화제가 바뀌고 너는 화장실을 가겠다며 밖으로 나갔을 때, 휘파람 소리처럼 맴도는 노래 〈트위스티드 너브〉가 흘러나왔지. 우마 서먼에게 독주사를 놓기 위해 간호사 분장을 한 대릴 해나가 병원 복도를 걸어가면서 흥얼거리는 곡이야. 위휘 위휘휘. 위휘휘휘 위휘휘.

"대릴 해나에게 하는 게 진짜 복수죠."

석 사장이 내게 몸을 기울여 소곤거렸어. 힐끔 둘러봤는데 스태프 다섯 명은 저들끼리 술김에 뭔가 서운했던 걸 토로하고 화해를 하느라 이쪽엔 관심도 없었고.

"네?"

"애꾸눈 대릴 해나요. 우마 서먼이 하나밖에 없는 대릴 해나의 눈도 뽑아서 밟아 터트리고, 독 오른 살모사가 있는 방에 두고 나오지 않습니까."

휘파람 소리가 사람을 현혹하는 것처럼 귀에 파고들었어. 누가 저 음악을 좀 꺼줄 수 없을까.

"대릴 해나는 아마 살았을 겁니다. 살모사에게 물려 몸 어딘가가 마비된 상태로 장님이 되어 평생을 살아가겠죠. 그래야 얘기가 됩니다."

그 말을 하는 석 사장이 왜 무서웠는지 알아? 음산한 기운을 띠고 굳은 표정으로 말해서가 아니야. 그 반대였어. 입꼬리가 살짝 올라가며 안면에 홍조가 퍼지는 게, 희열을 참고 있는 듯한 표정이었단 말이야.

네가 자리로 돌아왔어. 〈트위스티드 너브〉도 끝났고. 하지만 석 사장의 말은 끝나지 않았지.

"죽음은 가장 죄가 덜한 사람에게 내리는 자비입니다. 진정한 복수는 살리는 겁니다. 계속해서, 살게 하는 거지요."

눈앞에 어둠이 펼쳐졌어.

깊은 산속이었지. 여름이었지만 추워서 몸이 으스스 떨렸어. 우리는 우리가 어디에 있는지를 몰랐어. 세 남자가 서로 한 덩어리로 엉켜 욕설과 주먹질을 했고, 나는 누구를 어떻게 말려야 할지 몰라 제자리에서 발만 구르고 있었지. 너와 도열의 협공에 석장훈이 뒤로 떠밀려 나무에 등을 세게 부딪혔고, 나는 달빛에 비치는 그 얼굴을 똑똑히 보았어.

어쩌다 일이 이렇게 된 거지?

일그러진 장훈의 얼굴은 내게 이런 질문을 던지고 있었어. 그리고 사라졌지. 충격에 비틀거리다 말고 갑자기 땅으로 꺼져버린 거야.

몰랐잖아.

어둠은 갑자기 찾아왔고, 우린 길을 잃었고, 내딛는 모든 곳이 낯선 곳이었고, 그래선 안 됐던 거였는데 서로를 미워하게 됐고, 거기가 그렇게 깎아지른 비탈로 떨어지는 지점인지 우린 알 수 없었단 말이야.

나는 등골이 오싹한 걸 눌러 참으며 석 사장이 보내는 메시지를 받았어. 그래, 그건 내게 전하는 메시지였어. 난 그 시끌벅적한 술집에서 아무것도 모르고 떠드는 너와 스태프들 사이에서 기묘한 안도감마저 느꼈지.

석 사장이 나를 죽이지는 않겠구나. 살게 하겠구나.

술집 종업원이 생일을 맞은 손님을 위해 기념으로 폴라로이드 사진을 찍어주겠다고 왔어. 우린 다 같이 한 장 찍었지. 인사를 하고 물러나려는 종업원을 석 사장이 잡았어.

"시준이와 수현 씨, 그리고 나, 이렇게 셋이 한 장 찍지."

석 사장이 가운데 앉아 양팔을 활짝 벌렸어. 익룡이 날개를 펼친 것 같았지. 술 마시는 자리에서도 눈부시게 하얀 셔츠에 고급

슈트를 입고 있었어. 그 자리의 주인공은 석 사장이었던 거야. 너는 보호를 바라는 새끼 새처럼, 나는 육식 새가 나중에 먹으려고 잡아둔 먹잇감처럼 석 사장의 팔에 한쪽씩 안겨 폴라로이드 사진을 찍었어.

사진이 선명해지길 기다렸다가 석 사장이 사인펜으로 밑에 글씨를 썼는데.

그걸 본 순간 난 메시지가 아직 끝나지 않았다는 걸 알았지.

'Scott' 밑에 '시준 & 수현'이라고 삼각형 모양으로 쌓아올린 글자. 난 흡, 하는 소리를 내며 너를 쳐다봤지만 넌 여전히 아무것도 모르는 얼굴이었어.

도대체 너는 왜 아무것도 기억하질 못하는 거야. 정말 다 잊었더구나. 네가 정확히 무엇을 했는지, 어떤 상황에 나와 도열을 끌어들였는지 잊었던 거니, 잊기로 한 거니? 마냥 행복해하는 얼굴로 빈 잔에 술을 따르며 어깨를 맞댄 사람 아무하고나 어깨동무를 해대는 꼴이라니.

너, 평소 나를 염려증 환자라고 놀리며 퍽이나 지겨워하다 보니 아예 내가 하는 말은 귀담아듣지 않게 된 걸까. 하지만 이건 방사능에 오염될까 두려워 생선을 먹지 않는 문제와는 다른 거야. 동네 꼬마들이 차를 긁을까 무서워 지붕이 없는 곳에는 차를 세워놓지 않는 그런 문제가 아니라고. 병원이나 식당 예약이 잘 되었을까 걱정돼 세 번씩 전화해보는 그런 것과는 차원이 다르단 말이야.

석 사장은 폴라로이드 사진 뒷면에 물을 묻혀 술집 벽면에 척,

하고 붙였어.

“이렇게 거쳐간 손님들의 사진을 장식 삼아 벽에 가득 붙여놓는 식당이 있더군요.”

나 말고는 아무도 석 사장의 말을 듣고 있지 않았어.

“제가 최근 알게 된 한 식당 주인은 말입니다. 폐업을 한 지 5년이 넘도록 손님들이 찍힌 폴라로이드 사진을 버리지 않고 있었습니다. 상자에 차곡차곡 모아두었더군요. 신기하게도 그 사진들을 보면 이 손님들이 어떤 사람들이었는지 더러 기억이 난다고 했습니다.”

그때 난 뛰어나갔던 거야. 죄송하지만 내일 회사에서 워크숍이 있어서요. 먼저 일어나겠습니다, 라는 말을 웅얼거리며 그 숨 막힐 것 같은 공간을 뛰쳐나갔지.

너는 쫓아 나오면서도 술에 취해 비칠거리더라.

석 사장이 우릴 죽일 거야. 그 사람, 석장훈의 형이야. 형이든 삼촌이든 사촌형이든 뭐든지 간에. 복수를 하러 우리에게 온 거야. 빠져나와. 그 사람에게서 빠져나와. 나는 네 가슴팍을 때리며 소리를 질렀어. 사진 운운하는 말 들었어? 다 알고 있다고. 그날 무슨 일이 있었는지 그 사람은 다 알고 있어.

너는 내 손목을 잡아 날 버둥거리게 만들었어. 아주 아팠어.

이글거리는 네 눈빛을 보고, 그리고 그다음 내게 하는 말을 듣고 난 깨달았지.

“수현이 너, 내가 가수가 되는 게 싫은 거야?”

넌 도망치고 있었어. 그날처럼. 이미 내가 잡을 수 없는 곳으로 도망가는 데 성공했지. 하지만 그때는 나도 필사적이었어. 네게 이 말을 할 마지막 기회라는 생각이 들었어. 내일이면 넌 내 말을 더 듣지 못하는 곳으로 도망쳐버릴 테니까. 나는 너의 팔을 붙잡고 말하고 또 말했어. 내가 왜 그렇게 생각하는지. 그가 얼마나 위험한 사람인지에 대하여.

"좋아. 수현이 네 말이 다 맞다 쳐. 말도 안 되는 공상이지만 그렇다고 치자고."

너의 얼굴이 가까이 다가왔어. 지나가는 사람들이 모두 멈춰서 우리를 봤어. 그들은 순간 내 얼굴이 하얗게 질리고 입술이 푸르게 떨리는 걸 보았을 거야.

"……내가 그런 게 아니잖아?"

아, 나는 정말 상상도 못 했어. 시준아, 그걸 믿고 있었던 거야? 내가 널 죄책감에서 구하기 위해 한 말을 진짜로 사실이라고 생각했던 거냐고.

"도열이가 한 짓이라며. 내가 왜 겁을 내야 해?"

너는 턱을 치켜올리며 가소롭다는 표정을 지었어. 아무것도 겁날 게 없다는 얼굴이었지. 거기서 내가 무슨 말을 더 할 수 있었겠니. 욕망이 이미 너의 눈을 가리고 죄의식을 세탁해버렸더구나. 하얗게 물이 빠진 너의 마음은 차마 바라보기 힘들 정도였지.

너는 이미 강을 건넜고, 하나뿐인 다리를 부숴버렸던 거야.

6년 전, 산 밑 등산로 입구에서도 조금 벗어난 곳. 간판도 없이 유리창에 메뉴가 적혀 있던 그 식당.

식당의 한쪽 벽은 폴라로이드 사진으로 가득했어. 그곳을 거쳐 간 사람들이 즐거운 표정으로 웃고 있었지. 모두 행복해 보였고 우리도 행복했잖아. 그래서였을까, 주인 아저씨가 우리에게 사진을 찍어주겠다고 했어. 멋진 노래와 빛나는 청춘에 대한 답으로.

대답하고 말 것도 없이 우리는 벽 쪽에 우르르 몰려가 앉았어. 서로 옆구리를 찌르고 머리를 헝클어뜨리고 키들키들 웃어가면서. 나는 네 왼쪽 팔뚝에 매달렸고, 도열은 네 오른쪽에 앉아 한 팔로 네 목을 감고 다른 손으로는 카메라를 향해 V자를 그렸지. 장훈이 식탁 아래로 들어갔다가 네 앞으로 얼굴을 쏙 들이밀고 나와 양 엄지를 치켜올렸어. 방금 전 우리 넷은 한 팀이 되었으니까 사진도 같이 찍어야 했던 거야.

"너희 재밌겠다. 나도 끼워주면 안 돼?"

다른 식탁에 앉아 있던 우리 또래의 남자애가 불쑥 다가와 말을 걸었을 때 우린 조잘대던 걸 멈추고 일제히 새로운 얼굴을 바라보았지. 남자애는 영어 이름이 따로 있지만 자기를 그냥 석장훈이라고 불러달라고 했어. 장훈은 가족들과 미국에 사는데 혼자 한국에 와서 이곳저곳 목적 없는 여행을 하고 있다고 말했지. 옆에서 듣다 보니 재밌어 보인다며 우리와 함께 범죄 현장을 구경하러 가고 싶다는 거야. 자기도 미국에서 범죄수사 잡지를 정기구독하고 있다면서. 발음이 약간 꼬이는 것 말고는 한국말이 유창해서 대화하는 데 불편할 건 없겠더라. 뭐 안 될 것 없지. 우리가 승낙하자 장훈은 입을 뒤집은 하트 모양으로 만들며 히죽거렸어. 여자라면 백치미가 있다는 말을 들었을까. 좀 단순한 성격 같았어.

주인 아저씨가 사진 밑에 메시지를 남겨달라며 사인펜을 줬어. 홍일점인 내가 펜을 잡았지. '도열'이란 이름을 먼저 적고 그 밑에 '시준 & 수현'이라고 적어 삼각형 모양으로 글자를 쌓아올렸어. 그 밑엔 더하기 표시와 함께 새로 사귄 친구 '장훈'의 이름을 적었고. 날짜를 쓰고 '우리들의 위대한 산행에 앞서'라고 덧붙였던 것 같아.

나는 벽에서 용케 빈 공간을 찾아 사진을 붙였어.

아마 그 사진이 그날 우리 넷이 만났다는 유일한 증거가 아닐까. 그 뒤로 식당을 나가 인적 하나 없는 깊은 산속으로 올라갔으니까, 하고 나는 회사 워크숍을 가서도 온통 그날에 대한 생각에 빠져 있었어. 네 생일 바로 다음 날 말이야. 몸은 인천의 한 섬에 있었지만 머릿속은 그날의 그곳에 있었던 거지.

산 밑의 허름한 식당과 새로운 친구, 그리고 폴라로이드 사진. 처음 만난 날 우리 집에서, 네 생일 파티 자리에서 석 사장이 내게 했던 말. 너는 듣지 못하는 곳에서 일부러 나에게만 소곤거렸던 메시지. 조용하지만 무겁게 다가오는 석 사장의 발소리가 귓가에 들려오는 것 같았는데.

그때 대학 동창이라는 여자에게서 전화를 받았던 거야. 여자는 전화번호가 아직 그대로일까 몰라 혹시나 하고 해봤는데 맞았다며 반가워하더라. 갑자기 아무런 근심도 없는 밝은 목소리를 들으니까 현실감이 잘 안 느껴졌는데, 아윤이란 이름의 그 친구는 다행인지 어쩐지 자기 혼자 잘 떠들어댔어.

"넌 페이스북에 답글을 달아도 왜 반응이 없니?"

통통 튀는 그 말투를 들으니까 비로소 누군지 알 것 같더라. 졸업을 앞두고 의무사항인 봉사활동 시간을 채우지 못한 학생들이 과를 불문하고 몰려간 복지시설에서 만나 알게 됐었지. 사학과 퀸카 권아윤. 그렇게 친하진 않았는데.

이야기가 다시 페이스북 답글로 옮겨가는 데 시간이 좀 걸렸어. 아윤이 오디션 프로그램에서 날 봤다는 얘기부터 한참 늘어놓지 뭐야. 김시준과 결혼까지 했는지 몰랐다며. 네가 대학 밴드부에서는 꽤 유명했었잖아. 그땐 아윤이도 널 은근히 좋아했었다고 하더라. 나 듣기 좋으라고 하는 말은 아니었어. 금방 제 남편 자랑으로 넘어갔거든. 걔도 졸업하자마자 결혼했나 봐. 정신과 전문의래. 너와는 달리 생긴 것도 별로고 나이도 많지만 돈은 잘 벌어다 준다며 계산된 투정을 했어.

"답글을 달았다고? 혹시 도열에 대한 거니?"

도열도 사학과였던 게 떠올라 난 아윤의 말을 자르고 물었어.

"그래. 궁금하긴 했나 보다? 그런 애가 글 써놓고 확인도 안 하니 왜. 네가 어떻게 임도열을 아는지 모르겠다만…… 일학년 때 관둔 애라 나도 가물가물했거든. 근데 우리 남편에게 우연히 들었지 뭐니. 남편 병원에 입원했더래."

어느 날 남편이 환자 기록을 보고 아윤에게 임도열이란 사람을 아느냐고 물었대. 아윤과 같은 대학 같은 과에 다닌 것으로 기록되어 있다면서.

도열은 중증의 불안증을 앓고 있었다고 하더라. 대학을 그만두고 군복무 할 때 불안증이 발병해서 의가사 제대 하고는 정신병원 입퇴원을 반복하는 것 같았다고. 한 학기 학교를 같이 다녔을 뿐이지만 밝고 유쾌한 성격이었던 걸로 기억하는데 어쩌면 그렇게 됐을까, 하고 아윤이 안타까워했어.

"아직…… 네 남편 병원에 있니?"

도열을 만나야겠다고 생각했어. 도열이 우리 중에 가장 정상적인 사람이라는 생각이 들더라. 그날 이후 가장 자연스러운 수순의 인생을 살았구나. 위로하고 존중하고 싶었어. 그날 나에게 해준 말이 얼마나 진실인지도 물어보고 싶었고. 장훈의 무덤을 떠나며 도열이 내게 했고 나중에 내가 너에게 전했던 말. 너는 그대로 믿어버리고 제 자신이 한 일은 싹 다 잊어버리게 만든 말.

"아니. 없어졌지 뭐니. 외박 나가서."

잠시 품었던 계획이 이내 물거품이 되었지.

"없어졌다고?"

"어, 한 넉 달 전인가…… 공황장애가 좀 나아진 것 같아서 남편이 외박을 보냈거든. 걔 엄마가 와서 데려갔는데 식당에서 밥 먹고 계산하고 있는 사이에 없어졌더래. 엄마가 혹시 병원으로 돌아오지 않았냐고 물어서 알게 됐지 뭐니. 그 뒤로 실종 상태래."

"실종……."

그 단어가 자꾸 입에 물리더라. 실종. 도열이 실종됐다. 실종.

그날의 여행을 제안하며 도열이 그랬잖아. '실종기술자'가 시체를 파묻었던 곳으로 가자고. 범죄 현장을 답사하러 가자고 말이야. 자기 아내를 죽여 깊은 산에 파묻어놓고 텔레비전에 나와 실종된 아내를 찾아달라고 수사기관을 압박했던 남자. 사냥개가 아내의 반쯤 썩은 팔뚝을 입에 물고 꿩 사냥꾼 앞에 나타났을 때도 전국을 돌며 실종자 수사를 촉구하는 서명지를 돌리고 있었던 사람. '실종기술자'란 별명을 가진 연쇄살인범 채준석. 얇게 파묻은 아내의 시신 주변에는 채준석의 그전 아내, 사촌동생, 전 직장상사의 시신이 차례로 발견되었잖아. 모두 몇 년 사이에 실종신고가 접수된 사람들이었어. 채준석은 경찰의 체포 직전 증발해버려서 그때까지 잡히지 않고 있었지. 유영철, 강호순만큼이나 전국을 떠들썩하게 한 사건이었잖아.

지금 세상에 연쇄살인범이란 오락거리지. 연예인과 같아. 내 옆에 있는 사람이 아니고, 나에게 일어나는 일이 아니라면 말이야. 더구나 우리는 누가 더 무모한지 내기라도 할 듯 철없는 스무 살이었고.

발단은 '지리와 역사'라는 평범하기 짝이 없는 제목의 교양과목이었어. 첫 수업 시간에 너와 나, 도열이 한 책상에 앉는 바람에 같은 조가 되었잖아. 교수가 기말시험 대신 조별로 답사를 다녀와서 리포트를 제출하라고 했어. 특별한 사건이 발생했던 곳을 찾아가서 그 장소의 지리적 특성을 연구해오라고. 기발하고 독창적인 사건을 선정할수록 가산점을 주겠다고 했어. 역사적인 사건도 괜찮고 최근 뉴스에 나온 사건도 괜찮다고 하면서.

다른 애들처럼 운석이 떨어진 곳이나 공룡 발자국이 발견된 곳, 아파트나 백화점이 무너졌던 자리, 행주산성이나 남한산성 같은 유적지에 갔다 왔으면 좋을 뻔했지. 범죄 현장이라니. 그것도 아직 범인이 잡히지 않은 미제사건 현장에 가자는 맹랑한 계획은 어떻게 실행된 걸까.

"못 들어가다니? 인터넷에 이미 갔다 온 사람 후기가 있어. 그거 따라가면 충분히 갈 수 있다고."

도열이 좁은 어깨를 으쓱하며 자신만만해했어. 우리 중에 나름 사학과 학생이라고 자부심이 대단했지. 모르지? 저 교수 추리소설 마니아야. 이거 하기만 하면 우리 다 에이플러스라고. 마침 〈CSI〉나 〈크리미널 마인드〉 같은 드라마에 폭 빠져 있던 내가 관심을 보이니까 너도 도열에게 질세라 적극적으로 나섰어. 실종기술자 관련 모든 자료를 섭렵하고 시체가 발견된 현장을 추측할 수 있는 자료를 모았지. 시사 프로그램에서 현장 화면과 지도가 노출됐고 주간지 같은 데는 더 자세하게 나와 있었으니까 그것만 봐도 충분히 찾아갈 수 있을 것 같았어. 두 남자가 다 자신 있어 하는데 난 낄 새도 없었지 뭐야.

이제 와서 실종기술자가 도열에게도 손을 뻗친 걸까. 도열도 실종되었다니. 하필 내가 찾고 있는 이때.

"이상한 일이야."

수화기 너머 아윤이 말했어.

"임도열 개, 공황장애가 심했거든. 입원하기 전에는 집 밖에도 거의 못 나갔대. 그런 애가 외박 나가서 어디로 사라진 걸까?"

바다에서 불어오는 바람이 차서 창문을 닫았어. 말이 워크숍이지 섬에 도착하자마자 사람들은 먹고 마시느라 바빴거든. 몸이 안 좋다고 하고 낮부터 혼자 숙소에 처박혀 있으니까 저녁이 돼서는 신경 써주는 사람도 별반 없었지. 안색이 안 좋아 보이긴 했을 거야. 난 방 한구석에 웅크리고 앉아 휴대전화로 몇몇 인터넷 기사를 검색해봤어.

저녁 8시쯤 되었을까. 긴 여름해도 떨어지고 밤이었지. 바람막이 점퍼로 몸을 감싸고 섬 주변을 돌았어. 해안가에 요즘 보기 힘든 공중전화 부스가 있더라. 한동안 지켜봤지만 아무도 접근하는 사람이 없었어. 관광지라 해도 요새 누가 공중전화를 쓰겠어.

난 공중전화 부스에 들어가 번호를 눌렀어. 그 산에서 일어난 사건을 관할하는 경찰서 수사과로 전화를 걸었지. 가슴이 두근거려 미칠 것 같았는데 금방 누군가 전화를 받더라.

"3년 전 산에서 발견된 시신에 대해서…… 제 친구가 아닐까 해서……."

도대체 무슨 말을 하고 있는 건지. 난 휴대전화로 검색한 뉴스 기사를 들여다보며 되는 대로 말을 내뱉었어. 지금으로부터 3년 전 그 산에서 백골 시체가 발견되었다는 기사였어. 남성으로 추정되는 그 시체는 움푹한 바위동굴 안에 있었고 동굴 입구는 돌로 반쯤 막혀 있었다는군. 현장 상태나 백골의 상황으로 볼 때 타살로 추정하고 수사를 전개하고 있다고 했어. 등산로를 벗어나 깊은 산 구석을 뒤지던 심마니가 발견한 모양이야.

시체가 발견되지 않았다면 문제될 게 없는 거잖아. 왜 진작 그것부터 확인할 생각을 안 한 거지? 그 일이 있고 나서 우리가 점차 안심하게 되었던 이유가 뭔데. 아무 일도 일어나지 않아서야. 시체가 발견되지 않았다고. 지금도 그렇다면 걱정할 필요가 없는 거란 말이야. 뉴스 기사를 검색해보고 질겁하긴 했지만 바위동굴 안 시체가 꼭 장훈이란 법은 없는 거잖아.

"……뭐라고요? 뭔 말씀인지 못 알아듣겠는데? 좀 크게 말해보세요."

전화를 받은 남자가 말했어. 긴장해서 내가 말을 웅얼거렸나봐. 난 쿵쾅거리는 가슴에 손을 얹고 잠시 마음을 진정시켰어.

"3년 전…… 거기 산에서 시신이 발견되었다고…… 기사에 나와서…… 누군지 밝혀졌나요? 제 친구일지도 몰라서……."

"산에서 발견된 시체?"

남자가 수화기에서 입을 떼고 옆에 있는 누군가에게 시체에 대해 묻는 듯했어. 그들은 자기들끼리 잠시 대화를 나눴어.

"아, 그거 말씀하시는 모양이네. 동굴 시체. 그거 신원 밝혀졌습니다. 유족이 인수해갔어요. 친구분이 이 근처에서 실종됐나 보죠? 실종신고는 하셨……."

"범인은 잡혔나요?"

"네?"

"타살인 것 같다고 해서요. 범인이 잡혔나요?"

"아, 네. 그거. 앤드류 석 사건 말이죠? 현재 수사 중입니다. 그런데 누구……."

나는 거기서 수화기를 내려놓았어. 뛰는 가슴과 절망에 가득 찬 머리를 부여잡고 공중전화 부스 바닥에 주저앉았어. 성큼성큼 쫓아오는 발소리가 귓전에 왕왕 울렸지. 새까만 슈트를 입은 어깨가 넓은 남자가 일부러 큰 발소리를 내며 나를 쫓아오고 있었어.

첫배를 타고 섬을 빠져나왔어. 그러니까, 엊그제 아침 얘기야.

아파트 입구가 보이는 골목으로 들어왔을 때 막 집을 나서는 너를 보았어. 너는 붉은 티셔츠에 청바지를 입었고 오렌지색 운동화를 신고 있었지. 등산 배낭을 둘러매고 야구모자를 눌러쓴 폼이 어디 놀러 갈 때의 차림이었단 말이야. 빠른 속도로 큰길로 걸어 나가는 바람에 불러 세울 수가 없었지.

그리고 집으로 들어와서 편지를 본 거야. 섬으로 떠나기 전 내가 너에게 남긴 편지가 식탁 위에 뒤집힌 채 있더라. 전날 아침에 시간 맞춰 나가느라 바빠 긴 글을 쓰지는 못했어. 돌아오면 차분하게 우리 문제를 얘기해보자는 정도로 쓰지 않았나 싶어.

'나도 엠티 간다. 내일 올 거야.'

편지 뒷면에 네가 휘갈겨 쓴 글자. 생일 파티 할 때만 해도 이런 얘기 없었잖아. 갑자기 어디로 엠티를 간다는 거야. 바로 네게 문자 메시지를 보냈지만 답이 없었어. 전화를 해보니 전원이 꺼져 있다고 나오고. 당연히 걱정이 될 수밖에.

그때가 오전 8시쯤이었으니까 다섯 시간 뒤구나.

정신을 차려보니 난 석 사장의 경호원이 운전하는 차를 타고 너에게 가고 있었어.

어떻게 된 거냐고?

경호원이 찾아왔어, 집에. 벨소리가 나서 문을 여니 울룩불룩한 가슴 근육이 드러난 검은 등산복을 입은 어깨 한 명이 서 있더라. 석 사장이 보내서 왔다면서 대뜸 제 휴대전화를 내 코앞에 내미는 거야. 난 순순히 휴대전화를 귀에 가져다 댔어.

"수현 씨도 이곳으로 오시죠. 시준이가 보고 싶어 합니다. 이곳 경치가 너무 좋아서 수현 씨께도 꼭 보여드리고 싶습니다."

석 사장은 딱 그 말만 하고 전화를 끊었어. 영화에 나오는 마피아 두목 같았어. 정말 그런지도 모르지.

"준비하시죠."

경호원이 말하며 그 큰 덩치로 현관을 가득 메우고 섰어. 난 때가 왔다는 걸 알았지. 오늘이구나. 석 사장이 오늘 판을 벌이겠구나. 어디로 갈지도 짐작 가능했어. 내가 이것을 거부할 수 없다는 것도.

차라리 잘됐다는 생각마저 드는 거 있지. 어쨌든 오늘 끝나겠구나. 무슨 일이 언제 닥칠까 너무 두려워하다 보면 막상 그 일이 닥친다 싶을 땐 오히려 차분해질 수 있는 거야. 저항할 수 없는 완력을 가진 남자가 앞에 버티고 서 있고, 무엇보다 네가 석 사장에게 잡혀 있는데 내가 무엇을 할 수 있었겠어. 경찰에 신고라도 해야 했을까? 뭐라고 설명하고?

그 와중에 등산화를 챙겨 신으려고 신발장을 열었어. 산을 타게 될 것 같아서. 제일 위칸에 올려둔 등산화를 집어 내리는데 뭔가 이상한 느낌이 들었지. 신발장 안 신발 배열이 달라져 있었어. 나도 참 대단한 여자지? 습관이란 어쩔 수 없는 건가. 그 상황에 그게 느껴지더라니까.

산 밑까지 가는 두 시간여 동안 경호원과 나는 말 한마디 섞지 않았지. 심부름꾼과 무슨 할 말이 있겠어. 석 사장이 나에게 원하는 게 뭘까, 나는 그것만 생각하며 갔어. 석 사장 스스로 죽음은 가장 죄가 덜한 사람에게 내리는 자비라고 했으니 날 죽이진 않을 것 같다는 믿음이 있었어. 그렇다면 죽음보다 더한 무엇을 나에게 줄까. 그런 게 있기는 할까. 혹시 석 사장이 원하는 건 오직 진실뿐인 건 아닐까. 바닥까지 끌려 내려간 상태에서의 통렬한 자기비판을 원하는 걸까.

"내리시죠."

경호원이 차를 세웠고, 나는 내려서 둘러보았어. 나무가 울창한 산자락이 앞에 펼쳐져 있었고 매미가 시끄럽게 울어대더군. 기억에 남아 있는 곳은 아니었어. 그때도 나와 장훈은 그냥 너와 도열을 따라가기만 했으니까.

그날 우리는 식당을 나와 산자락을 걷다가 네가 신호하는 지점에서 멈춰 섰잖아. 너는 인터넷과 주간지에서 뽑은 사진을 손에 들고 눈앞의 지형과 비교해가며 이곳에서부터 올라가면 된다고 소리쳤어.

경호원이 따라오라는 말과 함께 앞장서더라. 나는 세 발자국쯤 뒤에서 그를 따라 올라가기 시작했지. 그때나 지금이나 난 그냥 따라가기만 하면 되는구나, 하고 생각하면서.

그리고 그날의 친구들. 스무 살의 나와 너, 도열과 장훈도 나와 같이 산을 오르기 시작했어. 킬킬거리고 장난을 걸어가면서. 서로 별명으로 부르고 욕설을 던지고 까르르 웃음을 터트려가며 봄볕같이 하얗게.

"실종기술자도 바로 이 길을 밟아 올라갔을 거란 말씀! 올라가면 죽는 것도 모르고 잘도 따라갔겠지? 죽은 사람들 말이야."

도열이 돌길을 앞장서 올라가며 뒤따라오는 세 명에게 말했어. 키가 작고 어깨가 좁아 등산복 윗옷이 헐렁하게 늘어져 있었지. 몸집이 조그마한 대신 날래서 다른 세 명은 도열을 쫓아가기 벅찼어.

"범인이 아직 잡히지 않았는데 경찰이 여길 안 지키고 있으면 어떡해?"

스무 살의 내가 말했어. 천진하게 토라진 목소리였지. 스무 살의 내가 스물여섯 살의 나를 기억할 리는 없으니까 나는 그녀를 볼 수 있었지만 그녀는 나를 보지 못했어.

"왜? 실종기술자가 또 사람을 묻으러 올까 봐? 그럼 우리 오늘 만나겠는걸. 앗! 수현이 뒤에 누구야!"

네가 내 등 뒤를 가리키며 소리쳤어. 난 놀라 뒤를 돌아봤다가 네 가슴팍을 철썩 때리며 눈을 흘겼지.

한 시간 정도 산길을 올랐을까. 큰 나무를 가운데 두고 오른쪽에 비탈길, 왼쪽에 바윗길이 갈라지는 지점이 나오자 넌 종이 꾸러미를 뒤적이며 난감해했어.

"여기겠네…… 그래, 여기야!"

지도를 가로 세로로 돌려가며 살펴보던 네가 오른쪽 비탈길을 가리켰어.

"이쪽으로 오시죠."

마침 경호원도 같은 길을 가리키네. 스물여섯 살의 나는 경호원의 넓고 비정한 등판을 지켜보며 비탈길을 올랐어. 그 옆의, 아직까진 행복한 네 명의 청춘들과 함께.

여기서부터 우리가 길을 잘못 들었던 걸까? 알 수 없지. 이제 와서 따져봤자 아무 소용도 없고.

"한국에도 시리얼 킬러가 있는지 몰랐어. 몇 명이나 죽였어? 얼마나 더 가야 돼?"

장훈은 실종기술자의 살해 수법을 궁금해했어. 우리 셋은 미국에서 온 친구를 놀려줄 작정으로 시신 발견 당시 얼마나 끔찍한 상태였는지 과장을 섞어 묘사했지. 우리는 등산용 곡괭이와 삽으로 마구 맞아 깨지고 부서진 두개골에 대해 설명했어. 실종기술자는 피해자와 산에 올라가기 전 곡괭이 끝과 삽날을 줄로 날카롭게 갈았다지. 산 아래에서 실종기술자와 피해자를 목격했던 사람들은 그들의 사이가 매우 좋아 보였다고 말했어. 특별한 원한이나 보험금을 목적으로 했던 것도 아니야. 살인자는 두 명의 아내를 남 보기에 살뜰히 아끼고 사랑했어. 사촌동생과 직장상사와도 형제처럼 지냈다는군. 그들은 전혀 의심하지 않고 살인자와 단둘이 이 깊은 산까지 들어왔어. 그에게 등을 돌린 순간, 내리치는 삽날과 곡괭이에 머리가 부서졌지. 조금 덜 썩은 시신을 부검한 부검의는 피해자가 공격당할 때 안구까지 뽑힌 것 같다고 말했대. 살인자가 휘두른 곡괭이 끝에 눈알이 찍혀 빠져나와 덜렁덜렁 매달렸을까.

"오 마이 갓. 앱솔루틀리 크루얼!"

등산로를 벗어난 산길은 험했어. 손발을 다 써서 나뭇가지를 붙잡고 바위를 기어서 올라야 했지. 김시준 너, 너는 진작 우리가 헤매고 있다는 걸 알았지만 숨겼던 거지? 틀렸다는 걸 들키고 싶지 않은 마음이었을 거야. 도열이라도 빨리 인정해줬으면 좋았을 텐데. 하지만 너와 도열은 미심쩍은 마음을 서로 숨기며 앞으로 나아가기만 했지.

"이 길이 맞아?"

평평한 바위에 걸터앉아 모두 숨을 돌리던 중 장훈이 물었어. 의심과 힐난이 담긴 목소리였지. 산을 오른 지 족히 세 시간은 지났을 때였거든. 두 시간만 가면 도착할 거라고 했잖아. 피해자의 사체를 파낸 곳에 경찰이 박아놓은 쐐기가 보일 거라고. 조금만 더, 조금만 더 하며 들어가다가 날이 약간 어두워질 기세마저 보였지. 그때서야 네가 갖고 있던 사진과 지도가 장훈과 내 손에 차례로 돌았어.

"오! 올라오면서 우리가 이것들을 봤다고? 난 본 적이 없어!"

너무 지쳐서 그랬을 거야. 장훈이 언성을 높였지. 장난감을 선물 받은 소년처럼 헤벌쭉해서 따라올 때와는 태도가 달라졌어. 나도 사진과 지도를 봤지만, 우리가 거기 나타난 이정표들을 따라서 올라왔다고 확신할 수가 없겠더라.

"길 잡을 때마다 저거라고 짚어줬잖아. 넌 떠드느라 못 들었겠지!"

도열이 여드름 가득한 얼굴을 붉게 물들이며 발끈했어. 너도 한몫 거들었고. 끼워줬다고 좋아할 땐 언제고 일이 잘못된 것 같으니까 바로 비난하는 게 얄미웠을 거야. 날 선 대화가 몇 번 더 오고 갔지만 변하지 않는 문제는 아무래도 길을 잘못 들어선 것 같다는 것, 그리고 곧 해가 질 거라는 사실이었어.

우린 이만 포기하고 내려가기로 했지. 현명한 결정이었어.

돌아가는 길을 제대로 찾았다면 말이지.

"아니, 이 길이야! 우리 저 나뭇가지가 엉켜 있는 곳 아래를 지나서 왔다고!"

장훈이 발을 동동 구르며 소리쳤어. 우리 셋이 가려고 하는 길과 다른 길을 가리키면서. 하지만 넌 우리가 가려던 길이 맞다고 확신했고 그렇게 생각하는 이유도 갖고 있었어. 도열과 나는 네 편을 들었고. 그러다 보니 장훈은 질 수밖에. 세 명이 다 아니라고 하니 제 생각이 미심쩍기도 했을 거고, 고집부리고 혼자 다른 길로 갔다가 고립될 순 없을 테니까. 미련이 남은 표정으로 장훈은 우리 셋의 뒤를 따라붙었지.

그다음에 우리는 길을 잃은 거야.

"오, 빽!"

해가 그렇게 빨리 질 줄이야. 몸을 한 번 굽혔다 폈을 만한 짬에 해가 뚝 떨어진 것 같은 느낌이었어. 정말 당황스러웠지. 완전히 어두워서 바로 몇 발짝 앞도 알아볼 수가 없었어. 다시 돌아가려 해도 어느 방향으로 가야 옳은지 가늠할 수 없게 되었단 말이야.

너와 도열의 얼굴에는 낭패감을 넘어 공포가 어렸어. 나야 말할 것도 없었지.

"뭐야! 내 말이 맞았잖아. 아까 내가 말한 길로 가야 했다고! 이것들 모두 엉터리잖아!"

장훈이 어둠 속에서 눈을 번뜩이며 고함을 질렀어. 걔도 무서워서 그랬을 거야. 거기 휴대전화도 안 터지는 곳이었거든. 뒤늦게 자기 전화들을 꺼내보고야 알았지. 장훈이 흥분을 못 이겨 영어로 된 말을 빠르게 쏟아내기 시작했어. 알아들을 순 없었지만 우리 셋을 향한 욕인 건 분명했지. 한번 터지니까 멈출 생각을 하지 않더구나.

"닥쳐! 이 양키 자식아!"

네가 장훈의 멱살을 잡았고, 도열과 나는 둘을 뜯어말리느라 혼이 났지. 지금 싸우는 게 중요해? 더 늦기 전에 내려가는 길을 찾아야 할 거 아니야! 내려가서 싸워 이 미친놈들아! 도열과 내가 소리쳤고, 너는 욕을 하려면 한국말로 해 이 빠다 새끼야, 하고 고함을 지르고, 장훈은 '퍽킹'이나 '대밋' 같은 한층 알아듣기 쉬운 욕을 내뱉으며 머리를 흔들어댔어. 그땐 우리 모두 고래고래 소리를 질러서라도 공포를 쫓을 필요가 있었던 것 같아. 몇 분을 그러고 나니 힘이 빠졌지. 너는 멱살을 잡은 손을 놓았고 우리는 모두 자리에 주저앉았어.

추웠어. 나뭇가지를 흔들며 불어오는 싸늘한 바람에 오소소 소름이 돋았지. 산새가 꾸욱꾸욱 소리를 내며 울었고 멀리서 짐승의 하울링 소리가 메아리쳤어. 어둠 다음엔 추위, 그다음엔 소리가 사람을 미치게 하더라. 당장이라도 어두운 덤불 속에서 흉포한 것이 튀어나와 목을 물어뜯을 것만 같았어. 귀는 예민해질 대로 예민해졌고 어딘가에서 슬겅, 하는 소리가 난 것만 같아 소름이 쫙 끼쳤지. 그 뭐냐, 날붙이가 공기를 가르며 내는 소리 같았거든.

흡, 하고 얼어붙는 네 얼굴을 보고 난 너도 나와 같은 생각을 하고 있다는 걸 알았어.

너도 실종기술자를 떠올렸던 거지? 어디에 꽁꽁 숨었는지 대한민국 경찰이 일 년 넘게 눈에 불을 켜고 찾아도 나타나지 않는 연쇄살인범. 길을 잃고 헤매는 사람을 기다리며 이 산 깊은 곳에 은신해 있을 거라는 소문이 있었어. 이제 그에게 사람을 죽이는 거 말고 더 큰 즐거움은 없을 테니까. 오직 살인의 기회가 찾아오기만을 기다리며 우릴 지켜보고 있는 건 아닐까!

이 과제를 준비하며 보았던 온갖 참혹한 사진들이 떠올랐어. 찔리고 깨진 채 썩은 몸에 내 얼굴이 붙어 있는 모습이 연상될 건 뭐니. 올라오면서 끔찍한 얘기를 잔뜩 부풀려 하지 말 걸 그랬어. 아니, 애초에 이런 바보 같은 산행은 하는 게 아니었다고 매우 늦은 후회를 하며, 우리는 무슨 소리가 날 때마다 흠칫흠칫 놀라면서 앞을 더듬어 내려가기 시작했지. 일단 아래로 내려가면 어디에 닿든지 간에 산을 빠져나갈 수 있을 거라 생각했거든. 네가 앞장섰고 남은 세 명은 아무 말 없이 줄줄 따라갔어. 너무 지쳐서 말할 기운이 없기도 했었고. 장훈은 가장 마지막에 따라왔는데, 아마 우리에게 좀 미안했나 봐. 너와 싸운 것도 그렇고, 욕을 늘어놓은 것도. 그렇게 짐작이 돼.

얼마나 내려갔을까. 막대기로 덤불을 쑤시던 네가 우뚝 멈춰 섰어. 네 등을 바라보고 걷던 나도 깜짝 놀라 귀를 쫑긋했지. 우리 말고 다른 사람의 발소리가 들린 것 같았거든. 슬겅, 하는 날붙이 소리도 다시. 뭐야. 온 건가? 우리를 계속 지켜보며 따라오고 있었던 거야?

"누…… 누구야!"

네가 소리쳤어. 겁에 잔뜩 질린 목소리였지. 너는 길잡이로 쓰던 나무 막대기를 손에 당겨 쥐고 덜덜 떨었어. 나뭇가지 사이를 휘도는 바람 소리가 사람을 현혹하는 휘파람 소리처럼 기괴하게 들렸어. 난 금방이라도 머리에 날카로운 곡괭이 날이 꽂힐 것 같아 오금이 저렸지. 연쇄살인범이 흉기를 휘두르는 리듬에 따라 우리들의 피가 나무와 바위 위에 사선을 그으며 뿌려지려나.

불쑥.

덤불 뒤에서 커다란 검은 형체가 튀어나왔어. 위협하며 덮칠 듯 앞으로 다가왔지. 우어어어, 너는 뒤로 넘어져 손과 발로 뒷걸음질 쳤고, 나는 순간 오줌을 지렸던 것 같아. 우리들이 지른 비명이 우리들 귀에 메아리치면서 산을 왕왕 울렸지.

"실종기술자다! 우아! 다 죽여버릴 거다! 하하하!"

담요를 뒤집어쓴 장훈이 양팔을 내렸다 올렸다 하며 곰처럼 춤을 추었어. 비행기에서 가지고 내렸을 법한 긴 체크 무늬 담요를 치렁치렁 흔들면서.

바보 같은 놈. 우리에게 미안했다면 그냥 미안하다고 말했어야 했는데.

몇 초간 침묵이 흘렀지. 시간이 잠시 멈췄던 걸까?

네가 장훈에게 달려들어 주먹을 날렸어. 나가떨어진 장훈의 어깨를 발로 걷어찼고. 장훈이 네 허리를 잡고 일어나 반격했어. 도열이 뛰어갔지. 너희 둘을 말리려는 줄 알았는데 도열도 장훈을 향해 발길질을 해버리는 거야. 험악한 욕설을 내뱉으며 세 남자가 한 덩어리로 엉켰어.

그리고, 그렇게 된 거야.

갑자기 땅에서 꺼져버린 장훈을 찾아 휴대전화 불빛을 비추며

깎아지른 비탈을 더듬어 내려갔을 때 우린 본 거지. 바위에 쏟아진 어마어마한 양의 피. 피투성이가 된 머리를 하고 엎드린 채 움직이지 않는 장훈의 몸뚱이. 숨을 쉬지 않아. 죽었어. 죽어버렸어. 용기를 내서 장훈의 얼굴을 들여다본 도열이 울음을 터트렸지.

"가시죠."

경호원이 비켜서며 앞쪽을 가리켰어. 이제부터 혼자 가라는 뜻인가 봐. 그날 그때처럼 사위는 어두워지고 공기는 싸늘해져 있었지. 나뭇가지를 휘도는 바람 소리와 꾸욱꾸욱 산새 소리. 거기에 더해 누군가의 발소리와 가쁜 숨소리가 들려오더군.

나는 순순히 비밀의 숲으로 발을 옮겼지.

쉬지 않고 가파른 산을 올라오느라 거칠어진 나의 숨소리는 점점 죽고 다른 사람의 숨소리가 점차 커지면서 불빛 두 점이 보였어. 석 사장이 동굴 주변에 랜턴 두 개를 놓고 돌을 나르고 있더라. 재킷을 벗고 와이셔츠 소매를 걷어올린 차림으로 돌을 날라 동굴 입구에 쌓고 있었지.

그래, 저 동굴이었어. 맞아. 추억 놀이 하는 것도 아니면서 난 고개를 끄덕이며 멈춰 섰지.

"잘 오셨습니다."

돌 하나를 막 내려놓으며 석 사장이 돌아보았어. 뒤집은 하트 모양으로 입을 벌려 미소 짓는 얼굴이 땀에 젖어 있었지. 그는 조금은 기쁜 듯이 보였어.

그날 시체를 숨겨야 한다는 말을 한 건 나였어. 어차피 인적이 없는 산속이니 너와 도열은 그냥 도망가 버리자고 했지만, 행여 누가 지나가더라도 눈길이 닿지 않는 곳에 숨겨야 한다고 내가 너희를 설득했잖아. 마침 주변에 저 동굴이 있었던 거야. 한 평 정도의 공간을 안에 두고 입구가 작게 뚫려 마치 짐승이 입을 오므리고 있는 것 같은 모양을 한 바위동굴.

"동생이 한 명 있었습니다. 저와는 나이 차이가 많이 나서 조카 같이 귀여운 동생이었습니다."

석 사장은 셔츠 단추를 하나 더 풀고 목 주변을 헤쳤어.

"아, 근데 이놈이 가라는 대학은 안 가고 혼자 훌쩍 한국을 여행하고 오겠다는 거예요."

그날 우리 셋은 힘을 합쳐 장훈을 옮겼어. 피가 떨어지는 장훈의 얼굴과 상체를 비행기 담요로 칭칭 감싸고 동굴 안에 쑤셔넣었지. 누가 지나가더라도 들여다보지 못할 높이로 동굴 입구에 돌을 쌓기로 했어.

"그러고는 돌아오지 못했습니다. 실종됐어요. 찾을 수가 없었습니다. 워낙 즉흥적인 놈이라 그런지 목적지 없이 마구 떠돌았던 모양입니다."

다시 돌을 주우러 가는 석 사장의 등판은 땀에 젖어 셔츠가 달라붙어 있었지.

"얼마나 슬펐는지 아십니까? 막내가 죽었는지 살았는지도 모르고 3년을 보냈습니다."

처음에 우리 셋은 힘을 합쳐 커다랗고 평평한 돌을 옮겨 밑에 쌓았어. 그날 말이야. 입구에 돌을 내려놓을 때마다 보고 싶지 않아도 자꾸만 담요에 감싸인 장훈의 얼굴 쪽을 바라보게 되어 괴로웠어. 우리 셋은 함께 있었지만 지독하게 외로웠고 몸은 형편없이 지쳐서 비틀거렸지.

석 사장의 얘기는 3년 전 동생의 백골 시신이 발견되었을 때로 이어졌어. 범인이 꼭 잡히길 바랐지만 이번에도 경찰은 찾지 못했대. 그래서 미국에서도 유명한 한국계 탐정을 고용해서 한국에 보내 그날 산 밑에서 동생을 목격했던 사람을 찾아다녔다는 거야. 석 사장은 내심 경찰은 모르는 상황에서 자신이 범인을 찾게 되길 바랐대. 뜻대로 되었지.

"산 주변 수백 군데를 뒤져도 동생을 봤다는 사람을 못 찾았습니다. 그래서 이사 간 사람, 폐업한 가게까지 뒤지기 시작했습니다. 그러다 산 밑 식당 주인을 찾았습니다. 조사를 시작한 지 3년 만에 말이죠."

손님을 찍은 폴라로이드 사진을 모두 보관해두고 있었던 주인 아저씨. 도열, 시준 & 수현, 더하기 장훈. 우리들의 위대한 산행에 앞서.

"그 아저씨도 사진을 보니 생각난다면서 재밌는 얘기를 해주더군요. 그날 사진 속 청년이 자기 여자친구에게 노래를 불러줬다고요. 그리고 이 커플이 최근 티브이에 나왔다고. 이제 결혼한 그들은 티브이에서 그날과 똑같은 노래를 불렀다고 말입니다."

석 사장은 그렇게 우리를 추적해왔던 거야. 오디션 프로그램을 보고 우리가 다녔던 대학을 알았겠지. 도열을 먼저 찾아갔대. 그날 이후 불안증에 시달리던 도열은 오히려 구원을 만난 듯 모든 것을 털어놓았다는군. 후련했겠구나. 도열아, 그런데 어디까지, 어디까지 말한 거야, 임도열.

"자, 이리 오세요."

석 사장이 다가와 흙 묻은 손으로 내 손목을 잡아끌었어. 그 손이 얼마나 축축하고 차가웠는지 난 전기에 감전된 듯 팔짝 뛰어오르며 비명을 질렀지.

등 뒤에서 바스락 하는 소리가 났어. 돌아보니 여기까지 날 데려온 경호원과 또 다른 한 명의 덩치가 검은 수풀 속에서 나와 버티고 서더군. 주인의 명령을 기다리는 훈련된 맹수. 석 사장이 은근한 눈짓을 보내며 날 바위동굴 앞으로 끌어갔어. 난 입을 떡하니 벌린 채 이끄는 대로 걸어갔는데 동굴 앞에 이르러서는 누가 잡아 흔드는 것처럼 몸을 떨게 되었지.

석 사장은 혼자 이 돌을 다 쌓은 걸까. 입구가 반쯤 가려질 만큼 잘도 쌓아놨어. 돌담 너머 동굴 안에는 비행기 담요에 감싸인 사람이 반듯이 누워 있었지. 얼굴부터 상체까지 칭칭 감싼 담요 바깥으로 두 발이 비죽이 나와 있었어.

석 사장이 바닥에 있던 랜턴을 집어올려 돌담에 놓았고, 난 그 불빛으로 볼 수 있었지.

잿빛으로 변한 헌 오렌지색 운동화.

"헉!"

석 사장이 내 오른쪽 손목을 잡아 돌 위에 올려놓았어.

"밀어요."

바람이 불었어. 눈을 부리부리하게 뜬 석 사장의 얼굴에 바람에 춤추는 나무 그림자가 어른거렸지. 어딘가에서 산짐승이 길게 울었어.

"밀어서 떨어뜨리라고."

돌 밑에는 담요에 감싸인 머리가 있었어. 이미 죽은 건 아닐까. 그럴지도 모른다는 생각이 들었어. 머리는 전혀 움직이지 않았거든.

다시 그날이 떠올랐어. 딱 이 정도 높이까지 돌을 쌓았을 무렵 우린 이제 각자 나를 수 있을 만큼의 돌을 날라 보태고 있었잖아. 동굴 입구만 막히면 내려가기로 했어. 어느 정도만 하면 끝이 보이겠다 싶었어. 그것 말고는 다른 생각을 하지 않고 움직이고 있었지. 그때 쿵, 하는 소리가 나서 돌아보니 네가 돌을 손에서 놓치고 흙바닥에 멍하니 주저앉아 있더군. 시준아, 하고 불렀는데 대답이 없었어. 혼이 빠져나간 듯 보였어. 심상치 않았지. 나는 네가 미쳐버린 걸까, 걱정이 됐어.

"밀지 않으면 당신도 같이 돌무덤에 묻히는 거야."

석 사장이 큰 몸을 굽혀 내 귀에 얼굴을 대고 속삭였어. 뒤에서 시꺼먼 두 그림자가 한 걸음 더 다가왔어. 나는 포위되었고 오직 한 가지 선택만을 강요받았지. 어둡고, 춥고, 외로웠어. 지금이 그날인지, 그날이 지금인지 모를 지경이었어.

"이 따위 남자를 따라 죽는 건 너무 아깝지 않아?"

마치 나를 위로하는 듯한 목소리였거든. 서늘한 가운데 어떤 설득력이 있었어.

그날 말이야. 너, 도망쳤잖아.

멍하니 주저앉아 있다가 갑자기 일어나 뛰어 달아났잖아. 동이 틀 모양인지 주위가 약간 희붐하게 밝아올 때였어.

저 개새끼가! 도열이 손에 든 돌을 던져버리고 널 잡으러 쫓아갔어. 그렇게 두 남자가 떠나고 난 혼자 남았단 말이야. 너희들이 저질러놓은 죄 앞에 나만 남았어.

아아, 김시준. 어떻게 그럴 수 있었던 거야? 어떻게 시체 앞에 네 여자를 남겨두고 혼자 도망갈 수 있었던 거지? 아무리 철이 없어도 그렇지. 아무리 무서워도 그렇지.

"그냥 밀어버리라고. 그날처럼. 그러면 끝나."

석 사장이 으르렁거렸어. 심부름꾼 두 명이 한 발짝 더 다가왔어. 손을 뻗으면 닿을 것 같았지. 좁아드는 공간만큼 내가 마실 수 있는 공기의 양이 줄어들었고 살기가 그 안을 채웠어.

그래, 네가 시체 옆에 날 두고 도망갔을 때 그날을 통틀어 난 그 순간이 가장 힘들었어. 영혼을 후려치는 배신감과 비참함. 나는 돌담에 몸을 굽히고 치받쳐 올라오는 숨을 가라앉혔어. 숨이 막혀 죽을 것만 같았어. 죽는 건가. 여기서 죽는 건가.

그때 시체가 움직였던 거야.

시체가 끄으응, 소리를 내며 꿈틀하더니 피투성이 머리가 담요

바깥으로 나왔어.

"헉!"

나는 양팔을 휘저으며 뒤로 물러났어. 물러나면서 봤어. 피투성이 시체가 살아나 눈을 번쩍 뜨는 것을. 눈이 마주쳤어.

시체가 살아나 날 죽일 거야. 귀신이 내 목을 비틀어 죽일 거라고. 내 남자는 도망갔는데. 난 지금 혼자인데.

난 더 무슨 생각을 했던 걸까. 아무 생각이 없었다는 게 맞아. 그냥 반사적인 행동이었어. 손에 닿은 돌을 밀어 떨어뜨린 거 말이야.

퍽, 하는 소리가 들렸지.

그날처럼.

석 사장이 아래를 굽어보더니 만족스럽게 웃었어. 하하하하. 하하하하. 나이스 샷.

나는 미친 듯이 산길을 내려갔어. 돌과 나무뿌리에 발이 채여 넘어지고 구르면서. 멋지게 복수를 마무리한 스캇 석의 웃음소리가 멈추지 않고 귀에 울렸어. 나는 오직 저 웃음소리에서 벗어나기 위해 반은 구르고 반은 뛰면서 산을 내려왔지.

그렇게 나는 너를 죽였어.

석 사장이 내게 원한 게 그거였지. 내 손으로 널 죽게 하는 거.

그날 네가 도열의 손에 잡혀 다시 끌려오기까지 얼마나 시간이 지났던 걸까? 얼마나 멀리 도망갔다가 되돌아온 건지는 몰라도 넌 몹시 풀이 죽어 보였어. 고개를 떨구고 차마 들지 못했지. 난 돌아온 널 보고도 아무 말 하지 않았고. 조금 전 내가 한 짓을 생각하느라 정신이 없었거든. 널 비난할 마음도 없어졌어. 반길 마음은 더더욱 없었고.

도열이 동굴에서 조금 떨어진 평지에 나뭇가지를 끌어모아 불을 피웠어. 손이 곱아 더 움직이지 못할 지경이었으니까.

“여기서 좀 쉬고 있어.”

불을 쬐던 도열이 먼저 일어나 돌을 쌓으러 갔어.

너와 나는 모닥불을 가운데 두고 마주 앉았지. 너, 도망치다 넘어져 흙바닥에 한쪽 뺨이 쓸린 모양이더구나. 뺨 전체에 피가 송골송골 맺혀 있었어. 점점 해가 뜨고 있었어. 이제쯤 도열은 내가 무슨 짓을 했는지 알았겠지. 설명을 요구하면 무슨 말을 해야 하나. 난 손톱을 깨물며 초조해했어. 하지만 도열은 혼자 열심히 돌을 날라 쌓을 뿐 우리를 부르러 오지 않더라. 뭔가 체념한 듯 보였어. 작지만 땅땅한 우리들의 친구, 개구쟁이 임도열 말이야.

그때 도열은 가만히 죄를 새기고 있었던 거야. 잊지 않으려고. 그 산을 내려와서는 줄곧 죄를 끌어안고 살았지. 그래, 우리 중에 가장 죄가 덜한 사람이 있다면 그건 도열인 거야.

구르고 뛰며 생긴 수많은 생채기를 달고 산 밑에 내려오니 날이 밝았어. 너를 죽이고, 석 사장 손에서 놓여난 후에 말이지. 난 엉뚱한 차를 잡아타고 또 잘못 내리고 하면서 어딘지도 모를 낯선 장소를 거쳐 집으로 갔지. 그냥 본능이었어. 집 말고 어딜 가겠어.

그리고 집에 들어서자마자 너와 마주쳤던 거야.

내가 죽인 네가 방에서 나와 나를 보고는 손에 들고 있던 부엌칼을 떨어뜨렸어. 난 유령을 본 줄 알았어. 당연히 놀랐지만, 놀라서 푸들푸들 떠는 네 얼굴을 보고 더 놀랐어.

우리는 이 집 현관에 마주 보고 서서 서로가 방금 죽이고 온 사람의 얼굴을 바라보며 떨었어. 감히 자신의 희생자를 끌어안고 만져볼 생각도 하지 못하고 말이야.

넌 나보다 먼저 날 죽이고 돌아와 있었던 거지.

나와 똑같은 일을 당했던 거야. 돌담 안쪽에는 내 스니커즈를 신은 작은 체구의 사람이 비행기 담요에 감싸여 있었을 테고. 석 사장이 워크숍 장소에서 나를 납치해왔다고 했다면서? 내가 오렌지색 운동화를 보고 누워 있는 사람이 넌 줄 알았다면, 너 역시 내 신발을 보고 그게 나인 줄 알았던 거야. 신발은 그 사람에 대해 꽤 많은 이야기를 해주더구나.

내 직감이 맞았잖아. 경호원에게 이끌려 이 집을 떠나기 전 신발장을 열어보고 내가 뭔가 달라졌다고 느꼈던 거. 내 스니커즈와 네 운동화가 하나씩 빠져 있었으니 평소와 달랐던 거지.

깜빡 속았을 거야. 도열은 여자처럼 몸이 작았으니까. 작은 몸이 드러나게 담요로 감싸놓았다면 믿을 수밖에 없었을 테지. 돌을 밀어 떨어뜨리고 혼비백산한 너를 보내고 나서는 좀 더 커 보이게 꾸몄던 거고. 이제 도열의 몸을 너라고 믿게 만들어야 했을 테니까. 나에게 말이야.

낯선 전화벨이 울렸어.

전화벨이 우리들 사이의 삭막한 공기를 가르며 찌릉찌릉 울렸어. 현관 앞 쓰레기통에 처음 보는 검은 휴대전화가 들어 있었지.

"잘들 들어오셨나? 스피커폰을 켜. 둘 다 들어야 하는 말이야."

석 사장이었어.

"서로의 얼굴을 보니 기분이 어때? 반갑지 않아?"

나는 시키는 대로 스피커폰을 켰어. 석 사장의 목소리가 거실 겸 부엌에 크게 울렸어. 산을 내려오며 애써 떨구어냈던 그 웃음소리가 다시 들렸지. 정말 소름 끼쳤어. 나는 손바닥으로 입을 막았어. 손등 위로 눈물이 줄줄 떨어졌어.

"당신들, 평생 같이 살아. 서로를 떠나면 안 돼."

스캇 석이 마지막 메시지를 전했지. 우리 함께 들었잖아. 잊었다고는 못 하겠지.

"내가 지켜볼 테니까. 먼저 떠나는 사람이 있으면 남겨진 사람을 죽이겠어."

이거였어.

죽음보다 더한 복수.

나를 죽인 사람과 평생 같이 살도록 하는 거. 너는 나를 죽였고, 나는 너를 죽였으니 서로가 서로에게 공평하긴 하구나.

어제 있었던 일이야. 너는 오늘 아침에 병원에 갔다 오겠다고 나갔고. 산에서 내려오며 발목을 삐었다며? 설마, 오늘 도망가진 않겠지. 충분히 멀리 도망칠 수 있을 만한 돈도 물건도 가지고 있지 않을 테니까. 넌 돌아올 거야. 그리고 식탁 위에 놓아둔 이 편지를 읽는 거지. 난 베란다로 내려다보고 있다가 네 모습이 보이면 잠시 공원에 가서 산책을 하고 올게. 읽고 있지 지금? 그럼 내 말을 들어.

난 도망가지 않을게.

너도 도망치지 마.

석 사장이 무엇을 할 수 있는지 너도 잘 알잖아. 석 사장은 자기가 한 말을 지키는 사람이야. 그러니까 도망치지 말라고. 내가 죽어도 좋다고 생각하는 건 아니겠지? 내가 죽는다면 다음엔 너야. 우리가 계속 같이 서로의 얼굴을 바라보며 산다면 더 이상 나쁜 일은 벌어지지 않을 거야. 그 자체가 지옥일 테니까.

난 할 수 있어. 네 옆에 있을게. 너도 그러겠다고 해. 자, 어서 편지지를 뒤집어서 답장을 써. 짧아도 좋아. 언제나 그랬으니까. 그리고 소금통과 후추통으로 편지지를 눌러놓는 거야. 서로 꼭 끌어안고 있는 소금통과 후추통처럼 우리는 늘 같이 있을 거라고 써.

썼어?

그런데 말이야. 이제 와서 다 소용없는 생각이지만 여전히 궁금한 건 있어. 도열을 죽인 건 누구의 돌일까? 먼저 떨어뜨린 너의 돌일까, 다음에 떨어뜨린 나의 돌일까? 혹시 이미 죽어 있었던 건 아닐까? 그렇다면 우리의 죄가 좀 덜어지긴 할 테지만 그렇진 않겠지.

그리고 그날 장훈을 죽인 건 누구의 돌일까? 이건 도열이 없으니 영영 확인해볼 수 없게 되었지 뭐야.

그날, 혼자 돌을 쌓고 있는 도열을 도우러 다시 동굴 입구로 갔을 때 말이야. 장훈의 머리가 있는 쪽 돌담이 조금 더 허물어져 있는 걸 봤거든. 넌 내가 모른 척하고 도열과 함께 돌을 한참 새로 쌓고 있을 때 왔으니까 아무것도 모르겠지.

동굴 입구를 돌로 다 막고 나서 내려가려고 할 때 도열이 내게 속삭였어. 자기가 마무리했다고 말이야. 내가 한 짓을 자기도 했다고. 자기가 끝냈다고. 난 도열이 한 말을 네게 전했지. 내가 뭘 했는지는 빼고. 너나 나나 죄책감을 더는 데 도움이 될까 해서. 넌 그걸 완전히 믿어버리고 가벼워졌으니 그동안 도움이 되긴 되었던 거네.

도열이 한 말은 사실일까? 도열의 돌이 장훈을 죽인 걸까? 아니면 내가 한 짓을 알게 된 도열이 내 죄의 무게를 덜어주기 위해 한 거짓말은 아닐까?

난 여전히 궁금해, 시준아. 누구의 돌이 장훈을 죽게 한 건지 말이야.

변화와 일관성, 모호함의 조화

박광규(추리소설 평론가, 전《계간 미스터리》 편집장)

『아이의 뼈』는 추리소설가 송시우가 세 번째로 내놓은 책으로, 단편집이다. 1980년대 다세대 주택에서 죽은 청년의 진실을 찾는 첫 장편소설 『라일락 붉게 피던 집』(2014)에 이어 인권증진위원회 조사관의 활약을 그린 연작 중단편집 『달리는 조사관』(2015)을 발표하여 호평을 받았던 작가는 데뷔 이래 꾸준히 발표해온 단편들 중에서 아홉 편을 골라 이 책을 묶어냈다.

『아이의 뼈』 수록 작품의 발표 지면과 시기는 다음과 같다.

- 좋은 친구 _《계간 미스터리》 2008년 겨울호(통권 22호)
- 사랑합니다, 고객님 _『살아 있으라-2009 올해의 추리소설』, 2009년 7월

- 아이의 뼈 _《계간 미스터리》 2012년 봄호(통권 35호)
- 5층 여자 _『검사는 무엇으로 사는가-2012 올해의 추리소설』, 2012년 6월
- 어느 연극배우의 거울_《계간 미스터리》 2012년 겨울호(통권 38호)
- 누구의 돌 _《미스테리아》 1호, 2015년 7/8월
- 잃어버린 아이에 관한 잔혹동화 _『한국 추리 스릴러 단편선 5』, 2015년
- 원주행 _《미스테리아》 4호, 2016년 1/2월
- 이웃집의 별 _ 본 단편집(『아이의 뼈』), 2017년

데뷔작을 비롯한 이들 아홉 편은 특정 형식에 얽매이지 않는 다양함을 지녔지만, 전작 『라일락 붉게 피던 집』이나 『달리는 조사관』을 읽은 독자에게 작가가 추구하는 작품 세계는 그다지 낯설게 여겨지지 않을 것이다. 그의 데뷔작인 「좋은 친구」에서부터 사회적 메시지를 던지는 모습을 찾아볼 수 있기 때문이다. 각각의 작품에는 전혀 연관성이 없으므로(「5층 여자」와 「원주행」에는 같은 인물이 등장하지만 연계된 내용은 아니다), 어떤 작품을 먼저 읽더라도 무방하다.

그의 작품을 처음 접한 것은 《계간 미스터리》 편집 업무를 맡고 있던 2008년 가을 무렵이었다. 당시 신인상 응모작 31편 중 하나였던 「좋은 친구」는 예심을 거쳐 최종심까지 올라간 세 작품 중에 포함되어 있었다. 「좋은 친구」는 살인사건과 탐정 역할을 하는 인물, 여러 명의 용의자, 증거 수집과 논리적 추론에 의한 범인 찾기 등 추리소설의 요소를 빠짐없이 갖추었지만, 결말을 쉽게 예측할 수 있고 독특한 트릭 등이 없어 심사과정에서 '신인 작가치고는 덜 모험

적이다'라는 의견이 나오기도 했다. 하지만 평범한 사람이 우연히 살인사건에 말려들며 해결에 이르기까지의 과정을 반전에 의존하지 않고 차분하게 이어갔다는 점, 사건의 동기가 일상에서 흔히 보는 인간의 악의와 폭력에서 비롯되었다는 점을 매끄럽게 엮어 넣으며 현실의 차가운 면을 돋보이게 만들었다. 특별한 흠을 잡기 어려웠던 이 작품은 소재나 주제의 독특함을 상쇄하기 어려운 단점이 있었던 다른 두 작품을 제치고 심사위원들의 높은 평가를 받으며 겨울호 신인상 수상작으로 선정되었다.

이처럼 데뷔작에서부터 사회파 추리소설의 감각을 보여줬던 작가는 수상 이후 자신이 선호하는 추리소설에 대해 밝힌 바 있다.

"일본에서 발전한 사회파 추리소설을 좋아합니다. 범죄는 사회문제를 반영하기 마련인데, 그 측면을 부각시켜서 이야기를 통해 사회적 모순을 드러내는 것이 매력적이라고 생각해요."[01]

'사회파 추리소설'이라는 용어는 자주 눈에 띄지만, 낯설게 느낄 분들도 있을 테니 짧게라도 설명할 필요가 있을 것 같다. 간단히 말하자면 '사회성 강한 소재를 다룬 작품'으로, 1950년대 후반 일본의 유명 작가인 마쓰모토 세이초에 의해 촉발된 작품 유형이다. 에드거 앨런 포 이래 고전 추리소설(본격·정통 추리소설로도 불린다)이 트릭과 명탐정의 놀라운 추리력 묘사에 치중했던 것에 반해 사회파 추리소설은 평범한 소시민이 사회적 문제로 발생한 범죄(기업이나 기관 등 거대 조직의 부정不淨, 공해 문제 등) 속으로 말려들어가면서 벌어지는, 현실에서도 자주 볼 수 있는 이야기를 다룬다. 그리고 흔히 오

01 「신인 여성작가 인터뷰」, 《계간 미스터리》 2009년 봄호.

해하는 경우가 있는데, 사회파 추리소설이 고전 추리소설과 대척점에 있는 것은 아니다. 사회파 추리소설에도 독자에게 던지는 수수께끼나 트릭 등이 존재하기 때문이다. 다만 범죄의 동기나 트릭의 현실성에서 차이가 있을 뿐이다.

송시우의 작품에서는 독자의 상상을 뒤엎는 첨단 기술적 트릭이나 뒤통수를 치게 하는 깜짝 반전을 찾아보기 어렵다. 그보다 소시민들이 마주치는 불평등한 사회구조, 인간관계의 병폐 등 범죄의 원인이 되는 사회 문제에 더욱 주목한다. 그리고 이웃집 사람처럼 실존하는 듯한 생생한 등장인물의 묘사도 현실감을 준다. 작가 자신이 자인하는 것처럼, 그를 '사회파 추리소설가'라고 일컫기에는 충분해 보인다.

또한 사회파 추리소설에서 볼 수 있는 특징인 일상성도 돋보이는데, 유달리 명징하게 현실감이 느껴지는 이유는 그가 잘 아는 것과 실제로 겪었던 경험 등을 통해 글을 쓰기 때문일 것이다. 「좋은 친구」는 작가가 자주 찾았던 동네 동물병원 원장을 모델로 삼았으며, 과거 잠시 아르바이트를 했던 콜센터를 배경으로 삼아 「사랑합니다, 고객님」의 모티브를 떠올렸다고 한다. 작품 속에 등장하는 개들의 묘사는 작가가 키웠던 반려견의 행동을 토대로 했고, 스마트폰을 사용한 트릭 역시 직접 사용했던 제품의 특성을 살린 것이라 한다.[02]

『아이의 뼈』를 읽으면, 작가의 변화와 일관성, 모호함을 동시에 느낄 수 있다. 모양이나 상태 따위가 바뀌어 달라진다는 '변화'와 처

---

02 그런데 유감스럽게도 해당 스마트폰의 기능이 작품 발표 이후 개선되어 현재 시점에서 이 단편집을 읽는 독자로서는 무용한 트릭이 되었다. 작가는 기능이 개선되기 전 출시된 모델을 등장인물이 갓 구입한 것으로 시간을 고정하여 이 부분을 보완했다고 한다.

음부터 끝까지 한결같은 성질이라는 '일관성', 그리고 뭔가 분명치 않다는 '모호함'은 한곳에 어울리기 어려워 보이지만, 이 작품집에서는 이러한 세 단어가 조화를 이루며 공존하고 있다. 이러한 부조화 요소의 공존은 현대 사회의 특징이기도 하며, 작가의 지향점을 보여주는 지점이기도 하다.

먼저 '변화'라는 측면을 살펴보자. 앞에서도 언급한 것처럼 「좋은 친구」는 범죄 발생과 추리과정을 통해 사건 해결로 이어지는 추리소설의 일반적 형태를 갖추고 있다. 그리고 유일한 연작물인 「5층 여자」와 「원주행」에서는 한발 더 나아가 아마추어 탐정 역할의 인물을 등장시켜 복잡하고 수선스러운 분위기 속에서도 현실적인 트릭과 주인공의 반짝이는 추리력을 보여준다. 그러나 그 이외의 작품들은 전형적 추리소설의 모범답안인 '탐정의 범인 찾기'에 머무르지 않는다. 가해자의 입장에서 진행되는 작품이 있는가 하면 독자가 사건의 흐름을 그저 따라가야만 하는 작품도 있다.

또한 서술 방식에서도 일반적 형식(1인칭, 3인칭 시점)을 벗어나는 다양한 형태를 보여준다. 「잃어버린 아이에 관한 잔혹동화」는 어린이 동화책을 읽어주는 듯한 구어체로 구성되었으며, 「누구의 돌」은 시종일관 단 한 사람의 독백으로 이어진다. 『아이의 뼈』는 이처럼 다양한 변화를 보여준다.

한편 송시우는 '일관성' 있게 '인간의 악의'를 묘사한다. 그의 작품에는 천재적인 범죄자나 세계 정복을 꿈꾸는 거창한 악당 대신 어디서나 볼 수 있는 사람들이 등장한다. 그들은 사소한 이익을 차지하기 위해 타인을 이용하거나 습관화된 폭력을 사용하고, 상대의 악의를 견디지 못해 잠재된 악의를 폭발시킨다. 현대 사회를 살아가는 사람들 사이에서는 크고 작은 충돌이 쉴 새 없이 벌어진다. 어떤 사람은 큰 충돌도 무심하게 넘기지만, 작은 충돌도 가볍게 넘어가지 않고 악의를 발산하는 사람도 있다. 사소해 보이는 악의로도 충돌의 충격은 가중되고, 이로 인해 차츰 균열이 생기거나 무너지기까지 한다. 모든 인간은 평등하다고들 하지만 현실은 그렇지 않다. 도덕 교과서와는 달리 현실에서는 무심한 악의가 소심한 사람을 무너뜨리는 모습을 드물지 않게 볼 수 있으며, 반드시 정의가 승리하지만은 않는다는 장면 역시 흔히 보인다. 이 연장선에서 선악의 경계는 흐릿해진다. 갑을관계와 같은 사회적 부조리로 서서히 무너져가다가 파국을 맞는 사람, 타인의 가족을 파괴하고 뉘우치지 않는 자를 응징하는 사람의 묘사를 보면서 '가해자 = 악인'이라는 명제가 꼭 들어맞는 것인지 의문을 품게 만든다. 작가는 이처럼 평범한 사람의 악의로 인해 발생하는 사회적 문제를 가감 없이 묘사하고 있다.

"추리소설이 장르적인 재미를 주는 것 외에 묵직한 사회적 메시지도 담을 수 있다는 점에 반했어요"[03]라는 말에서 짐작할 수 있듯이, 송시우의 작품을 읽으면서 통쾌함보다는 가슴이 서늘해지는 느낌을 종종 받는 이유는 어디서나 볼 수 있을 듯한 보통 사람들의 사악함을 선명하게 그려내고 있기 때문일 것이다.

그리고 마지막 특징이라 할 수 있는 '모호함'은 작품들의 결말에서 드러난다. 사건의 진상이나 범인, 동기가 분명하게 밝혀지며 의문은 풀리지만, 과연 그들이 어떤 행동을 취할지, 어떤 길을 선택할

03 「송시우, "유영철 사건에서 모티프 얻은 작품은…"」, 〈채널예스〉 인터뷰, 2015년 11월.

것인지 뚜렷하게 보여주지 않고 마무리되곤 하는 것이다(범인이 수사관에 체포되는 장면이 나오는 작품도 단 한 편에 불과하다). 이러한 '열린 결말'은 독자의 가치관에 의해 상상할 여지를 주는 여운을 남겨놓는다. 물론 이런 모호함에 불만을 품는 독자도 있겠지만, 작가의 특성이라는 이해가 필요할 것 같다.

*

한국 추리소설이 제법 인기 있던 시기가 몇 차례 있었다. 김내성이 한창 주가를 올리던 1930~40년대가 그랬고, 김성종으로 대표되던 1980~90년대까지의 시기가 그렇다. 추리소설이라는 것이 익숙지 않았던 첫 시기는 라이벌 없는 김내성의 독주로 이어지며 후계자도 없이 흐지부지 끝나버렸지만, 현대화된 두 번째 시기에는 많은 발전이 있었다. 베스트셀러를 내놓은 추리작가들이 여럿 있었으며, 그들을 목표로 삼은 신진 작가들이 속속 등장했다. '한국 추리작가협회'라는 추리문학 단체가 발족했고, 추리소설 신춘문예와 추리소설 전문 출판사까지 등장했으니 황금기까지는 아니더라도 번성기로 부르기에는 부족함이 없던 시기였다.

그러나 계속 이어질 것 같던 20세기 종반의 번성기는 갑작스레 끝났다. 추리소설 자체의 인기가 순식간에 가라앉고 한국 작가의 신작 추리소설은 연간 스무 편 남짓이었던 것이 불과 10여 년 전의 일이다. 화제를 끌 만한 작품도 부족했지만, 범국가적 경제 불안이나 다양한 오락거리로 인해 과거보다 크게 줄어든 독서량 등 외적인 영향도 무시할 수 없을 정도로 컸기 때문이었다. 21세기 들어 추리소설의 인기는 다시 피어올랐지만, 독자들의 선호도는 대체로 미국이나 일본 등 외국 작품에 몰리는 편이고 한국 작가의 작품은 숫자 면에서부터 여전히 부족한 편이다. 그러나 다행스럽게도 한국 추리소설의 명맥은 끊기지 않았으며, 21세기에 데뷔한 작가들의 작품은 독자의 관심을 끌고 있다. 최근 기사에 따르면, '한국 작가가 쓰는 추리소설은 초판을 소화하기도 힘들었던 것이 최근 수년 새 재쇄, 3쇄가 가능해졌다'고 한다.[04] 송시우는 이 흐름을 만드는 데 적지 않은 힘을 보탠 작가 중 하나다. 여담이지만, 신춘문예나 공모전을 통해 등단한 추리소설가들 중 한두 차례 작품을 발표한 후 정체 상태에 머무르거나 심지어 집필을 멈춰버린 경우가 적지 않다(개인적 능력의 한계에 마주쳤을 수도 있고, 경제적으로 도움이 안 된다는 문제 등 원인은 다양할 것이다).

다행히 송시우는 작품 활동을 착실하게 이어가며 그런 우려를 털어냈다. 『아이의 뼈』 출간은 그동안 쌓았던 노력이 하나로 묶여 빛을 본다는 의미에서 매우 반갑고 고무적인 결과물이라 할 수 있다.

마지막으로 덧붙이자면, 송시우는 현재까지 세 권의 창작물 출간, 작품의 영화화 결정 등 작품성과 경력 면에서 어느 정도 자리를 잡았지만 아직 갈 길이 많이 남아 있다. 빠르지 않지만 꾸준하고, 만족함보다 새로움을 추구해온 지금까지의 모습을 통해 앞으로의 작품이 더 좋아지리라는 기대감을 주기 때문이다. 먼 훗날 추리소설을 좋아하는 누군가가 2010년대의 한국에 어떤 추리소설가가 있었는지 찾아보았을 때 적어도 송시우라는 작가의 이름을 빼 놓지 않으리라는 것은 장담해도 좋을 것 같다.

---

04 「김지영 기자의 문학뜨락_'한국 추리소설, 르네상스 시대 열리나'」, 〈동아일보〉 2016년 12월 8일.

아이의 뼈

1판 1쇄 발행 | 2017년 1월 25일
1판 2쇄 발행 | 2018년 11월 15일

지은이 송시우
펴낸이 김기옥

문학팀 제갈은영 | **마케팅** 김주현
경영지원 고광현, 김형식, 임민진

인쇄·제본 (주)민언프린텍

펴낸곳 한스미디어(한즈미디어(주))
주소 (04037) 서울시 마포구 양화로 11길 13(서교동, 강원빌딩 5층)
전화 02-707-0337 | **팩스** 02-707-0198 | **홈페이지** www.hansmedia.com
출판신고번호 제313-2003-227호 | **신고일자** 2003년 6월 25일

ISBN 979-11-6007-112-2 03810

한스미디어 소설 카페 http://cafe.naver.com/ragno | **트위터** @hans_media
페이스북 www.facebook.com/hansmediabooks | **인스타그램** @hansmystery

책값은 뒤표지에 있습니다.
잘못 만들어진 책은 구입하신 서점에서 교환해드립니다.